Hansdieter Loy

Der Lächler

Reihe M. 2003

Herausgegeben von Lisa Kuppler

München wird von einer grausamen Mordserie erschüttert. Die Leiche einer jungen Frau wird tot in einem Eisblock gefunden, eine andere hängt gekreuzigt in einer kleinen Dorfkirche, der sorgsam abgetrennte und einbalsamierte Kopf eines weiteren Opfers wird mit der Post verschickt. Die Handschrift des Killers ist eindeutig: Er hat es auf die berühmten Geigerinnen der Münchener Orchester abgesehen.
Der Psychologe Hector Lindberg wird zu den Ermittlungen geholt, um mit den Mitteln der Operativen Fallanalyse dem Täter auf die Spur zu kommen. Doch Lindberg hat auch ein privates Interesse an der Jagd nach dem Killer: Seine kleine Nichte wurde am Weihnachtstag tot auf einem Grab gefunden, aufgebahrt wie ein Kunstwerk. Keine Erpressung, keine Vergewaltigung, Bella wurde erschlagen, ihre Zöpfe abgeschnitten, das Gesicht bis zur Unkenntlichkeit zerstört. Lindberg kommt nicht über die Tat hinweg, er ist besessen von der Idee, dass der Tod des kleinen Mädchens mit den Morden an den Geigerinnen im Zusammenhang steht.
Schließlich fasst die SoKo Stradivari den Serienkiller, der von der Presse »der Lächler« genannt wird. Doch einen Beweis, dass er auch für den Mord an Bella verantwortlich ist, gibt es nicht. Da taucht eine Frau auf, die ein schwarz geflecktes Schwein als Haustier hält und von grausamen Morden erzählt, die niemand sonst zu bemerken scheint. Lindberg entdeckt, dass der Lächler einen dunklen Schatten hat.

Hansdieter Loy

DER LÄCHLER

Militzke

Für Hagen und Falko.

1

Es war eigentlich keine Nacht zum Morden. Es war eine jener schwülen Julinächte, in denen München sein mediterranes Gesicht zeigt. Zäh und verbissen wehrte sich die Hitze gegen jeden Lufthauch.

Sein Hemd war schweißnass. Unruhe brachte ihn um den Schlaf, zerrte ihn aus dem zerwühlten Bett und trieb ihn hinaus auf die Straßen. Die Nachbarn seiner Mutter sahen in ihm einen freundlichen Mann Ende dreißig, einen hilfsbereiten Sohn, der seine Mutter vielleicht nicht gerade verehrte, sich aber doch rührend um sie kümmerte. Er grinste. Die ganzen Jahre über war es ihm gelungen, die Nachbarn zu täuschen. Er hasste die Alte.

Gemächlich, mit leicht nach vorne hängenden Schultern, ging er um den Häuserblock, folgte der Isabellastraße, bog in die Agnesstraße ein und wurde schneller. Er trug schwarze Cowboystiefel mit hellen Stickereien, Größe 46. Groß wie Kindersärge, hatte er immer gesagt. Er mochte die Melodie, die seine Absätze machten, dieses Klack-klack-klack, das von den Häuserwänden widerhallte.

Das Licht der Straßenlaternen schien auf die Bäume, die sich unter der Schwüle beugten. Aus einer Bar drang Stimmengewirr. Es roch flüchtig nach Zigaretten. Er hörte eine Frau laut kreischen.

»Blödes Weib!«, rief er in die Nacht. Ein streunender Mischlingsköter hatte das Pech, an ihm vorbei zu streifen. Er beugte sich hinunter, wie um ihn zu streicheln. Dann drosch er ihm die Spitze des linken Stiefels unter die Schnauze. Der Hund knallte gegen die Wand, hinterließ einen dunklen Fleck und blieb seltsam verkrümmt liegen. Der Mann verschwendete keinen Blick an das Tier.

Ein schwerer Schlüsselbund baumelte an der Schlaufe seiner Jeans und schepperte im Rhythmus der Schritte. Ab und zu klammerte sich seine Hand um das kalte Metall, als wolle er sich daran festhalten.

Der Mond tauchte die Straße in bleiches Licht. Die Silhouetten der Häuser hatten nachts einen eigentümlich anderen Reiz als am Tag. Oft mehr als seine Bewohner hatte jedes Haus eine eigene Persönlichkeit. Die meisten Bauten in dieser Gegend waren stolz und ein wenig hochnäsig. Andere waren still und schmucklos. Ihre Mauern besaßen weder Vorsprünge noch Balkone, waren glatt geschliffen und hell verputzt.

Schon von fern sah er das Haus, in dem seine Mutter wohnte. Sein Lächeln verschwand. Der Altbau hatte eine verwaschene Fassade mit Erkerchen, Gipsstrukturen und Kupfersimsen. Gegen die Taubenplage hingen großmaschige Netze vor den Fenstern. Kein Licht brannte mehr. Er verlegte das Gewicht auf die Ballen, um beim Gehen kein Geräusch zu machen.

Die Wohnungstür war aus massivem Holz. Er bewegte die Fingerspitzen entlang der geschnitzten Trauben und Blätter, als wolle er einen Moment Zeit gewinnen. Endlich steckte er den Schlüssel ins Schloss und drehte um. Langsam zog er die quietschende Tür auf.

Die Schlafzimmertür stand halb offen. Er kannte die Gewohnheiten seiner Mutter. Bei geöffneter Tür hatte sie mehr Luft zum Atmen. Die Straßenlaterne vor dem Haus flackerte und warf weiße Ringe durch die Spitzenvorhänge auf den gebohnerten Holzboden. Er konnte die Umrisse der ältlichen Frau erkennen. Sie setzte sich auf und legte im Halbdunkel eine Hand ans Ohr.

»Ist da jemand?« Ihre vom Asthma ruinierte Stimme tastete sich durch die Räume.

Er wagte nicht, Luft zu holen.

»Bruno!«, rief sie. Es war keine Frage. Es war eine Feststellung.

Abschied für immer. Tränen rannen über seine Wangen. So viele Niederlagen. Der salzige Geschmack seiner Kindheit. Als Schwächling, als Null hatte seine Mutter ihn beschimpft. ›Nimm dir ein Beispiel an deinem Bruder‹, hatte sie gesagt.

Lautlos war er und vorsichtig, als er sich ihr näherte. Als hätte er immer noch Angst vor ihr. Als könne sie ihn wieder in den Käfig sperren. Er kroch auf dem Bauch vorwärts. Aufrecht hätte er ihr nicht begegnen können. Die Dunkelheit im Flur war elektrisch geladen. Er mochte die Finsternis, er liebte diese Spannung.

»Bruno!«

Ihre Stimme klang heiser und schrill.

Es gibt Dinge, die muss man einfach tun. Er erhob sich zu seiner vollen Größe. Ihr Oberkörper schien auf ihn zuzuschweben. Er drückte sie nieder aufs Bett, mit der anderen Hand zog er ihr das Kissen unterm Kopf hervor und presste es auf ihr Gesicht. Er wollte brüllen. Doch er ließ es bleiben. Er drückte das Kissen mit dem Kopf gegen das Bett. Der weiche Stoff passte sich den Konturen ihres Gesichts an, verschloss die Nasenlöcher und versperrte den Mund. Sie zappelte und schlug mit den dünnen Armen um sich. Doch gegen seine entschlossene Gewalt hatte sie keine Chance. Er spürte durch das Kissen, wie seine Mutter schreien wollte und würgte, doch kein Laut drang durch den Stoff. Die hellen Kreise am Boden tanzten. Die alte Frau musste nicht lange leiden.

Der heraufziehende Morgen fand sie kalt und tot in ihrem Bett, so wie er sie hinterlassen hatte. Der Kopf lag auf dem Kissen, das ihr die Luft genommen hatte. Ihre Augen waren im Todeskampf beinah aus den Höhlen getreten und starrten glanzlos zur Decke.

Es hatte ihn keine Mühe gekostet, seine Mutter zu töten und den Mord zu vertuschen. Er hatte es hinter sich gebracht und konnte nun endlich Ruhe finden. Endlich bin ich dich los, schrieb er in sein Tagebuch. Er fühlte sich unangreifbar. Machtvoll. Es war ein gutes Gefühl.

Tod durch Ersticken, wahrscheinlich nach Asthmaanfall, stand im Totenschein. Niemand schöpfte Verdacht. Niemand trauerte. Das Begräbnis verlief so unbemerkt wie seine eigene Geburt vor achtunddreißig Jahren.

Er war überrascht über die hohe Erbschaft, die seine Mutter ihm hinterlassen hatte. Er konnte sich unabhängig fühlen. Ihre Wohnung behielt er auch nach ihrem Tod. Die Vorhänge ließ er selbst bei Tag geschlossen. In den Zimmern und im Flur hing ihr Altweiberduft. Im Schlafzimmer, wo sie gestorben war, sog er ihn ein. Wenn er den knarrenden Kleiderschrank öffnete und ihre abgenutzte Garderobe sah, das meiste in dunklen Farben, schlug ihm der beißende Geruch von Mottenkugeln entgegen. Er staunte über die große Zahl altmodischer Hüte, die sie Zeit ihres Lebens getragen hatte, die meisten braun und oben spitz mit einer Feder. Zuerst fühlte er sich unwohl, wenn er auf der verschlissenen Couch oder in dem verklebten Brokatsessel hockte. Es waren ihre Lieblingsplätze gewesen. Später saß er einfach nur da und atmete und dachte an gar nichts.

Er konnte endlich auf seine Art zu sich finden. Er holte die Geige, stellte sich ans Notenpult und spielte Schumann oder Sibelius. In solchen Momenten schien so etwas wie Reue in ihm aufzukommen, so etwas wie Mitleid. Er sah seine Mutter vor sich, aufgebahrt im Leichenschauhaus. Das ganze Leben lang war sie ihm nur als harte, herzlose Frau mit vorwurfsvollem, verbissenem Gesicht begegnet. Im Tod aber hatte sie weiche Züge, sanftmütig, als ob sie etwas Schönes träumte. Alle paar Stunden war er hingerannt und hatte sie betrachtet. Ihr friedliches, ihm seltsam fremdes Gesicht ging ihm nicht aus dem Sinn.

Er ließ sich in ihrem Sessel nieder. Hundert kleine Erinnerungen legten sich wie Giftschwaden über sein Leben. Ihren Körper hatte er getötet. Aber nicht ihren Geist. Irgendwann schüttelte er die Erinnerungen ab und kehrte in die Realität zurück.

Bevor er die Wohnung verließ, wischte er mit einem Tuch

das Glas ab, aus dem er getrunken hatte und strich mit einem trockenen Lappen über den Körper der Violine. Er fegte den Boden, und als er ging, putzte er die Klinke mit dem Taschentuch. Dann verschloss er die Wohnungstür mit zwei Umdrehungen des Schlüssels und verließ das Haus. Einen der braunen Hüte nahm er mit.

2

»Kennen Sie denn niemanden?«, fragte Lindberg.

Die Häftlinge gafften ihn nur an.

Der Polizeipsychologe ließ die flache Hand auf den Metalltisch fallen. »Verdammt, Leute, ihr müsst doch jemanden kennen, der bereit ist, über seine Tat zu reden. Ich möchte nur ein Interview mit ihm führen. Wie er's getan hat und warum, das ist alles, was ich wissen möchte. Die Gerichtsakten geben so was ja nicht her.« Er beugte sich nach vorn. »Also, was ist? Vielleicht gibt's ja Hafterleichterung. Vielleicht kommt er dafür sogar ein paar Monate früher raus. Schaden wird jedenfalls keiner daran nahmen.«

Der Raum hatte keine Fenster, war vergittert, verriegelt und von bewaffneten Beamten bewacht. Die Gruppe von Gewaltverbrechern, die Lindberg um sich geschart hatte, saß auf Holzstühlen unter einer Glühbirne. Jeder der Gefangenen war auf seine Art ein Unikat: Ein homosexueller Schwulenmörder, ein Kidnapper, ein Drogendealer, ein Bankräuber, der zwei Geiseln erschossen hatte, und einer, der die Leiche seiner Frau im eigenen Weinkeller eingemauert hatte. Lindberg hatte sie selber ausgesucht, in der Hoffnung, dass sich einer ihm zur Verfügung stellen würde. Aus Neugier oder aus

Eitelkeit oder aus Langeweile. Im Gefängnis haben alle viel Zeit und wenig Abwechslung.

Lindberg sah vom einen zum anderen, nickte allen zu. »Wissen Sie, was? Ich lasse sogar die ganze Gruppe dabei zuhören. Na? Ich verspreche Ihnen, das ist besser als Fernsehen. Will einer von Ihnen reden? Sie vielleicht? Oder Sie? Sie?«

Der Bankräuber schüttelte den Kopf, der Schwule suchte etwas an der Decke, die anderen sahen gelangweilt um sich.

Lindberg schnippte ein imaginäres Staubkorn vom Ärmel und erhob sich. »Überlegen Sie es sich«, sagte er. »Sie können jederzeit nach mir rufen lassen. Auch einzeln.«

Die Wärter bildeten ein Spalier zur Gittertür hin. Er ging langsam, Schritt für Schritt. Die Tür öffnete sich.

»Der Indianer. Bestimmt!«

Lindberg drehte sich langsam um. Es war der Gattenmörder. Er sprach das s-t des Hamburgers, außerdem lispelte er.

»Paul Walz. Der Indianer. Der singt bestimmt.«

Paul Walz, genannt der Indianer, kam wirklich.

Lindberg hatte sich die Gerichtsakten holen lassen, studierte Autopsieberichte, ging die Polizeiakten und Vernehmungsprotokolle durch. Er sah sich Aufnahmen von den Tatorten und die Fotos der Opfer an, sprach mit dem Staatsanwalt, telefonierte mit Zeugen. Bevor er mit dem Täter sprach, wollte er alles wissen, was dessen Persönlichkeit und Motiv erhellte.

»Ich hätt was gewettet, dass du nicht kommst, du S-sau!«.

Paul Walz blickte kurz zu dem lispelnden Gattenmörder und ließ sich dann auf den leeren Stuhl an der Wand plumpsen. Er war ein Bär von einem Kerl mit Kurzhaarfrisur und unrasierten Hängebacken. Die Arme pendelten wie bei einem Gorilla um die Knie. Man hätte ihn für Mitte bis Ende Zwanzig halten können, doch Lindberg wusste, dass er älter war.

Walz sah in die Runde. Er grinste Lindberg an. »Na, Doc, was wollen Sie denn nun von mir hören?«

Wie beim letzten Mal saßen die Häftlinge im Halbkreis auf ihren Stühlen, Lindberg selbst rücklings davor. »Warum heißen Sie eigentlich hier im Knast der Indianer, Walz?«

»Weil ich fünf Weiber skalpiert habe. Zwei sind daran verreckt.«

»Wo haben Sie das getan? Erzählen Sie doch mal, wie Sie vorgegangen sind.«

»Na, ich habe sie mir alle aus irgendwelchen Kneipen geholt. Die waren so was von blöd. Sind sofort rausgekommen, wenn ich ihre Autonummer gerufen hab. Nur weil ich 'ne Uniform anhatte, und die dachten, sie hätten falsch geparkt oder ihr Licht angelassen. Hat immer geklappt, der Trick. Saublöd, was?«

In der Runde zeigten sich grinsende Mienen. Der Mann fand Resonanz.

»Und dann haben Sie die Frauen in Ihren Wagen gezerrt?«

»In ihren oder meinen. Aber gezerrt ist das falsche Wort. Ich hatte felsenfest den Eindruck, die Damen sind freiwillig mit mir mitgegangen.« Er zeigte mit dem Daumen zur Tür. »Das steht aber alles in den Gerichtsakten, Doc.«

Lindberg stellte noch ein, zwei Fragen, dann hatte er den Mann da, wo er er ihn haben wollte. Er ließ ihn einfach reden.

Walz lehnte sich gemütlich gegen die Wand und schilderte in aller Ausführlichkeit seine Taten, eine nach der anderen. Aus den Akten wusste Lindberg, dass der Mann nichts dazu erfand. Er hatte seine Nummer immer abends durchgezogen, wenn es dämmerte oder schon dunkel war. Walz hatte die Frauen gefesselt und geknebelt, an eine einsame Stelle gebracht und im Fahrzeug vergewaltigt.

»Und warum haben Sie die Frauen skalpiert? Wie kamen Sie denn auf diese Idee?«

Während die anderen Gefangenen bisher still zugehört hatten, wie sich der Indianer mit seinen Taten brüstete, wurden sie jetzt unruhig. Der Schwule, der seinen Freund erwürgt hatte, rutschte auf dem Stuhl hin und her. Hinter sich hörte Lindberg die Wächter flüstern.

»Ich fand, das war mal was Anderes«, sagte der Hüne. »Kann ich 'n Glas Wasser haben? Mit Kohlensäure, wenn's geht.«

Walz hatte eine Zeitlang im Süden der Vereinigten Staaten auf einer Ranch gearbeitet. Dort hatte er das Skalpieren an Tieren ausprobiert.

Lindberg fragte ihn nach seinen Liebesbeziehungen aus. »Und immer, wenn Ihre Freundin nicht mit Ihnen schlafen wollte, sind Sie auf Jagd gegangen. Das war doch so, oder?«

»Ja. Ja.« Walz beugte sich vor und nickte heftig. »Das Luder, das verreckte.«

»Reden wir mal über diese letzte Sache, Herr Walz. Die, bei der Sie dann auch geschnappt wurden. Das lief doch ganz anders ab als sonst. Sie haben die Frau zwar auch vergewaltigt und ihr die Kopfhaut abgezogen. Aber Sie haben sie vorher so lange gewürgt, bis sie bewusstlos wurde. Das stimmt doch? Und Sie haben ihr Gesicht mit einer Jacke zugedeckt. Warum?«

Der Indianer starrte Lindberg an. Er wurde rot, dann lief ein Zucken durch sein Gesicht.

»Sie hatten ein schlechtes Gewissen, als Sie es taten, hab ich Recht?« Lindberg sprach leise.

Paul Walz war wieder am Tatort. Seine Augen waren weit weg, er nickte abwesend. »Sie musste sich um ihre Mutter kümmern. Krebs hat die gehabt.« Er war fast nicht zu verstehen.

Im Raum war es absolut still. Walz hatte die Augen niedergeschlagen und atmete heftig.

Lindberg betrachtete ihn lange. »Sie wussten nicht, dass die Frau zwei Tage später sterben würde. Aber Sie haben etwas von ihr mitgenommen, Herr Walz, oder?«

»Woher wissen Sie das?« Der Indianer blickte Lindberg aus schwarzen Augen an. »Ihr Taschentuch, das hab ich mitgenommen. Weil es so gut gerochen hat.«

»Und später sind Sie an ihr Grab gegangen. Sie haben sie besucht, weil es Ihnen Leid tat. Ist das richtig?«

Paul Walz antwortete nicht.

In diesem Moment stand der Schwule auf. »Mir reicht's jetzt mit der Psychokacke!« Er trat aus dem Kreis und ging in Richtung Tür.

Im Augenwinkel kriegte Lindberg die schnelle Bewegung hinter sich mit.

»Du Saukerl, du verdammter! Das war die Tochter von meinem besten Freund.«

Lindberg fuhr herum. Ein Schuss krachte. In dem kleinen Raum hallte der Knall wie ein Donnerschlag. Putz bröselte von der Decke. Ein Wärter hielt seine Dienstwaffe mit beiden Händen auf Walz gerichtet.

Der Schwule hatte sich flach auf den Boden geworfen. Die anderen Aufseher standen wie erstarrt.

Der Wächter drückte noch einmal ab, dann noch einmal, dann ließ er die Waffe zu Boden fallen.

Lindberg stellte sich in die Schusslinie zwischen den Indianer und den Beamten. Er sah hinüber zu Walz, der aufrecht saß, den Oberkörper gegen die Wand gelehnt. Die weiße Fläche um ihn herum war blutgesprenkelt. In seinem Hals, in der Brust und im Bauch waren Einschusslöcher, aus denen Blut rann. Die Hände hielt er auf den Oberschenkeln verschränkt. Sie waren rot von Blut. Paul Walz saß da und grinste den Wärter an, als habe er die ganze Zeit gewusst, dass es so ausgehen würde.

3

»Hallo, Schwesterchen. Du machst ein Gesicht, als stünde die Heilsarmee vor der Tür. Seh ich so schlimm aus?«

Judith Lindberg grinste und zog ihren Bruder in die Wohnung. Er trug einen riesigen Strauß Zinnien im Arm.

»Ich wollte mich gerade umziehen«, sagte sie und wischte die Hände an dem ferrariroten Monteuranzug ab. »Hast du den Tag vertauscht, Hector?«

»Wieso vertauscht?«, sagte er und zog einen Schmollmund. »Heute ist Mittwoch.«

Judith schüttelte den Kopf. »Nein, Hector, heute ist Dienstag.«

Ihr Bruder schaute auf die Armbanduhr. »Tatsächlich!« Er schlug sich mit der flachen Hand vor die Stirn. »Irgendwann werde ich den Heiligen Abend noch mit Rosenmontag verwechseln. Vorher wäre mir das nie passiert. Dann geh ich eben wieder.« Er drückte ihr die Zinien in die Hand und wollte sich zur Tür drehen.

»Quatsch, komm rein.« Judith schob ihn durch den Flur ins Wohnzimmer. »Schau, da liegt die Einkaufstüte. Ich hab schon alles besorgt.« Sie zählte an den Fingern ab. »Salat, Nudeln, Gewürze, kalifornischen Rotwein. Orangensaft für Bella. Dann essen wir eben heute. Und denken, es sei Mittwoch. No problem, Sir! Ich stell mich nur kurz unter die Dusche.«

Mit tropfnassem Haar trat Judith ins Wohnzimmer. Hector hatte eine Adriano Celentano-Schallplatte aufgelegt. Er hatte nicht gehört, wie sie hereingekommen war, und starrte abwesend aus dem Fenster. Ihr Bruder war ein hochgewachsener, gut aussehender Mann mit einer scharf geschnittenen Nase und einem ausgeprägten Kinn. Eine ausgefranste Narbe zog sich wie ein Graben von der Kopfmitte bis in die Stirn, eingefasst von den frisch verheilten Stichen einer Operationsnaht. An seinem Hinterkopf hing eine schwarze Baseballkappe.

»Du bekommst langsam einen richtigen Charakterkopf«, bemerkte sie.

»Na dann.« Er trat an die ferrarirote Couch und hauchte über die Lehne. Dann rieb er die Stelle mit dem Ärmel seiner schwarzen Lederjacke glatt. »Darf ich?«

»Prego«, lud sie ihn mit einer Armbewegung ein.

Er warf sich auf die Couch und atmete tief ein. »Frische Farbe?«, fragte er.

»Ich hab mein Schlafzimmer gestrichen.«

Er schloss die Augen. Judith wusste ziemlich genau, was ihm wohl durch den Kopf ging. Er hatte oft mit ihr über den Unfall gesprochen, ihr von seinen Albträumen erzählt. Vorher, das war vor dem Flugunfall, als er noch einen intakten, gesunden Körper besaß. Jetzt, das bedeutete die Zeit danach mit der Kopfverletzung, mit Schmerzen, Schuldgefühlen und zeitweisen Erinnerungslücken.

Ein bisschen musste Judith grinsen bei der Vorstellung, dass ein Typ wie ihr Bruder sich in diesem Augenblick Sorgen darüber machte, dass er den Wochentag verwechselt hatte.

»Stress auf der Arbeit, Kleiner?«, fragte sie und drückte ihn auf die Couch zurück, als er aufstehen wollte.

Lindberg nickte. »Kann man so sagen.« Er winkte ab.

Judith hatte gelernt, nicht nachzufragen, wenn ihr Bruder nicht von sich aus von einem Fall oder einem Klienten erzählte. Sie fuhr sich ein letztes Mal mit dem Handtuch durch das nasse Haar. »Na, dann verziehe ich mich mal in die Küche und morde das Lamm.«

Als sie wiederkam, war Hector eingeschlafen und von der Couch gerutscht. Neben ihm auf dem Boden lag die Baseballkappe. Der Fernseher lief. Die Übertragung eines Konzerts aus dem Nationaltheater.

Sie berührte leicht seine Schulter. Er fuhr hoch und brüllte auf wie im Schmerz. Wollte sich an irgend etwas emporziehen, fand nichts und tastete blind in die Luft. Judith griff seine Hände und lächelte ihn an. Sie hatte eine Schürze umgebunden und wusste, dass sie nach Küche roch.

Hector starrte sie einen Moment lang an, dann ließ er sich zurück auf den Boden sinken. »Ich muss wohl eingeschlafen sein«, sagte er. Er reckte sich, zog sich hoch auf die Couch. Dabei rieben die Falten seiner dunklen Bomberjacke aneinander und machten quietschende Laute.

Judith benutzte bewusst ihren kehligen Alt. »Aha, eingeschlafen«, sagte sie. »Du hättest dich mal hören sollen. Als wäre ein Gorilla auf dir herumgetrampelt, so hast du gebrüllt.«

»Ich fühle mich auch so. Am liebsten hätte ich jetzt eine Zigarette.«

Sie tippte mit dem Finger an die Stirn und holte ein Glas aus der Küche. »Nimm lieber deinen Nikotinersatz«, sagte sie. »Heute haben wir Johannisbeer-Kirsch-Marmelade im Angebot.« Sie hielt ihm einen Löffel hin.

Er schob ihre Hand weg. »Such dir doch einen Job als Altenpflegerin.« Damit ging er zum Fenster und riss es auf.

Judith seufzte. Sie kannte diese abrupten Reaktionen. Entzugserscheinungen. Sie hatte sich geschworen, sie wenigstens eine Zeitlang über sich ergehen zu lassen.

»Ist gut, wenn du ein wenig lüftest«, sagte sie. »Hier riecht's wie in einer bulgarischen Garküche.«

Erst jetzt wurde ihr der Lärm spielender Kinder bewusst, der zum Fenster hereindrang. Und sie hörte genau heraus, welches Gör wieder am lautesten war. Mit einem Ruck warf sie das Fenster zu. »Mensch, diese Kinder! Kaum machst du das Fenster auf, kommt dieses wahnsinnige Gekreische herein. Als ob ich nicht in der Werkstatt schon genug Lärm hätte. Ehrlich, Hector, manchmal könnte ich die ganze Bande umbringen.« Mühelos konnte sie das meckernde Koloraturlachen Bellas durchs geschlossene Fenster ausmachen.

Hector machte ein ernstes Gesicht. »Mach doch nicht so

einen Wirbel deswegen. Wenn du Ruhe willst, geh auf den Friedhof. Aber lass Bella lebendig. Sie ist schließlich deine Tochter.«

Judith wandte sich wortlos ab und wollte zurück in die Küche, doch Hector stellte sich vor sie. »Es macht doch nichts, wenn Arabella laut ist. Für ein knapp zehnjähriges Kind ist das vollkommen normal. Es zeigt nur eine gesunde Portion Selbstbewusstsein.«

Immer, wenn er so wie jetzt ihren Blick suchte, überkam Judith ein unangenehmes Gefühl. Sie wich ihm aus. Was wusste Hector schon von Kindererziehung? Doch er ließ nicht locker. Ließ nie locker, wenn es um Bella ging.

»Bella ist ein ausgesprochen selbständiges, liebenswertes Mädchen.« Hector trat zum Fenster und blickte auf den Hof hinunter. »Deine Tochter wächst im Kinderhort auf oder bei unserer Mutter. Einen Vater hat sie nie gesehen. Klaut sie vielleicht Radiergummis? Streckt sie dir die Zunge raus? Hat sie einen Freund wie andere in ihrem Alter?« Er blieb stehen und legte Judith die Arme auf die Schulter. »Nein, hat sie nicht. Was erwartest du von ihr?«

Natürlich musste sie Hector Recht geben. Wenn es um Bella ging, war er immer der Vernünftige und brachte eine Engelsgeduld auf wie sonst nie. Doch das Kindergejohle machte sie einfach aggressiv. Sie fühlte sich dem Lärm hilflos ausgeliefert.

»Ja, ja, ist ja schon okay, Hector.«

Es klingelte Sturm, gleichzeitig drehte sich ein Schlüssel im Schloss, und die Wohnungstür knallte mit einem Schlag gegen die Wand.

Bella stand mit glühenden Wangen im Flur. Ihr Haar war zerzaust, die Zöpfe zerfranst. »Ich hab Hunger, Mama! Hey, Onkel Hector.« Das Mädchen streckte schnuppernd die Nase in die Luft. »O, geil! Gibt es Schweinebraten? Hast du die Knödel schon gemacht? Stell dir vor, Stefanie hat einen Freund, einen richtigen Freund! Wir haben gespielt, wie er mit einem Kondom hinter ihr herrennt. Das sind ja schöne

Blumen hier. Hast du die mitgebracht, Onkel Hector? Bestimmt hast du sie mitgebracht. Du bringst ja immer Blumen mit. Was ist das im Fernseher für eine Musik? Spielt die Frau Geige? Mann, ist das cool!«

Judith bemerkte Hectors Grinsen. Er zwinkerte ihr kurz zu, dann hielt er Bella zur Begrüßung die Hand hin. Das Mädchen nahm ihren Onkel stürmisch in die Arme.

»Es gibt Lamm, Bella.« Judith machte den Versuch, ihre Tochter streng anzusehen. Doch sie schaffte es nicht. Sie musste einfach einmal richtig mit Bella reden. Nie vergaß sie, dass sie Bella auch den Vater ersetzen musste. Zum ersten Mal kam Judith der Gedanke, dass sie genau das oft mit einer Härte tat, die das Kind von ihr entfernte. Hector hatte es da leichter. Er kam nur zu Besuch, holte seine Nichte auch mal ab, spielte mit ihr, dann ging er wieder.

»Lamm ist auch super.« Bella warf den grünen Anorak über einen Stuhl und hüpfte auf einem Bein zum Fernseher. Ihr Zeigefinger folgte den Bewegungen auf dem Bildschirm.

Eine Woge warmer Zuneigung stieg in Judith hoch. Am liebsten hätte sie die Arme ausgestreckt und Bella zu sich hergezogen. Ihr rundes Gesicht, das dicke Muttermal im linken Mundwinkel, die rötlich gesprenkelte Haut, die sie vom Vater hatte, die braune Mähne mit den dicken Zöpfen – sie liebte dieses Kind.

»Wer ist die Geigerin, Onkel Hector?«

»Das ist Anita Clerico«, erklärte er und pfiff die Melodie mit.

»So gut möchte ich auch mal spielen können wie die, Mama. Krieg ich Geigenstunden? Die andere Freundin von Steffi kriegt auch welche. Hast du eigentlich schon ein Geburtstagsgeschenk für mich?«

Kein Mädchen, das an seinem Charme erstickt. Kein süßes Kind. Ein lautes Kind. Aber Lindberg mochte Bellas Art. Sie war hart im Nehmen. Mit einem Stapel voller Teller auf dem Arm war sie mit dem Kopf voran gegen den Türpfosten gerannt. Blut war aus der geplatzten Stirn geschossen. Das Kind hatte kaum das Gesicht verzogen. Mit zusammengebissenen Zähnen hatte sie es geschafft, die Teller in der Balance zu halten und keinen Einzigen fallen zu lassen. Er hatte die Wunde desinfiziert und ein breites Pflaster darüber geklebt.

»Du machst ein Gesicht wie ein Schaf«, hatte Bella gesagt, als er fertig war. »Nur wegen dem kleinen Kratzer.«

Er pfiff vor sich hin. Es roch nach Herbststurm und nassem Laub, obwohl es erst Ende August war.

Er freute sich, dass Bella sich Geigenstunden wünschte. Sie hatte eine Eins in Musik, auch Ballettunterricht gehabt. Er hatte schon mehrmals bemerkt, wie musikalisch das Mädchen war. Geigenunterricht war keine schlechte Idee. Er musste nur Judith davon überzeugen, dass man sich irgendwie auch an kreischende Geigenübungen gewöhnen konnte.

4

»Wo bist du gewesen?«, fragte Maria und schaute von ihrem Liebesroman auf. Im Fernseher lief die Harald-Schmidt-Show. »Wie geht es dir denn?«

Sie stellte die Frage nicht, weil sie sonderlich interessiert hätte, wo er sich herumtrieb. Sie wusste genau, wo ihr Mann die letzten Stunden in seinem dunklen Anzug verbracht hatte. Ihr war es egal. Sie fragte, weil sie wusste, dass er Wert darauf legte. Er mochte es, wenn sie sich nach ihm erkundigte.

»Schau mich nicht so an!« Gonski kam einen Schritt auf sie zu. »Verdammt, wo werd ich gewesen sein? Im Zoo vielleicht?« Er schnippste mit den Fingernägeln.

»Willst du ein Bier?«, bot sie an, um ihn zu besänftigen.

Offenbar war er nicht besonders gut gestimmt. Sie hatte Angst vor seiner Aggressivität und seinem Jähzorn. Dabei hatte sie sich für ihn zurecht gemacht, geschminkt und das gute Kleid angezogen.

»Weißt du, wie dein Mund aussieht?«, fragte er nur. »Wie eine aufgeplatzte Pflaume.«

Er widerte sie an. Er zwang sie, mit ihm im gleichen Bett zu schlafen, obwohl sie seinen Körper kaum mehr ertragen konnte. Es war, als hätte man Fuchs und Gans in den gleichen Stall gesperrt. Geliebt hatte sie Bruno Gonski noch nie. Ebenso wenig wie er sie. Er hatte sie geheiratet, weil er eine Frau haben wollte. Und sie hatte ja gesagt, weil er sie wegbrachte aus den erbärmlichen Verhältnissen in der Vorstadt, in denen sie groß geworden war. Ganz am Anfang hatte sogar ihre Haut unter dem dünnen Stoff des Kleides manchmal geprickelt, wenn er sie ansah oder berührte. Damals, vor neunzehn Jahren. Unter dem Tisch ballte sie die Hände zur Faust. Sie presste die Lippen zusammen.

»Bei deiner toten Mutter warst du«, sagte sie. »Hast auf deiner Geige rumgekratzt«.

Er machte noch einen Schritt auf sie zu und hob einen Arm. »Rumgekratzt«, zischte er durch die Zähne.

Maria duckte sich und hielt den Roman schützend vor ihr Gesicht. Doch Gonski ließ den Arm sinken und stolperte aus dem Zimmer.

Er wusste nicht, warum er Maria nicht bestraft hatte. Sie war ihm so erbärmlich vorgekommen, als sie sich in den Sessel gedrückt und die Arme über sich gehalten hatte. In der Küche riss er zwei benutzte Teller vom Tisch und feuerte sie gegen die Wand. Er packte eine Schale mit Obst, hob sie über den Kopf und schleuderte sie auf den gefliesten Boden. Keuchend, mit hängenden Armen, sein Haarkranz schweißnass, stand er da. Er fühlte sich wieder besser.

Er hörte ein Geräusch. Maria stand in der Tür. Sie hielt das Fernsehprogramm gegen die Brust gepresst und sah an ihm vorbei. »Nein, im Ernst, Bruno …«, flüsterte sie, als hätte sie gemerkt, dass sie vorhin zu weit gegangen war. »Im Nationaltheater wirst du gewesen sein.« Ihr Finger rutschte über das Tagesprogramm. »Übertragung aus dem Nationaltheater. Anita Clerico, der neue Star. Das Staatsorchester. Die Karte hat sicher eine Menge Geld gekostet.« Sie nahm ihn an der Hand und zog ihn in sein Zimmer.

Er ließ es zu. Es war ihm nicht einmal unangenehm.

Maria legte seine Hand auf den Geigenkasten. Das Instrument lag daneben. »Du hättest selber mitspielen sollen.«

Es tat wohl. »Einmal selbst auf der Bühne stehen …«, sagte er leise, strich über den glatten Körper der Violine und legte sie in den Kasten. Er nahm den Kasten unter den Arm und ging zur Tür.

»Ich bin bald wieder da«, rief er Maria zu, die schon wieder im Wohnzimmer verschwunden war. Er wollte noch ein bisschen Violine spielen in der Wohnung seiner Mutter. Dort würde ihn niemand stören.

Gonski hatte schon immer gewusst, dass er außergewöhnlich talentiert war. Freunde hatte er nie welche gehabt, dafür in fast allen Fächern ausgezeichnete Noten. Den Mitschülern war er vom ersten Tag an unheimlich gewesen. »Du läufst herum wie eine Ratte mit schlechtem Gewissen«, spottete ein Klassenkamerad. Der kleine Bruno hatte den Jungen, der einen Kopf größer war, gepackt und ihn vor den Augen der anderen gegen die Wand geschleudert. Von da an hatten alle Angst vor seinem Jähzorn und mieden ihn. Sogar die Lehrer gingen ihm aus dem Weg.

Der Einzige, der anders dachte, war der Religionslehrer. »Intelligenter, hoch musikalischer Schüler« schrieb er ihm ins Zeugnis. Er besorgte ihm eine Violine aus dem Kirchenfundus und ließ ihn Geigenstunden nehmen. Mit zehn spielte Bruno im Gemeindeorchester. Mit sechzehn bewarb er sich am Konservatorium.

›Wir laden Sie ein, vorzuspielen. Spielen Sie ein Stück Ihrer

Wahl.‹ Datum und Stunde waren angegeben. ›Melden Sie sich im Sekretariat bei Frau Wolf.‹

Stolz hatte er den Brief seiner Mutter hingehalten. Platzen hätte er damals können vor Freude.

»Brotlose Kunst!«, sagte die Mutter nur. »Kannst dir den Brief ja an die Wand hängen.«

Ein Stück von Georg Kreisler wollte Bruno vorspielen. Wochenlang übte er. Er fuhr hinaus zum Park und spielte. Menschen versammelten sich um ihn und hörten ihm zu. Warfen ihm Münzen hin. Er konnte sein Glück nicht fassen. Schließlich kam der Tag. Er polierte Violine und Schuhe und radelte zum Konservatorium.

Im Sekretariat empfing ihn eine riesige Frau mit teigigem Gesicht. »Ihre Frau Mutter war schon da«, sagte sie und grinste ihn an. »Sie ist ja rührend besorgt.«

Seine Mutter war da gewesen?

Er konnte sich gut erinnern, wie er die Violine an sich gedrückt hatte. Er stand schon vor der Tür zum Nebenzimmer, aus dem Violinenspiel klang, da klappte die Dicke noch einmal ihr Fischmaul auf. Sie sagte etwas, aber er verstand es nicht.

»Haben Sie nicht gehört?«, wiederholte sie. »Sie können gehen.« Die ausgestreckte Hand wies zur Tür.

Er konnte sich nicht vom Fleck rühren. Sein ganzer Körper war heiß, seine Haut spannte.

»Ihre Mutter war beim Herrn Professor.« Die Stimme der großen Frau klang, als würde jemand mit einem Nagel über Glas ritzen. »Ihre Familie kann sich die Ausbildung nicht leisten. Tja, und wir sind nun mal kein Wohlfahrtsinstitut.«

Er sah sie genau vor sich, diese Frau, wie sie ihre langen, rosa lackierten Fingernägel betrachtete. ANNA WOLF hatte auf dem Türschild gestanden.

»Ihre Frau Mutter hat noch betont, wie gern sie Sie aufs Konservatorium schicken würde. Aber sie kann sich's nicht leisten. Außerdem leben Sie ja anscheinend in einem Mietshaus mit Nachbarn, die sich über alles beschweren. Besonders, wenn Sie auf der Geige spielen. Und ohne Üben kommen Sie nicht weit am Konservatorium.«

Heute noch, wenn er daran dachte, krampften sich die Finger seiner linken Hand zur Faust. Einzeln schnellten sie wieder heraus im Rhythmus seines Herzschlags.

»Aber ehrlich gesagt, ganz habe ich Ihrer Frau Mutter das nicht abgenommen. Sie will einfach nicht, dass Sie hier antreten. Und ohne elterliche Unterstützung läuft gar nichts.«

Voller Schadenfreude hatte sie ihm in die Augen gesehen. »Sie können gehen, junger Mann.«

Ihr runder Arm wies immer noch zur Tür.

»Aufhören mit dem Gekratze!« Jemand hämmerte an die Tür. »Es ist gleich Mitternacht!«

Gonski setzte die Violine ab. Lautlos kauerte er im dunklen Wohnzimmer seiner Mutter. Er brütete hinter zugezogenen Vorhängen vor sich hin, ein Nachtfalter, der mit vibrierenden Flügeln auf Beute wartet.

5

Carl Basserman griff nach hinten zwischen den Stühlen hindurch. Ein Schauer durchrieselte ihn, als er den Druck ihrer warmen Hand spürte. »Anita, es ist dein Konzert. Ich liebe dich«, raunte er ihr zu.

Er hatte die Geste zum Ritual vor jedem Konzert erhoben, in dem sie zusammen auftraten. Er machte auch kein Geheimnis daraus. Alle im Orchester wussten, dass er und seine erste Violinistin ein Liebespaar waren.

Gleich bei seinem ersten Besuch in Piacenza war Basserman Anita begegnet. Augenblicklich hatte sie ihn bezaubert. Nicht so sehr ihrer Schönheit wegen, sondern wegen ihrer fröhlichen und unbeschwerten Art. Sie hatte volle erdbeerrote Lippen, die Unterlippe aufgeworfen, ihre Brüste sprengten fast die Bluse und beflügelten seine Phantasie. Das terrakottafarbene Haar fiel in Kaskaden über ihre Schulter. Ihre Augen fraßen ihn auf. Sie liebten sich in Anitas Stadtwohnung auf der winzigen Sonnenterrasse oder in der schaumigen Badewanne, rücklings auf der Toilettenschüssel, an der Küchenbar oder auf dem Teppich, im Stehen vor dem Spiegel oder im Liegen auf dem Esstisch, seltener im Bett. Sie gab sich ihm in einer dunklen Ecke der Arkaden von San Sisto hin, er nahm sie auf dem Rücksitz eines Taxis in dunkler Nacht, in greller Sonne unter stacheligen Bougainvilleasträuchern oder auf dem Kühler eines Cadillacs in einer wildfremden Garage. Anitas Temperament, ihre lärmende Vitalität hatte ihm den Frieden seiner Seele geraubt.

Er ließ Anitas Hand los und hauchte einen Kuss nach hinten. Dann erhob er sich. Der Orchesterchef beugte sich zu ihm und schüttelte ihm die Hand.

Basserman spürte die gespannte Finsternis im Nationaltheater, er hörte das nervöse Hüsteln. Dann bekamen sie ihren Einsatz.

Bruno Gonski hatte nur mit Mühe eine Karte ergattern können. Die Messa da Requiem im Nationaltheater war schon seit Wochen ausverkauft. Jetzt war es endlich so weit.

Er war schon öfters hier gewesen, doch die Pracht dieses Hauses beeindruckte ihn jedes Mal aufs Neue. Er legte den Kopf zurück und sah zur Decke. Die riesigen Kronleuchter versprühten das Feuer ihres Lichts. Das Gold, die Stuckarbeiten, der rote Brokat, der von den Rängen und den Brüstungen der Logen leuchtete. Die teuren Roben der Damen blitzten, das Schwarz der Herren glänzte im Kontrast. Die Eleganz des Theaters, die noble Umgebung schienen den Wirbel um ihn herum noch anzuheizen. Es rumorte und drängelte wie in einem Kindergarten.

In der Proszeniumsloge konnte er den Ministerpräsidenten mit dem schlohweißen Haar und der scharf geschnittenen Nase erkennen. Er schien einen Scherz gemacht zu haben, denn alle um ihn herum lachten. Erst als er sich mit seinen Gästen niedergelassen hatte, kehrte Ruhe ein. Das Gejaule der probenden Instrumente verstummte.

Gonski ließ sein Opernglas zur Bühne wandern, die von einem saalhohen scharlachroten Vorhang gesäumt war. Das Orchester hatte Platz genommen. Es war bestimmt hundert Personen stark. Sein Blick blieb an Carl Basserman hängen, dem Konzertmeister, den er von anderen Musikveranstaltungen kannte. Basserman hielt Violine und Bogen in der einen Hand. Mit der anderen griff er hinter sich und nahm die Hand der Violinistin in der zweiten Reihe. Er warf ihr einen Kuss zu.

Durch das Fernglas sah Gonski das Leuchten in ihren Augen. Ihre Zähne blitzten, als sie lachte und ihr Haar nach hinten warf. Ihre wallenden Locken stachen ihm ins Auge. Es war sein Platz. *Sie sitzt auf meinem Platz.*

Wie ein abschwellender Posaunenton erlosch die Beleuchtung.

Der Mann hinterm Tresen machte das Licht an. Hector Lindberg sah sich um. Sie waren die einzigen Gäste. Unter dem Schirm der schwarzen Baseballkappe hervor blinzelte er Ottakring an. Obwohl es dafür viel zu warm war in der Wirtschaft, hatte der Kriminalrat seinen Kamelhaarmantel angelassen.

»Du kannst dich ja sicher noch an die Geschichte erinnern, Joe«, sagte Lindberg. »Walz war Fahrer beim Roten Kreuz. Er hat den Frauen die Kopfhaut abgezogen, dann hat er sie noch in derselben Nacht in einem Hauseingang oder auf einer Straßenbank in seinem Revier abgelegt und anonym bei der Polizei angerufen. So war er jedes Mal dabei, wenn das Rote Kreuz ausrückte, um die Frauen abzuholen. Seine Anrufe haben ihn dann auch zur Strecke gebracht.«

Ottakring nickte und blies einen Rauchring gegen die Decke. Bläuliche Schatten deuteten seinen Bartwuchs an. Er stützte die Ellbogen auf die Tischplatte und sah Lindberg an. »Hector, du hast deine Tests und Untersuchungen korrekt gemacht. Aber wir hätten wissen müssen, dass das letzte Opfer aus dem Freundeskreis des Vollzugsbeamten stammte. Wir hätten das überprüfen sollen. Der Mann hätte niemals zu deiner Psycho-Sitzung eingeteilt werden dürfen. Eine echte Panne. Wir können nur hoffen, dass Walz durchkommt. Obwohl ...« Er schob den Unterkiefer vor und fuhr sich mit dem ausgestreckten Daumen quer den Hals entlang.

Typisch Ottakring. Lindberg kannte den Kriminalbeamten seit Jahren. Er sagte immer genau das, was er dachte. Lindberg hatte Ottakring vom ersten Augenblick an gemocht, als er nach dem Psychologiestudium ein Praktikum bei ihm absolvierte. So verschieden sie waren, lagen sie beide auf derselben Wellenlänge.

»Was grinst du denn?«, fragte Ottakring.

»Ich musste daran denken, wie du damals das Geld bei der Polizei abgegeben hast.«

Als Fünfjähriger hatte Ottakring miterlebt, wie in der Straße, in der er mit seinen Eltern wohnte, ein Geldtransporter explodierte. Hunderttausende von Mark hatten auf der Straße gelegen, alle bedienten sich. Bis die Polizei kam, war der größte Teil des Geldes verschwunden. Doch der kleine Josef entdeckte beim Spielen noch ein Fünfzigpfennigstück, ein Zehnpfennigstück und zwei Fünfpfennigstücke im Rinnstein. Er ging mit den Münzen ins Polizeirevier und legte sie auf den Tresen. »Menge Kies«, sagte er. »Vom Geldauto!« Für einen Tag wurde der Junge zum Helden der Stadt. Er durfte in einem Polizeiauto mitfahren und die Sirene bedienen. Ein glühender Polizeifan war geboren.

Josef Ottakring, mit einundvierzig Jahren Chef des Kommissariats 111, der Münchener Mordkommission, stand auf und reckte sich. Er legte Lindberg die Hand auf die Schulter. Nahm die Zigarre aus dem Mund und sah ihm die Augen. »Hector, ich brauche dich.«

Er winkte dem Wirt und bestellte zwei Schnäpse.

»Stell dir vor, du bist ein Löwe in Afrika«, begann Ottakring. »Du beobachtest diese Herde Gazellen an einer Wasserstelle. Du lässt den Blick wandern. Tausend Gazellen, eine wie die andere. Doch dein Blick bleibt an einer Einzelnen hängen. Nur die eine interessiert dich. Sie ist krank. Sie ist die schwächste. Die leichteste Beute. Und die holst du dir.«

Lindberg nippte an dem Schnaps und fragte sich, worauf sein Freund wohl hinaus wollte.

»Genauso ist es mit unseren ganz durchgeknallten Killern. Ob sie junge Frauen jagen, wie der Indianer, oder Kinder, Alte oder Behinderte – es ist die Spannung der Jagd, die solche Menschen antreibt. In dieser Hinsicht sind sie wie unser Löwe in der Wildnis.«

»Und was habe ich damit zu tun? Spuck's schon aus, Joe.«

Ottakring blickte ihn mehrere Sekunden lang an. »Verhalten spiegelt Persönlichkeit«, sagte er dann. »Du sollst uns den Täter aus seinem Tatverhalten herausfinden. Den Löwen mit den Augen der Gazelle sehen und ahnen, wie er denkt.«

Lindberg erkannte sofort die Herausforderung einer solchen Aufgabe. Profiling war in aller Munde, die Münchener Kripo hatte ihre eigene Spezialeinheit Operative Fallanalyse. Er griff nach dem halb vollen Schnapsglas, ließ es aber auf dem Tisch stehen.

»Ich dachte an dich, Hector«, fuhr Ottakring fort, »weil du zu uns passt. Ich will einen Mann direkt im Kommissariat, der sich mit operativer Fallanalyse auskennt. Ich brauche einen exzellenten Psychologen für den Job. Eine Art Sonderermittler. Einer, der schon einmal bei uns gearbeitet hat, erfahren in der Polizeiarbeit ist und die Disziplin des Militärs inhaliert hat. Genau so einer wie du schwebt mir vor.« Ottakring redete mit weichem Münchener Akzent, ohne dabei das Gesicht zu bewegen. »Selbst wenn ich mich damit bei den Kollegen unbeliebt mache, weil ich dich sozusagen abwerbe aus dem polizeipsychologischen Dienst.«

»Und dafür willst du ausgerechnet einen abgestürzten Piloten mit verkrüppeltem Gehirn haben?«

»Kokettier doch nicht immer mit diesem Unfall. Von deinem Fachwissen und deinem scharfen Verstand hast du ja nichts eingebüßt«, sagte Ottakring bestimmt. »Und genau das brauche ich.«

Lindberg trommelte mit den Fingern auf die Tischplatte. »Wie viele Morde passieren denn jährlich in München?«

»Ab und zu tun uns die Türken, Russen oder Serben den Gefallen. Und alle paar Jahre wird ein Schauspieler umgebracht.«

»Ich mag keine Arbeit, die ich mit den Füßen auf dem Tisch erledigen kann.« Lindbergs Stirnnarbe leuchtete hellrot. »In meinem jetzigen Job ist's nicht gerade langweilig. Wenn ich wechseln soll, dann muss es was Neues sein. Wenn du mir das bieten kannst, Joe, dann ruf mich an.«

»Der Glöckner von Notre Dame, so haben sie dich genannt. Dein Gehirn war wie ausgedörrt vom Fieber, es ist ein Wunder, dass du dich überhaupt an irgendetwas erinnerst.«

Eine Bö wehte ein paar abgefallene Blütenblätter über die Terrasse vor Lindbergs Füße. Er hörte dem Wortschwall seiner Mutter nur halb zu. Sie konnte einem das ganze Frühstück mit ihrem Lieblingsthema vermiesen.

»Du konntest dir nichts mehr merken. Ständig hast du mich mit Judith verwechselt, sogar mit Bella. Dein Hals war wund von den vielen Schläuchen. Die linke Gesichtshälfte hing herab, dein linker Arm hat geschwungen wie ein Pendel, und den Fuß hast du wie einen Fremdkörper hinter dir hergezogen. Hast tatsächlich ein bisschen wie Quasimodo ausgesehen.«

Lindberg sagte nichts. Erinnern konnte er sich kaum noch an diese trostlose Zeit. Aber seine Mutter hatte die Geschichten schon so oft erzählt, dass er meinte, sie bewusst erlebt zu haben. Kein Detail fehlte. Das Klingeln des Telefons erlöste ihn.

»Entschuldige«, sagte seine Mutter und trippelte in kurzen Schritten ins Wohnzimmer.

Lindberg trank seinen Kaffee aus und wanderte durch den blühenden Garten. Seine Mutter liebte Blumen in jeder Form und Farbe. Stets hatte sie überall im Haus frische Schnittblumen, selbst im Winter, wenn ihr Gärtner sie im Treibhaus züchtete.

Neben einem süß duftenden Schmetterlingsstrauch am Eingang zum Anwesen blieb Lindberg stehen. Eine ovale Messingplatte mit leicht verblassten, eingefrästen Buchstaben war dort auf eine Marmorsäule geschraubt. *Dr. Isabel Lindberg – Psychotherapie.*

Der Pfeiler mit dem Praxisschild befand sich neben dem geschwungenen Eingangstor zu der kleinen Villa, die in den sechziger Jahren im Stil der Gründerjahre errichtet worden war. Um das Gebäude herum lagen rund sechshundert Quadratmeter bunt bepflanzter Garten. Die goldfarbenen Schwinggitter an den Fenstern, das ausladende Giebeldreieck und die verspielten Türmchen an den Seiten waren zwar nicht nach seinem Geschmack. Trotzdem, fand Lindberg, strahlte das Haus Würde und Luxus aus.

»Hector!«

Isabel stand auf der Terrasse und strich ihr Kleid glatt. Erst jetzt bemerkte er, wie elegant sie gekleidet war. Ihr dunkelgrünes Kostüm war am Hals unter einer schwarzen Fliege gerafft. Ein bisschen verlegen stand sie da. Zumindest kam es Lindberg für einen Moment so vor. Er war da in Jeans und schwarzem T-Shirt zum Frühstück erschienen.

»Schon fertig mit Telefonieren?«, fragte er.

Statt einer Antwort forderte sie ihn mit einer Bewegung auf, wieder Platz zu nehmen. »Hector, wir müssen endlich mal …«

»Nicht schon wieder, Mutter«, unterbrach er sie. »Ich dachte, wir hätten das geklärt.« Seit seinem Unfall war kaum eine Woche vergangen, in der sie nicht versucht hatte, ihn zu überreden, in ihre gut gehende Praxis einzusteigen. »Du könntest es doch so schön haben und die Praxis später ganz übernehmen«, war ihr Argument.

Lindberg legte die Handballen auf den Tisch und spreizte die Finger. »Ein letztes Mal, Mutter, wirklich. Mich mit diesen affektierten, blasierten Hühnern als Patientinnen rumzuärgern, das würde ich auf Dauer nicht aushalten. Der polizeipsychologische Dienst ist da viel besser für mich.«

Das Telefon klingelte wieder.

Isabel Lindberg sprang auf. »Das wird wieder dieser Ottakring sein.«

»Wie bitte?«

»Na, der hat ja schon vorhin angerufen.«

»Warum hast du mich nicht geholt?«

»Du warst im Garten. Aber ich habe ihm gesagt, er soll gleich noch einmal anrufen.« Isabel schwebte hinein und kam mit dem Hörer wieder. »Herr Ottakring. Er betont wohl seine bayerische Note, ich kann ihn kaum verstehen.«

»Guten Morgen, Joe.« Ottakring hatte ihn noch nie bei seiner Mutter angerufen. Die Sache mit der neuen Profiler-Stelle musste ihm wirklich dringend sein. »Hätte das nicht Zeit bis morgen gehabt?«, fragte Lindberg in den Hörer. »Kaum hab ich die Augen offen, da soll ich schon Entscheidungen fürs Leben treffen.«

Isabel sah ihn fragend an, als er ihr den Hörer zurückgab.

»Ein echter Münchener«, erklärte Lindberg. »Du hast ihn ja kennen gelernt. Grantelt ständig vor sich hin. Hat getan, als ginge es um Bandenkriege zwischen Türken und Russen. Eigentlich will er mich nur weich klopfen für diesen neuen Job im Präsidium.« Er erklärte ihr kurz, worum es ging.

Isabel verzog den Mund. »Operative Fallanalyse, wie das schon klingt. Pro-fi-ler!« Sie dehnte das Wort, als wäre es Kaugummi. »Willst du dir das wirklich antun, Hector? Du kannst doch froh sein, dass die Luftwaffe nach deinem Unfall so für dich gesorgt hat. Deine Versetzung nach München, dieser Job in der Polizeipsychologie. Ist das nicht dumm, wieder zu wechseln? Du wirst schließlich bald vierzig!«

Isabel ging auf ihn zu. Hector konzentrierte sich und ließ

die Narbe auf der Stirn blutrot glänzen, um sie abzuschrecken. Trotzdem konnte er sie nicht daran hindern, ihn zu umarmen.

»Willst du nicht doch in die Praxis kommen, mein Junge?«, flüsterte sie ihm ins Ohr.

Den ganzen Sonntag hatte er auf dem Balkon gesessen und den Hof beobachtet. Selbst am Abend war er noch draußen, versteckt hinter seinen Begonien, der Schwarzäugigen Susanne und anderen Pflanzen, die Schatten vertrugen. Er wollte rauchen, doch er tat es nicht. Der Zigarettengeruch hätte ihn sofort verraten. Er wollte unbemerkt bleiben. Um sich das Rauchen abzugewöhnen, hatte er sich ein kleines Depot von Zigaretten zuoberst auf dem Küchenschrank angelegt. Immer wenn er rauchen wollte, musste er eine Leiter benutzen. Die Streichhölzer hatte er im Gummibaum vergraben.

Ein richtiger Hof war es eigentlich nicht. Eher eine rechteckige Fläche, lückenhaft gepflastert und unregelmäßig mit Laubbäumen bepflanzt, von der Größe eines Fußballfelds, eingefasst von den Innenwänden seines eigenen Hauses und der umliegenden vier- oder fünfstöckigen Wohnblocks.

Der alte Mann auf dem Balkon lebte für seine Beobachtungen. Er brauchte kein Fernsehen. Mit dem Fernglas holte er sich nachts die Sternbilder des Orion und der Zwillinge oder den Andromedanebel vom Himmel, verfolgte Flugzeuge an ihren Positionslichtern, ortete manchmal sogar Satelliten.

Und er tauchte ins Leben der umliegenden Nachbarn ein. Der Eisenbahner, der mittags von der Schicht kam und seine Frau verprügelte, wenn das Essen nicht fertig war. Die junge Frau, die tagsüber halbnackt an ihrem Computer arbeitete. Das Ehepaar, das immer freitags in der Dämmerung auf dem Balkon Sex hatte. Der Papagei, der sich vor lauter Kummer übers Alleinsein den Hals kahl gerupft hatte. Er kannte alle ihre alltäglichen Gewohnheiten.

An diesem lauen Sonntagmorgen beobachtete er die spielenden Kinder unten im Hof. Besonders die mit den dicken Zöpfen hatte es ihm angetan. Sie war ein fröhliches Kind, obwohl sie beim Ballspielen immer vorbeigriff und beim Versteckspielen ständig als Erste erwischt wurde. Dass sie nicht die Leiseste war, erkannte er an ihren Mundbewegungen, und er folgerte es aus der Art, wie sie die Arme in die Luft warf und mit ihren Freundinnen herumtollte.

Am interessantesten war Bruno Gonski. Den Namen kannte er vom Türschild. Gonski mit Frau wohnten ihm gegenüber, ihr Balkon war auf derselben Höhe wie seiner. »Gonski mit der Geige« hatte der alte Mann ihn getauft, weil sein Nachbar immer mit einer Geige auf dem Balkon herumhantierte.

In diesem Moment trat Gonski schräg gegenüber auf den Balkon und beugte sich über die Brüstung. Er sah zu den Kindern hinunter, die »Schneeball« spielten und taten, als wäre tiefster Winter.

Das Mädchen mit den dicken Zöpfen formte gerade einen unsichtbaren Schneeball und warf ihn ihrer Freundin ins Genick. *Ja, ja, ja, der Schneemann, der ist da!* Der alte Mann hinter den Begonien beobachtete die Lippen der Kinder und erinnerte sich an den Reim. Das Mädchen warf sich über ihre Freundin, riss die dritte mit und purzelte mit ihnen über den Hof.

Das Gesicht seines Nachbarn war zu einer hässlichen Fratze verzerrt. Er fuchtelte mit den Armen, ballte die Fäuste und brüllte hinunter. Kleine Speichelbläschen spritzten aus seinem Mund. Ein abartiges Rumpelstilzchen. Der alte Mann konnte es nicht länger mit ansehen. Er ging hinein und schob kopfschüttelnd die Leiter an den Küchenschrank.

Bruno Gonski hob den Geigenbogen, schlug zu und spaltete ein vorüberschwebendes Blatt. Er zitterte. Das Gekreische der Kinder machte ihn rasend. Er wollte sich die Ohren zuhalten und schrammte dabei mit seiner Violine am Putz der Wand entlang. »Satansbande!«, fluchte er und schwang das Instrument. Die Geige behielt einen hässlichen hellen Fleck. »Eine

Stimme wie eine unsauber laufende Kettensäge«, brüllte er hinunter in den Hof.

Niemand schien ihn zu hören, weder die Mädchen noch die Nachbarn. Da brüllte er es noch einmal hinaus. »Satansbande!« Er imitierte die Kopfstimme des Mädchens mit den Zöpfen. *Ja, ja, ja. Der Schneemann, der ist da.* Er sang es wie ein Lied. *La-aut und schri-hill. Gehört auf den Mü-hüll.* Seine Stimmbänder waren überreizt. Er musste husten.

»Was hast du gesagt?«, hörte er Maria in der Küche. »Bruno, dein Essen ist gleich fertig.«

Ohne zu antworten, wandte er sich ab vom Hof und sackte in sich zusammen. Was sollte er seiner Frau auch sagen? Nichts von dem, was ihm etwas bedeutete, hatte sie jemals verstanden.

Judith Lindberg liebte diese Sonntage. Einmal in der Woche ein freier Tag, an dem man seine Ruhe hatte. Sie hatte sich hingesetzt, um zu lesen. Doch sie hielt das Buch nur auf den Knien, strich abwesend über das glatte Kunstleder der Couch. An manchen Tagen wünschte sie sich, nicht immer zur Arbeit gehen zu müssen. Doch Ferrari, das war ihr Leben. Ferrari und Fußball. Sie wollte es sich nicht eingestehen. Doch wenn sie ehrlich zu sich war, empfand sie Bella oft nur als Anhängsel. Das Leben wäre viel einfacher ohne sie. Bella war wahrhaftig kein Wunschkind gewesen. Einmal nicht aufgepasst, und peng ... *Ich taufe dich auf den Namen Arabella.*

Die Tür schlug auf. Mit zerzausten Haaren kam Bella ins Wohnzimmer gestürmt. Ein Zopf hatte sich aufgelöst. »Mami, was gibt's zu essen?« Sie ließ den Anorak zu Boden gleiten und deutete eine Pirouette an.

Judith hob das Kleidungsstück wortlos auf.

Bella warf sich neben sie und legte den Kopf an Judiths Seite. »Krieg ich auch so eine geile Jacke wie die von Onkel Hector?«

»Da musst du ihm die Jacke schon klauen«, sagte Judith. »Zu kaufen gibt's die nicht.«

»Warum nicht?«

»Sie ist ein Andenken an einen Fliegerkameraden. Einen Engländer, glaub ich.«

»Wieso ist die Jacke denn ein Andenken?«

Judith betrachtete Bella einen Augenblick. Sie wusste, wie gern das Kind ihren Onkel hatte. Und umgekehrt. ›Du musst Bella das Gefühl geben, dass sie dir etwas bedeutet,‹ hatte er vor kurzem gesagt. ›Dass sie das Wichtigste für dich ist auf der Welt. Du musst sie ernst nehmen. Rede mit ihr, unternimm etwas. Alles ist besser, als sie allein zu lassen.‹

Judith legte den Arm um Bella, atmete tief durch und antwortete mit leiser Stimme. »Eine Möwe ist in das Flugzeug des Engländers geflogen. Dann ist es abgestürzt.«

»Genau wie bei Onkel Hector.«

»Der Engländer hat den Schleudersitz gezogen. Das Rettungsboot hat sich aufgeblasen, und er ist in der Nordsee gelandet.«

»Ja, wie Onkel Hector. Cool, Mami.«

»Nein, Bella, Onkel Hector ist in Norwegen abgestürzt, in einem Fjord. Sein Flugzeug hat eine Hochspannungsleitung durchschnitten.« Judith zupfte eine Fussel von Bellas Schulter. »Bei dem Engländer war es anders: Der ist im Nebel ins Meer hinausgetrieben und erst nach Tagen haben sie das Boot gefunden. Es war leer. Bis auf die Jacke.«

»Alles klar. Die hat dann Onkel Hector gekriegt, weil der Engländer sein Freund war. Jetzt fährt er damit Motorrad.«

Judith nickte. Wenn Bellas Augen so glänzten wie jetzt, dann kam sie richtig in Fahrt.

»Und Onkel Hectors Freund, der bei ihm in der Maschine war, der ist in Norwegen ertrunken, ja, Mami?«

Judith zögerte. Nimm Bella ernst.

»Wie gesagt«, erklärte sie, »Onkel Hector ist in diese Stromleitung über den Fjord hineingeflogen. Er hatte sie zu spät gesehen. Das Stahlseil hat eine Tragfläche abgeschnitten. Hector hat sich herausschießen können und ist am Fallschirm im Wasser gelandet. Er wurde verletzt.« Judith fuhr sich über die Stirn. »Sein Navigator hat es nicht geschafft. Er ist ertrunken. Frank hieß er.«

Bella nickte. Mit Handbewegungen, die ein abstürzendes Flugzeug nachmachten, war sie Judiths Beschreibung gefolgt. »Ach, Mami«, sagte sie jetzt. Sie rutschte von der Couch, streckte die Arme seitlich hoch und durchquerte mit Ballettschritten das Zimmer, als ob sie flöge.

»Mami, du nimmst alles immer so schwer. Und keine Sorge wegen Onkel Hectors Jacke. Ich werd mir doch den Engländer nicht zum Feind machen. Ich nehme lieber die Geigenstunden.«

Judith stand auf und flog mit ihrer Tochter durch den Raum.

Der alte Mann vom Balkon fühlte sich ausgelaugt und kaputt. Acht Kilo hatte er abgenommen, sein Anzug schlotterte an seinem Körper. Doch er musste seine Pflicht erfüllen. Deshalb rasierte er sich sorgfältig und marschierte zum Polizeirevier.

MODL las er auf dem Namensschild des Dienst habenden Beamten. Er reichte dem Mann mit der randlosen Brille einen handgeschriebenen Zettel.

Während der ihn las, lehnte der Alte sich über den Empfangstresen. Er meinte ein Schmunzeln im Gesicht des Polizisten zu erkennen. Modl rief etwas in den Nebenraum. Ein zweiter Polizist mit wirrem Haar und breitem Hintern kam dazu. Auf seinem Namensschild stand MAIER. Er nahm Modl das Papier aus der Hand und überflog es.

»Ist das alles?« fragte er. »Ein Mann beobachtet ein spielendes Mädchen und schlägt mit einem Geigenbogen um sich? Und wir sollen ihn beschatten, nur ...« Maier fuhr mit dem Finger übers Papier. »... weil er etwas Tödliches im Blick hat?«

Der alte Mann richtete sich auf. Er hatte alles genau mitbekommen und nickte. »Richtig«, sagte er.

Im Augenwinkel bekam er mit, wie Modl kurz entnervt zur Decke starrte.

Maier versuchte, sein Haar glatt zu streichen. »Wollen Sie Anzeige erstatten?«, fragte er.

Modl setzte sich an den Computer.

»Anzeige möchte ich nicht erstatten. Es ist ja nichts passiert. Noch nicht.«

Modl legte einen Finger an die Lippen und sprach sehr deutlich. »Brüllen Sie bitte nicht so. Wir können leider nichts tun, wenn nichts passiert ist. Wir können diesen Herrn ja nicht einfach festnehmen.« Nach einer Pause sagte er: »Sie meinen das alles schon ernst?«

Der Alte warf einen kritischen Blick auf Modl. Der Mann glaubte ihm nicht. Es war wie immer: Erst musste etwas passieren, bevor die Polizei einschritt. Da hätte er sich gar nicht erst rasieren zu brauchen. So etwas musste er sich nicht bieten lassen. Er riss Modl das Papier aus der Hand, zerfetzte es und schob die Schnipsel in die Tasche.

»Dann eben nicht. Sie werden schon sehen, was Sie davon haben.«

Er packte seinen Hut, zog den Hosenbund hoch und vermied es, die Tür hinter sich zuzuschlagen.

6

Auf einem zertretenen Rasenstück in der Nähe von Bruno Gonskis Geschäftsbank standen dreizehn Wohnwagen dicht zusammengedrängt wie eine Herde verängstigter Antilopen.

Es hatte zu nieseln begonnen, als Gonski in die Straße einbog. Die Muskeln in seinem Gesicht zuckten, die Finger um den Griff der schwarzen Ledertasche in seiner Hand verkrampften sich zur Faust. Er hatte die Cowboystiefel an und eine leichte Windjacke übergestreift.

Am rechten Rand des kleinen Caravanparks, etwas abseits von den anderen und dicht an eine Hauswand gepresst, stand ein uraltes Modell. Es sah aus wie ein schüchternes Fohlen, das sich von der Herde abgesondert hatte.

Gonski musste nur noch das Geld von der Bank holen. Für seinen Wohnwagen. Der hatte die Form einer ausladenden Birne und war azurblau lackiert, mit einem geschwungenen gelben Streifen ringsum an den Seiten. Er hatte einen tiefen Unterbau, keine Seitenfenster und war schalldicht. Hier konnte er Violine spielen, Musik hören und einfach allein sein. Er lächelte.

Er bekam den Schlüssel zu seinem Schließfach, ein Angestellter begleitete ihn in den Keller. Als er kurz darauf wieder auf die Regen glänzende Straße trat, hatte er die Summe in der Tasche, um den Wohnwagen zu kaufen. Die jetzige Besitzerin hatte auf Barzahlung bestanden.

Und fast wäre er in sie hineingelaufen. Sie kam aus dem Regen und sah aus wie ein dürrer, durchnässter Papagei.

»Ihr Name interessiert mich nicht«, sagte sie. Sie sprach mit einer wohltönenden Altstimme. »Hat mich nie interessiert, wie meine Kunden heißen.«

Er zog sie mit sich unter das Dach einer Bushaltestelle.

Die Hände der Frau waren klein und zart wie bei einem

Kind. Sieben Ringe zählte Gonski an ihren kleinen Händen. Er öffnete die Tasche und reichte der Frau den Umschlag mit dem Geld.

Sie zählte nach, kramte in den Taschen ihres Lackmantels nach den Schlüsseln und gab sie ihm.

Dann verschwand sie wieder im Regen.

Gonski ging zum Wohnwagen und strich über die nasse, glatte Außenhaut. Er schloss auf, ging hinein und schloss von innen ab. Reglos saß er da. Kein Laut war zu hören. Es war absolut still und dunkel. Endlich hatte er einen Ort ganz für sich allein. Er spürte, wie sein Herzschlag sich beschleunigte. Zum ersten Mal in seinem Leben glaubte Bruno Gonski an das Glück.

In den folgenden Tagen und Wochen fiel Maria Gonski auf, dass ihr Mann oft nicht nach Hause kam. Ständig sah sie ihn eine seiner Violinen herumschleppen. Irgendwann stellte sie ihn zur Rede: »Bist du dauernd in der Wohnung deiner Mutter und spielst, oder was? Und woher stammen die Flecken an deiner Hose? Soll ich den Riss in deinem Pullover stopfen?«

Bruno hatte sich verändert. Er schien ihr ruhiger, gelassener, als ob jemand eine große Last von ihm genommen hätte. Er übte keinen Druck mehr auf sie aus. Endlich konnte sie einmal wieder aufatmen. Wenn er weg war, sah sie fern und häkelte. Oder sie verschlang ihre Liebesromane, konnte sie endlich in einem Zug durchlesen. Wenn sie vor die Tür ging, um einzukaufen oder den Müll hinunter zu tragen, tat sie das aus alter Gewohnheit trotzdem noch zu Zeiten, in denen sie möglichst wenigen Menschen begegnete. Sie drückte sich im Treppenhaus in die Ecken, vermied den Hof und schon gleich die Straße, aus Angst, jemand würde sich wieder über ihren Mann beschweren.

Maria erschrak, als der alte, hohlwangige Mann sie unten an den Briefkästen ansprach.

»Frau Gonski!«, brüllte er. Tiefliegende, scharfe Augen musterten sie. »Frau Gonski, haben Sie eigentlich eine Ahnung, was um Sie herum vorgeht?«

Irgendetwas stimmte nicht mit diesem Mann. Er röhrte in einer Lautstärke, als wolle er die Haustür aus den Angeln sprengen. Eine Katze drehte sich erschreckt um und rannte durch den Hintereingang in den Hof. Da legte der Alte eine Hand an den Mund und kam nahe an ihr Ohr. Jetzt sprach er leise und tat sehr geheimnisvoll.

Als Bruno die Wohnung das nächste Mal verließ, schlich Maria ihm nach. Sie folgte ihm bis zum Haus seiner Mutter, wartete im Regen in einem Hauseingang auf der anderen Straßenseite. Lichter gingen an. Sie sah Bewegung hinter den Vorhängen. Bruno aber sah sie nicht mehr.

Er entwischte wie ein Phantom. Vor seiner Firma wartete sie im Dunkeln auf ihn. Beobachtete, wie er den Betrieb durch den Haupteingang betrat. Sie schlich um das Gebäude, sah ihn aber nirgends herauskommen. Sie folgte ihm zur Bar Osiris, seiner Lieblingskneipe. Sie beobachtete ihn durchs Fenster, wie er in der Ecke sein Bier trank. Sie nahm all ihren Mut zusammen und schob die Tür auf – doch der Platz, an dem er gestanden hatte, war leer.

Sie wusste, bei welcher Bank er sein Vermögen auf den Konten hatte. Sie ging ihm abends dorthin nach. Er holte Geld aus dem Automaten. Draußen wandte er sich zu dem Caravanpark. Das Licht aus einem Schaufenster fiel auf einen seltsam eiförmigen Wohnwagen. Maria ging neugierig näher. Das Ding war blau und hatte einen hellen Streifen an der Seite. Doch als sie wieder aufsah, war Bruno verschwunden. Selbst als er ihr eine Stunde später im Straßenlicht entgegenkam, tat er, als kenne oder sähe er sie nicht.

Maria bekam wieder Angst. Sie kannte Brunos Rastlosigkeit, seine Unberechenbarkeit. Die schrecklichen Tage in Namibia fielen ihr ein, als er mit seinem Gewehr dicht neben ihr in die Küchenwand geschossen hatte, weil er sie verdächtigte, eine Rohrzange verlegt zu haben. In der gleichen Nacht war sie geflüchtet. Als er sie schließlich aufspürte, lag sie halb verdurstet in einer Senke in der Namibwüste. An ihrem langen Haar schleifte er sie über den Fels und durch den Sand bis zum Jeep. Dann nahm er sie mit nach Hause, verband und pflegte sie, bis sie körperlich wieder gesund war.

Fast jeden Tag nahm sie sich vor, endlich zu gehen, ihn endlich zu verlassen Aber sie fand die Kraft nicht. Und sie hatte Angst.

Galvano-Gonski lag im Gewerbegebiet am Ende einer Sackgasse zwischen zwei Lackierereien. Um den Flachdachbau hatten sich Möbelhändler, Metallbaufirmen, zwei Tankstellen und ein Supermarkt angesiedelt. Lärm und Staub beherrschten die Gegend und der Geruch der Insolvenz.

Der ätzende Gestank von Laugen und Säuren dominierte in Gonskis Betrieb. Laugen und Säuren waren die Basis für das Galvanisieren und Elektropolieren. Zwei Männer tauchten Metallelemente in Bäder, um sie zu beizen und unter der Einwirkung von Strom blank zu machen. Meistens waren es Rührkessel und die dazu gehörenden Einzelteile – Wellen, Schnecken, Flügel –, aus denen später in Pharmaunternehmen Tabletten produziert wurden. Eine chromglänzende Bahnhofsuhr in der Säurehalle wies den beiden Angestellten den Weg zu Pünktlichkeit und Disziplin.

Bruno Gonski hatte eine revolutionäre Methode entwickelt, mit dem ein Motorradfahrer den Kotflügel seines Choppers eloxieren lassen konnte, ein Raucher sein Feuerzeug oder eine Schülerin ihre Haarspange. Das patentierte Verfahren wurde inzwischen industriell genutzt und hatte Gonski zum wohlhabenden Mann gemacht.

Die tennisfeldgroße Halle blitzte vor Sauberkeit. Auf einem tief liegenden Sims in der Nähe des Eingangs stand ein CD-Spieler, der die Räume mit klassischer Musik beschallte. An den Wänden klebten Plakate von Violinkonzerten der Münchener Orchester.

Im hinteren Teil hatte Bruno Gonski sein Büro. In einer Ecke stand ein schmaler Schreibtisch. Davor, genau ausgerichtet, ein Stuhl. Parallel dazu in der anderen Ecke eine Liege. Es gab eine Kaffeemaschine, einen Fernseher, einen Videorekorder. In einem Regal, ordentlich gestapelt und beschriftet, Ordner, Kassetten, Musiknoten. Im obersten Fach, exakt auf Abstand, drei Violinen. Parallel zum Verlauf der Fugen im Fliesenfußboden, mit den Spitzen zur Wand, standen Gonskis Cowboystiefel unter der Liege.

»Chef«, wurde er von den beiden Männern gerufen. »Chef, wir brauchen neue Salpetersäure. Chef, wir werden heute nicht mehr fertig. Chef, sollen wir Ihnen eine Brotzeit mitbringen?«

Bruno Gonski half aus, wo er konnte, ohne viel zu sagen. Außerhalb der Arbeit hatte er keinen Kontakt mit seinen Angestellten. Das Privatleben seiner Mitarbeiter interessierte ihn nicht.

Sie brauchten nicht zu wissen, wo er wohnte. Sie sollten keine Kenntnis davon haben, dass er mit seiner Frau acht Jahre in Afrika verbracht hatte. Er war sich sicher, dass sie nicht einmal ahnten, dass er verheiratet war. Über die laienhaften Versuche seiner Frau, ihm nachzustellen, konnte Gonski nur lachen. Er hätte allerdings gern den Grund dafür gewusst. Er war ständig auf der Hut. Jedes Haus besaß einen Hinterausgang, durch den er entschlüpfen konnte. Der Galvanik-Betrieb hatte eine Geheimtür. Niemand, schon gar nicht Maria, durfte von seinem Versteck im Wohnwagen erfahren.

In Namibia hatte er das Aas der Tiere aufgespürt, indem er sich in eine Hyäne verwandelte. Er entkam dem Leoparden, indem er die Gestalt der Ratte annahm. Er kannte alle Tricks des afrikanischen Busches. Doch hin und wieder kam es vor, dass eine Maus alles kaputt machte.

Er musste sich hüten vor Maria.

Die Bahnhofsuhr zeigte den Beginn der Mittagspause an, als Gonski nach Muller rief. »Sind Sie mit den Wellen für die neuen Rührkessel fertig geworden, Herr Muller?«

»Ja.«

»Lassen Sie sehen.« Gonski überprüfte das Ergebnis und

war zufrieden. Er ging in sein Büro, nahm die mittlere Violine vom Regal, stellte sich ans Pult und spielte. Die Tür ließ er halb offen, wie er es immer tat.

In der Halle waren ungewohnte Stimmen zu hören. Hohe Kinderstimmen. Er setzte die Violine ab. »Muss mich getäuscht haben«, murmelte er. Er machte die Tür ganz auf.

»Papi, wo bist du?«

Er schoss nach draußen, und sah, wie Muller hinter einer Wanne hervortrat. Der Galvaniseur hatte die Schutzmaske auf und fuchtelte mit seinen behandschuhten Händen Richtung Hallentor, das offen stand. Wie oft hatte Gonski seinen Männern schon gesagt, sie sollten das verdammte Tor schließen.

Ein Mädchen in roter Hose stand in der Halle. Er kannte das Kind. Auf beiden Händen balancierte es einen bunten Kuchen mit einer brennenden Kerze in der Mitte und streckte ihn Muller hin. Da war noch ein Mädchen. Eines mit dicken Zöpfen.

»Happy birthday to you«, sangen die beiden.

Gonskis Augen verdunkelten sich. *Ja, ja, ja. Der Schneemann, der ist da.*

Mit hochrotem Gesicht ging er auf Muller zu. »Wer sind die beiden?«, brüllte er. Dann fragte er leise: »Muller, haben Sie das Tor aufgelassen?« Weiter kam er nicht.

Die Kleine mit den Zöpfen trippelte auf ihn zu und stellte sich ihm in den Weg. Sie sah zu ihm auf und legte den Finger an die Lippen. »Nicht böse sein, bitte. Herr Muller hat Geburtstag. Wer hat da denn gespielt?«, fragte sie. »Anita Clerico?«

Durch Gonski ging ein Ruck. Das laute Mädchen vom Hof. Sie kannte die Clerico.

Muller hielt ihm die Hand hin. »Chef, Entschuldigung. Das ist Steffi, meine Tochter«, sagte er. »Ich habe heute Geburtstag. Und das ist Bella, ihre Freundin.«

Die Kleine mit den Zöpfen machte einen artigen Knicks vor Gonski. Muller ging hinüber und schob das Rolltor zu. Die Mädchen kicherten.

Bella hieß die Kleine also. Er blickte sie über den Rand der Brille an, lächelte und kratzte sich am Kopf. »Kennst du die Clerico?«

»Klar, kennt doch jeder. Sie spielt Geige. Und das war sie.«

»Violine«, verbesserte Gonski. »Violine. Und das war ich.«

»Glaub ich nicht«, rief Bella. Sie drehte sich zweimal um ihre Achse und rannte zum Ausgang. »Glaub ich nicht.«

Laut und schrill. Gehört auf den Müll. Gonski fuhr sich mit einem Finger unter den Hemdkragen, um den Schweiß wegzuwischen, der ihm auf einmal den Hals hinunterlief.

Am Wochenende verbrachte Gonski Stunden im Wohnwagen, baute die neue Hifi-Anlage ein und steuerte die Balance der Lautsprecher aus. Er drehte auf höchste Lautstärke. Die Lampe über ihm und die Gläser im Regal schepperten. Er ging nach draußen, schloss die Tür und lauschte. Kein Laut drang aus dem Wagen. Er war zufrieden. Eine seiner Violinen erhielt einen Platz im Wandregal. Die Waffen und die namibische Buschmannpaste, die er in der Wohnung seiner Mutter aufbewahrt hatte, fanden hier ein neues Versteck. Auch sein Tagebuch brachte er her. Gonski hob den Fußboden an, baute das wannenartige Untergestell des Wagens zu einer Art Keller um. Den Zugang dazu unter dem Tisch bedeckte er mit einem Teppich.

Die Nacht verbrachte er in der Firma. Der nächste Tag begann so, wie Gonski einen Tag im Oktober mochte: Sonnig, dunstig, Morgenkühle. Er warf die Kaffeemaschine an. Kurz nach sechs ging er zum Kastenwagen, um zum Bäcker zu fahren. Es war ein blaues Fahrzeug ohne Firmenaufschrift wie Handwerker es oft benutzen. Vorne hatte es zwei Sitze und dahinter einen Aufbau, in dem Gonski Kübel mit Lauge abholen oder einen Satz eloxierter Radkappen ausliefern konnte. Der Wagen hatte keinen Kratzer, und die Fenster blinkten im Schein der Laterne vor dem Haupttor.

Er goss sich Kaffee ein und biss in ein Brötchen mit Käse.

Zuerst meinte Gonski, er bilde sich das Klingeln an der

Pforte nur ein. Erst beim zweiten Mal nahm er es richtig wahr. In Strümpfen tappte er durch die Säurehalle zum Eingang.

Einen Schatten sah er. Der Schatten winkte. Es war ein vorsichtiges Winken. Dann hörte er die leise Stimme. Sofort brannte sich ihr Klang in sein Gehirn ein. *Ja, ja, ja. Der Schneemann, der ist da!* Für einen Moment starrte Gonski auf die Tür. Der Nachtfalter klappte die Flügel nach vorn, die Fühler zitterten, er richtete seine Augen auf die Gestalt vor der Glastür, die er wie durch einen grauen Schleier wahrnahm. In seiner Brust bildete sich eine Luftblase, die sich dehnte und zu platzen drohte. Die Flügelspitzen vibrierten.

Das leise Klopfen holte ihn wieder zurück.

»Einen Moment, ich mach auf!« Er lief ins Büro und holte den Schlüssel. Die Außenbeleuchtung ließ er ausgeschaltet.

Da war ein grüner Anorak über heller Hose. Dicke Zöpfe über einem schwarzweißen Koalabären. Gonski blickte in große Augen, aus denen Unsicherheit sprach.

Er machte eine übertriebene Verbeugung und versuchte, freundlich zu klingen. »Liebes Fräulein, wir haben leider noch geschlossen. Ausnahmsweise sind wir aber gerne bereit, Ihren Auftrag anzunehmen.«

Bella deutete einen Knicks an, kicherte und druckste herum. Blickte zur Seite. »Ich muss gleich zur Schule. Ich wollte nur fragen, ob ich Ihnen wieder einmal beim Geigespielen zuhören darf, Herr Gonski.« Sie ließ einen Zopf durch die Finger gleiten.

Er musste sich verhört haben. Dieses Mädchen war der erste Mensch, der sein Spiel hören wollte. »Ja, gerne«, sagte er. »Sicher. Aber Violine heißt mein Instrument, nicht Geige, kleines Fräulein. Möchtest du denn selbst einmal Violine spielen? Ich habe ein richtiges Konzert- und Unterrichtszimmer. Es würde dir gefallen.«

»Ich bin kein Fräulein. Ich heiße Bella Lindberg.« Das Mädchen zeigte auf die Bahnhofsuhr in der Halle. »Ich muss zur Schule. Wann kann ich denn mal zum Zuhören kommen?«

Gonski lächelte. Mit der einen Hand umkreiste er seinen Haarkranz, die andere legte er behutsam auf den Koala-Rücksack. »Bald, wenn du willst.«

»Ich hab bald Geburtstag. Darf ich meine Mutter mitbringen?«

Gonskis Hand krampfte sich um den Koalakopf. Seine Finger drückten ihn zusammen wie einen Wattebausch.

»Nein, deine Mutter lassen wir draußen.« Als er merkte, dass Bella zurückschreckte, wurde seine Stimme weicher. »Vielleicht später mal. Wenn du selber spielen kannst. Wie alt wirst du denn?«

»Zehn.«

»Kennst du den Wintergarten, die Wirtschaft am Elisabethplatz? Dort in der Nähe ist mein Konzertraum.«

Sie kannte den Wintergarten.

»Aber du darfst niemandem davon erzählen. Schon gar nicht deiner Mutter. Versprichst du das? Sonst wird der Geist der Violine böse und kein Ton kommt mehr aus ihr heraus. Versprochen?«

Bella nickte.

»Sag es: Versprochen!«

»Versprochen!«, sagte sie mit fester Stimme.

Als sie weg war, verschwand sein Lächeln. Hier bei ihm wirkte diese Bella leise, fast schüchtern. Er blickte ihr nach, als sie mit dem Fahrrad die Straße hinunterfuhr. Eigentlich ein nettes Mädchen. Und sie mochte seine Musik.

Sie traf ihn in dem kleinen Park am Wintergarten. Der Nebel des Vortags hatte sich gelichtet. Bella war so gespannt wie an ihrem ersten Schultag.

Herr Gonski legte den Zeigefinger an die Lippen und klopfte mit der flachen Hand auf den Geigenkasten. Es klang hohl. »Mein Konzertraum ist nicht weit weg. Aber niemand darf wissen, wo er ist. Deshalb musst du die Augen fest zumachen, wenn ich dich mitnehme. Denn weißt du, der Geist der Violine hier drin, der will nicht, dass irgend jemand herausbekommt, wo er wohnt.« Herr Gonski sprach leise. Er kniff ein Auge zu und deutete mit dem Zeigefinger auf den Geigenkasten. »Das verstehst du doch? Es muss unser Geheimnis bleiben. Der Geist, du und ich, sonst niemand.«

Hinter Herrn Gonski stand die Sonne tief und rot und warf lange Schatten über die Rasenfläche des Parks. Bella schleuderte die Zöpfe über die Schultern, dann nickte sie und drückte die Augen fest zu.

Sie streckte die Hand aus und erfasste zwei Finger von Herrn Gonski.

Bei hundert Schritten hörte sie auf zu zählen, es war wie beim Blindekuhspiel. Bella ertastete ein paar Stufen mit den Füßen, hörte, wie sich eine Tür öffnete. Dann durfte sie sich auf einen Stuhl setzen.

»So, jetzt kannst du die Augen aufmachen«, sagte Herr Gonski leise.

Sie befand sich in einem Zimmer, fast so groß wie ihr eigenes zu Haus, nur länger. Eine Bank mit braunen Kissen lief entlang der Wand gegenüber der Eingangstür, davor waren ein Tisch und der Stuhl, auf dem sie saß. Alle Wände waren tiefschwarz. Das Licht stammte von einer Stehlampe schräg gegenüber.

Etwas störte Bella an dem Raum. Er war einfach nicht gemütlich. Steffi hätte das Zimmer auch nicht gefallen. »Warum haben Sie die Tapeten schwarz gemacht, Herr Gonski?«

Herr Gonski lächelte. »Das sind keine Tapeten. Das sind Lautsprecher. Willst du einmal hören?« Er spielte an einem CD-Player herum.

Seine Augen hatten einen seltsamen Glanz.

»Es macht dir doch nichts aus, wenn ich etwas aufdrehe, oder?«

Bella sprang auf und stemmte die Arme in die Hüften. »Ich will aber keinen Lautsprecher hören. Sie haben mir versprochen, etwas auf der Violine vorzuspielen. Das will ich hören.«

Herr Gonski lächelte und tätschelte ihren Kopf.

Das mochte sie nicht. Sie wischte seine Hand weg.

Er sagte nichts und nahm das Instrument aus dem Kasten, legte sich ein Taschentuch über die Schulter und klemmte die Violine in die Halsbeuge.

Bella schob den Stuhl zurück. Nach einer kurzen Pirouette setzte sie sich auf die Bank gegenüber der Tür. Sie legte den Anorak neben sich, strich ihn glatt und verschränkte die Arme.

Gonski beobachtete sie aus den Augenwinkeln. Sie war wirklich ein nettes Mädchen. Neugierig, fast begeistert. Offenbar bekam sie Ballettunterricht. Also dürfte sie auch seine Musik verstehen. Kaum zu glauben, dass dieses Mädchen ihn mit ihrem Kreischen zur Weißglut treiben konnte.

Sie hielt die Augen geschlossen. Fast schön sah sie aus, auf jeden Fall ein unschuldsvolles Kind. Die rötliche Haut bildete einen reizvollen Kontrast zu ihrem braunen Haar mit den üppigen Zöpfen. Zum ersten Mal bemerkte er das Muttermal im linken Mundwinkel.

Als Bella die Augen aufschlug und ungeduldig blinzelte, fühlte er sich wie ertappt. Er lächelte verlegen und setzte den Bogen an …

... er strich den Bogen seiner Stradivari, wie er ihn vorher noch nie in seinem Leben geführt hatte. Er war der Solist, er stand auf dem gewaltigen Podium der Philharmonie unter der Orgel und spielte. Sein Publikum lauschte atemlos. Er war ergriffen von der Bewunderung, die ihm entgegenschlug. Ihm war, als führe ein anderer den Bogen über die Saiten, als verleihe ihm ein übernatürliches Wesen Energien, wie es sie nur einmal gab auf dieser Erde. Alles gelang ihm in dieser Stunde. Er nahm den goldenen Faden auf, den seine Bestimmung ihm schenkte. Seine Pizzicati flossen weich wie Harfenmusik, er schwelgte im leisesten Pianissimo, im innigsten Crescendo. Seine Musik war nicht von dieser Welt.

7

Lindberg stürmte die Treppen in die Mordkommission hinauf. Er nahm zwei Stufen auf einmal, weil er hoffte, Sandra Metz anzutreffen. Sein Herz machte jedes Mal einen winzigen Sprung, wenn er ihr begegnete. Manchmal mischte sich auch ein Anflug von Trauer hinein.

Sie saß vor dem Computer in ihrem Büro, das sie sich mit einer Kollegin teilte. An der Wand hing eine Magnettafel mit Notizen und Zeitungsausschnitten.

»Guten Morgen, Frau Metz. Ist Ottakring im Büro?«

»Nein, er ist mit dem Auto weg«, sagte sie. »Kommt gegen siebzehn Uhr wieder. Kann ich etwas ausrichten, Herr Lindberg?«

Ihre Stimme. Er hatte den Klang ihrer Stimme vergessen. Sie war warm und melodisch. Er wollte seine Hand auf ihre Hand mit der Computermaus legen. Statt dessen sagte er: »Er soll mich bitte zurückrufen. Meine Handynummer hat er ja.«

Draußen wählte er die Nummer des Maklers, der den Auftrag hatte, ihm eine Wohnung in Schwabing zu besorgen. Er wollte in eine ruhigere Gegend ziehen, die auch zentral lag. Eine der verkehrsberuhigten Nebenstraßen Schwabings schwebte ihm vor.

»Noch nichts Neues, Herr Lindberg«, bekam er zu hören, »aber wir bleiben dran. Haben Sie noch etwas Geduld.«

Irgendwas lag in der Luft. Zumindest würde er Cookie im Osiris treffen. Das bedeutete Neuigkeiten von der Luftwaffenfront. Auf der Honda-Shadow düste er nach Schwabing.

Über dem Eingang des Lokals blinkte goldgelb der Schriftzug Bar Osiris. Er sah Kerzen, roch Zigarettenqualm, Stimmen überlagerten Jazzmusik, die von einem Klavier im Hintergrund stammte. Ein Fenster führte hinaus zum Gehsteig.

Durch die Scheibe zeichnete sich das Profil eines Kopfes gegen die Straßenbeleuchtung ab.

Als Lindberg hereinkam und sich umsah, verstummten die Gespräche. Für einen Moment stoppten alle Bewegungen, Gläser wurden nicht zum Mund geführt, Zigaretten nicht mehr ausgedrückt, Blicke hörten auf zu kreisen. Alle Augen waren auf ihn gerichtet.

Nur der Mann hinter der Bar winkte ihm zu. Er machte den Eindruck, als warte er schon auf ihn. Sofort fragte er auch: »Sind Sie Herr Lindberg?« Seine Augen waren groß und schwarz und bewegten sich nicht. Er trug eine schwarze Fliege auf einem kurzärmligen weißen Hemd, das über dem Bauch spannte.

Lindberg nickte, und der Barkeeper griff unter den Tresen und reichte ihm ein Fax. »Ist von einem Herrn Cookie. Er hat auch angerufen. Er kann nicht kommen.« Er sprach leise mit hartem Akzent. »Ich bin Farouk. Das ist ägyptisch und wird auf der zweiten Silbe betont. Mir gehört der Laden hier. Was möchten Sie trinken, Herr Lindberg?«

An ägyptische Briefmarken mit dem früheren König Faruk erinnerte ihn der Mann. Die Glatze, der Schnurrbart, das feiste Gesicht stimmten, nur der rote Fez fehlte. Lindberg überflog das Fax. *Komme nicht weg. Unser Tornado-Klarstand in Piacenza ist beschissen. Muss mich selbst drum kümmern. See you soon.*

Lindbergs Enttäuschung wurde vom rauen Lachen einer Frau vertrieben. Sie lehnte am Klavier, hatte die Arme um ihren Oberkörper geschlungen und unterhielt sich mit dem Pianisten. Eine hagere Frau in einem langen schwarzen Kleid, beinahe dürr. Sie hatte eine flache Nase und tiefliegende dunkle Augen. Lindberg fiel ihr blasser Teint auf, der – verstärkt durch die Schwärze ihres Haars – in der dämmrigen Barbeleuchtung wie eine Maske wirkte.

Farouk reichte ihm zwischen den Köpfen hindurch ein Pils. In diesem Moment bemerkte er das Schwein, das zu Füßen der schwarz gekleideten Frau leise grunzte.

Lindberg musste lachen.

»Na endlich«, grinste Farouk.

Ein Schwein als Gast passte einfach in dieses Lokal. Es war kleiner als die wenigen Schweine, denen Lindberg bisher begegnet war. Das Tier war so schwarz wie seine Herrin. Erst als Lindberg näher hinsah, bemerkte er den hellen Bauch, die weißen Beine und die weiße Schwanzspitze. Das Schwein starrte mit glasig-wässrigem Blick zu ihm her.

»Weißt du, Sam, das Seltsame ist«, sagte die Frau gerade, »dass alle vier in den vergangenen zwölf Monaten bestialisch umgebracht worden sind.«

Der Pianist war ein schmächtiger Mann um die fünfzig, ganz in Weiß gekleidet. Seine linke Hand war daumenlos. Als er einige schräge Akkorde anschlug, bemerkte Lindberg, dass ihm an der rechten Hand gleich drei Finger fehlten.

Die Frau lachte heiser. »Und das passiert ausgerechnet meinen engsten Freunden.« Dann drängte sie sich durch die Menge zur Theke. Das Schwein stakste hinterher. »Das glauben Sie nicht, was?« Die Frage war an Lindberg gerichtet.

»Was?«

Das Schwein schnüffelte und kaute an seiner Hose.

»Aus, Hugo!«, befahl die Frau und zog an einer schwarzgelben Kordel. Hugos dicker schwarzer Hals zuckte zurück.

»Es war ein obermieses Jahr. Meine Mutter ist gestorben, und ein Nachbar im Haus hat Selbstmord begangen.«

Lindberg begegnete Farouks Blick. Der schüttelte den Kopf und bewegte die Hand vor seinem Gesicht.

»Und dann dieser andre Kerl.« Die Frau sprach zu den Gästen am Tresen. Sie steckte eine Zigarette nach der anderen an. »Den hättet ihr sehen sollen! Er sah aus wie frisch gehäutet, sein Gesicht ein einziger Matsch.« Sie wandte sich wieder an Lindberg. »Wissen Sie, wo sie ihn schließlich gefunden haben? In einem Müllcontainer. Wie hindrapiert lag er in einem offenen Müllcontainer. Ein Briefträger hat die Leiche gefunden.« Sie lachte auf. Dann verfiel sie in ein Flüstern, als säße sie in einer Opernaufführung. »In einem Müllcontainer! Originell, nicht? Er war voll angezogen. Aber darunter war er aufgeschlitzt, seine Eingeweide fehlten, der Kopf war in Stücke gehackt. Er war aufgebläht, als hätte er Wochen im Wasser gelegen.« Sie drückte die halb gerauchte Zigarette aus.

»Nie von so einem Mord gehört«, murmelte Lindberg.

»Ist doch klar. Die Bullen sind noch nicht darauf gekommen.«

»Unsere Lucie ist immer für eine Überraschung gut«, sagte Farouk. »Früher hat sie harte Sachen getrunken. Damit hat sie aber aufgehört. Nur noch Glühwein im Winter und Weinschorle im Sommer. Raucht nur zu viel.« Damit bückte er sich und schob Hugo einen Napf mit frischem Wasser vor die Nüstern.

Das Rätselhafte dieser Frau lag nicht nur an ihrer seltsamen Erscheinung. Phantasie hatte sie. Nur die Richtung, die ihr Gehirn einschlug hat, kam Lindberg bizarr vor.

Er saß schon auf der Shadow, als das Handy klingelte. Es war endlich Ottakring.

»Ich sollte dich anrufen. Drängt dich etwa die Sehnsucht?«

»Ja«, sagte Lindberg und drückte auf den Anlasser. Der Motor wummerte leise. »Ich wollte dir nur sagen, dass ich mich entschieden habe: Ich bleibe lieber, wo ich bin, als mich in eure Bandenkriege einzumischen.«

»Verkehrskontrollen vorbereiten? Den Sprung des nächsten Irren vom Dach verhindern? Die Probleme unserer lieben Mitarbeiter mit ihren Vorgesetzten lösen? Die vielen spektakulären Entführungen und Geiselnahmen deeskalieren? Akten wälzen? Na, wenn es wirklich das ist, was du willst, Hector, dann meinen Glückwunsch zu dieser weisen Entscheidung.«

»Was hast du denn zum Geburtstag bekommen?«

Die Reaktion des Mädchens auf seine harmlose Frage brachte Gonski völlig aus dem Konzept. Bella sprang auf und stapfte trotzig durch den beengten Raum.

Zuerst glaubte er, er hätte sie verlegen gemacht. Doch dann merkte er, dass sie wirklich wütend war. Wortlos hielt sie ihm den rechten Arm hin und zog den Ärmel zurück.

Er sah eine gelbe Plastikuhr. »Eine Uhr. Na, ist doch prima.«

Sie korrigierte ihn. »Eine Swatch.« Sie zuckte mit den Schultern. »Und ich hab wieder keine Bomberjacke gekriegt. Und keine Geigenstunden.«

Sie trafen sich ein- oder zweimal die Woche. Bella hielt Gonski die Hand hin und presste die Augen zusammen, weil der Violinengeist es so wollte. Sie durfte Bruno zu ihm sagen, und er lehrte sie, wie man eine Violine hielt und den Bogen führte. Manchmal erklang über die Lautsprecher großes Orchester, das er auf seinem Instrument begleitete. Dann wieder nahm er den Bogen und spielte mit geschlossenen Augen, nur für sie allein.

»Wunderschön!«, flüsterte sie.

Bruno Gonski zuckte mitten in der Nacht wie in Krämpfen. Im Halbschlaf merkte er, wie er um sich schlug.

»Pass doch auf!«, brummte Maria neben ihm.

Er öffnete kurz die Augen, dann stürzte er wieder ab in seinen Traum. Das gleichmäßige Ticken des Metronoms auf dem hölzernen Hocker in der Ecke half ihm beim Weiterschlafen. Als er später schweißnass aufwachte, kam er sich wie gemartert vor. Er versuchte, sich an den Traum zu erinnern. Ihm war, als hätte er von Bella geträumt, doch er erinnerte sich an kein vollständiges Bild. Er knirschte mit den Zähnen und presste die Lippen aufeinander. Da war es wieder gewesen, dieses Etwas in ihm. Er bekämpfte den Aufruhr in seiner Brust, weigerte sich, den Befehlen zu folgen. Worüber hatte er am Nachmittag mit Bella gesprochen? Er musste sicher sein, was er ins Tagebuch eingetragen hatte. Er musste es lesen.

»Wo willst du hin?«, rief Maria ihm durchs Treppenhaus hinterher.

»In die Firma.«

Gonskis Schrift war die eines Kindes. Aber was krakelig und ungelenk ist an einer Kinderschrift, war hier Gewalt. Mit roher Kraft hatte er die Buchstaben ins Papier gedrückt. Der Stift kratzte über die Seiten, als er schrieb. An den Oberbögen und

Unterschleifen, den Linien, die von Buchstabe zu Buchstabe führten, hätte man erkennen können, mit welcher Willensstärke die Schrift erzwungen wurde, wie Gonski sich anstrengen musste weiterzuschreiben. Ein Kind hat gelernt, ob es seine Hand nach oben führen muss oder einen Abstrich nach unten macht. Es weiß, wohin seine Hand will. Gonskis Hand aber wollte nirgendwohin, da war keine vorgesehene Führung. Während er schrieb, musste er mit der Faust die Richtung seiner Schrift in eine Bahn pressen. Jeden Buchstaben musste er sich aufs Neue erkämpfen mit dem Stift, den er durch die Seiten pflügte.

Er las den Eintrag ein Stück weit. Dann, so erinnerte er sich, hatte sein Gehirn ausgesetzt. Er hatte den Stift gepackt und einfach ein paar Kringel auf die Seite gequetscht. Zum Schreiben war er nicht mehr fähig gewesen. Er schloss das Tagebuch und versenkte es wieder auf den Grund des Wohnwagens.

8

Gonski verließ den Wohnwagen mit einer Säge, fünf Metern Seil und einem Schlagring in der Hosentasche. Die Zeit drängte. Noch war es dunkel. Es war ein Gefühl wie damals, als er als Sechzehnjähriger zum Konservatorium geradelt war.

»Fröhliche Weihnachten!«, rief ihm ein Mann mit Pudelmütze zu.

Die aufgeblendeten Scheinwerfer des blauen Kastenwagens tasteten sich durch das trübe Grau des frühen Morgens. Gonski nahm die Autobahn und verließ sie bald wieder. Vielleicht vier Kilometer fuhr er noch, dann bog er in einen Forstweg ein und stellte den Motor ab. Im Strahl der Taschenlampe suchte er sich einen Pfad. Säge und Seil klemmte er unter den Arm und stieß die Fäuste in die Taschen. Dann stapfte er los. Sein Atem gefror, und er ärgerte sich, dass er die Handschuhe vergessen hatte. Mannshohe Zweige griffen nach ihm. Hin und wieder drehte er sich um. Niemand folgte ihm. Er ließ den Lichtkegel wandern und suchte nach der schönsten Jungtanne.

Nie hatte er als Kind unter einem Weihnachtsbaum gesessen. Sein Weihnachtsfest hatte aus dem Tölzer Knabenchor im Fernsehen und einer Tafel Schokolade bestanden, die ihm ein Liebhaber seiner Mutter zuschob. Wenn er groß war, würde er Weihnachten einen Christbaum haben, das hatte er sich damals geschworen. Vielleicht würde Maria sich ein bisschen mit ihm freuen, wenn er dieses Jahr mit einem Baum nach Hause kam.

Als er die Säge anlegte, wurde der Streifen am Osthimmel heller und tauchte die abziehenden Schneewolken in rötliches Licht. Da stieß seine Hand an etwas Warmes, Weiches. Er hielt die Luft an. Presste die Faust um den Griff der Säge, als hätte er Angst, sie fallen zu lassen. Langsam streckte er die Finger aus.

»Schade, dass erst jetzt die Sonne aufgeht«, seufzte Bella mit halbwachen Augen. »Am liebsten würde ich die Uhr vorstellen.«

»Was redest du da?« Judith stand mit einem Tablett in der Tür und knipste das Licht an. »Guten Morgen, meine Süße. Mach dir's gemütlich, ich muss zur Arbeit. Am Mittag treffen wir uns dann bei Großmama.«

Bella bekam einen Kuss auf den Mund. Dabei hielt sie eine Hand an die Brust, dort, wo das Herz sitzt. Sie hoffte, dass Mama das Pochen nicht hörte.

Ihre Mama aber lachte, als sie die Tür hinter sich zumachte. »Es wird bestimmt ein schöner Heiliger Abend«, rief sie.

Das glaubte Bella auch. Sie freute sich auf den Tag.

Mit einer Tasse Kakao blieb sie im Bett sitzen. Am Morgen

war ihr Zimmer heller als das Wohnzimmer und Mamas Schlafzimmer, weil die Sonne ungehindert hereinscheinen konnte. Sogar jetzt im Winter war es fast so hell wie im Sommer. Außerdem hatte sie es sich selber einrichten dürfen. Ihre Klamotten vom Vortag lagen verstreut herum, Spielzeug und ihre Schulsachen. Sie warf einen Blick auf die Poster von Bayern München und Real Madrid an der Wand. Ihr Liebling Beckenbauer kauerte in der Ecke.

Bella schlug das Bett zurück. Nur im T-Shirt stellte sie sich ans Fenster und schaute hinaus. Die glühende Halbkugel der Sonne schob sich über die Dächer und verdrängte das Gelb der Dämmerung. Sie dachte an Bruno. An seine Bühne, seinen Probenraum. Wie zart die schmalen Hände den Bogen führten. Sie konnte die Musik fast hören.

Mit einem Heulton brach die Musik ab. Sie hatte kein Weihnachtsgeschenk für Bruno! Voller Hast wühlte Bella im Schrank herum. Puppen, Schreibzeug, Briefpapier, ihre Sparbüchse – und drei Tafeln Schokolade. Alles, was sie in der Eile verschenken konnte, war Schokolade. Sie rannte in die Küche und wickelte eine Tafel in rotes Glanzpapier. Sie blickte auf die Swatch. Noch ganze drei Stunden bis zu ihrem Weihnachtskonzert.

Wie eine mehrzinkige Kralle grub sich etwas tief in Gonskis Handrücken. Er fuchtelte mit der Taschenlampe herum und fluchte, weil die Batterie schwach geworden war. In der Dunkelheit kam es ihm vor, als greife ein schwarzes Ungeheuer ihn an. Er war wieder in Namibia. Erst als er dem Tier die Lampe an den Schädel geknallt hatte, stellte er fest, dass es nur eine große Katze war. Sie fauchte und setzte zum Sprung an.

Mit einem drehenden Hieb zog Gonski der Katze die Säge quer über den Leib. Das Tier zuckte heftig, sprang aber. Er rammte den Schlagring gegen den Katzenschädel. Es knackte. Das Tier wälzte sich auf den Rücken und bewegte die eingeknickten Pfoten. Sein weißer Bauch reckte sich ihm entgegen.

Ein paar scharf abgegrenzte Strahlen der aufgehenden Sonne brachen durch die Bäume. Die Bewegungen der Katze wurden langsamer. Gonski schlang ihr den Strick um den Hals und knüpfte sie an den obersten Ast einer jungen Fichte. Dann nahm er die Säge und schlitzte mit zwei, drei schnellen Bewegungen den Bauch des Tieres auf. Schmieriges Gedärm tropfte über seine Hand. Er hielt den glitschigen Körper an den Hinterbeinen fest. Wie besessen rammte er den Schlagring in die Schädeldecke, bis etwas barst und milchiger Gallert herausspritzte.

Als es zu Ende war, wurde es hell.

Gonski säuberte seine Kleidung, so gut es ging, packte den Christbaum und ging. Er wollte nicht mehr zurückschauen. Dann drehte er sich doch um. Der Kadaver pendelte in den Zweigen. Gonski hielt sich an einem Baum fest und legte die Stirn gegen die nasse Rinde. Kurz und abgehackt kamen die Worte aus seinem Mund. »Alles machst du kaputt. Sonst kannst du ja nichts. Was glaubst du, warum sie dich damals bei der Polizei nicht genommen haben? Weil du ein Perverser bist.«

»Sei still«, presste er heraus, »sei doch endlich still!«

Kurz nachdem er am Konservatorium abgelehnt wurde, hatte er sich bei der Polizei beworben. Es wurde nichts daraus, weil er den Psychotest nicht bestand.

»Aber Sie hätten auch sonst keine Chance gehabt«, meinte der Beamte. Er war ein vierschrötiger Mann mit Pockengesicht und borstigem Schädel. »Tierquäler nehmen wir nicht.«

Er wusste nicht, wie sie von der Sache erfahren hatten. Als kleiner Junge hatte er angeblich zwei Hauskatzen in einen Käfig gesteckt, mit einem Küchenmesser zu Tode gequält und zerstückelt. Er konnte sich nicht daran erinnern, aber seine Mutter hatte immer wieder damit angefangen.

»Und Todesspiele mit einem Mädchen aus der Parallelklasse getrieben, nicht wahr?« Das Pockengesicht hielt eine Akte vor sich. »Mit sechzehn schon so ein Register! Wer damit noch denkt, er kann sich bei der Polizei bewerben, der ist sowieso zu blöd für den Dienst.«

Es hatte ihm gar nichts geholfen, dass er dem Beamten

seine Unschuld erklären wollte. »Ich habe das alles gar nicht gewollt«, sagte er. »Ich weiß auch nicht, wie es passiert ist.«

In dem Zimmer im Polizeipräsidium damals hatte Gonski das Gefühl gehabt, der Beamte durchbohre ihn mit seinem Blick. Dann wies ihm sein Arm die Tür. Seine Mutter hatte ihn dafür mit dem Gürtel fast zu Tod geprügelt.

Mit ausgestreckten Armen hielt Bruno Gonski seiner Frau den Weihnachtsbaum entgegen. Eine fast kindliche Vorfreude füllte ihn aus. Doch dann sah er ihr Gesicht.

Maria deutete mit dem Zeigefinger auf die Spritzer und die dunklen, nassen Flecken auf seinem Parka. Ihre Augen schienen ihm Fragen zu stellen. Aber sie sprach kein Wort.

Warum sollte ihn ihr Getue stören? Er legte sein sanftestes Lächeln auf. »Schau doch her, ich hab uns etwas mitgebracht. Für heute Abend.« Er stellte den Christbaum auf und zeigte Maria, wie hoch die Tanne war, wie gerade gewachsen und wie symmetrisch.

Doch Maria hörte ihm gar nicht zu. Sie lief immer wieder um den Baum herum. »Hast du vielleicht Nasenbluten gehabt?«, fragte sie unvermittelt. Dann blieb sie stehen und schüttelte den Kopf. »Sag nichts. Ich will lieber gar nicht wissen, wo du gewesen bist. Denken kann ich mir's. Jedenfalls werde ich nicht den Heiligen Abend mit dir feiern. Nicht mit dir, du – Bestie!« Sie riss ihren Mantel vom Kleiderständer, schob sich an ihm und am Tannenbaum vorbei und rannte die Treppe hinunter.

Gonski fühlte sich seltsam hilflos. Eine Weile stand er wie festgenagelt. Kleine Tröpfchen sammelten sich auf seiner Oberlippe. Er ging in die Wohnung und sah auf die Standuhr. Gewissenhaft sorgte er immer dafür, dass die messingfarbenen Zifferblätter ihren Glanz behielten und die exakte Zeit anzeigten. Es war neun Uhr zwölf. Um zehn Uhr war er mit Bella verabredet.

Bevor sie ging, trug Bella ein wenig von dem Pastelllippenstift aus Mamas Badezimmerschränkchen auf. Mit Puder überdeckte sie die Hitze auf ihren Wangen. Sie schlüpfte in das blaue Kleid mit den Goldfäden, zog den grünen Anorak darüber und klemmte den riesigen Bayern-München-Regenschirm unter den Arm. Kurz vor der Wohnungstür drehte sie noch einmal um. Sie musste sich noch von Beckenbauer verabschieden. Als sie endlich leise die Tür zudrückte, hatte sie ein witziges braunes Hütchen auf dem Kopf. Immer eine Stufe überspringend, hüpfte sie die Treppen hinunter. Sie wollte pünktlich sein. Energisch bearbeitete sie einen Kaugummi. Sie musste kichern. Hätte Onkel Hector sie gesehen, hätte er wieder gesagt: »In deinen Augen tanzen tausend kleine Teufelchen.«

Gonski lief durch den Regen. Von weitem schon sah er das Stück Papier, das unter dem Scheibenwischer klemmte. Es konnte nur ein Strafzettel sein. Dabei hatte er den blauen Kastenwagen wie immer auf dem breiten Gehsteig geparkt. Wahrscheinlich stand er zu nah an dem Hydranten, der dick mit silberner und roter Farbe besprüht war. Das Papier steckte zum Schutz gegen den Schnee in einer Plastikfolie.

Ohne sich den Strafzettel richtig anzuschauen, zerrte Gonski ihn von der Windschutzscheibe. Im Auto riss er die Hülle auf. Der Rückspiegel zeigte ihm sein leichenblasses Gesicht. Von Hand hatte jemand etwas auf das linierte Papier gekritzelt.

Ich weiß alles! Du entkommst mir nicht!

Wasser rann ihm von der Stirn, das Haar hing in nassen Strähnen über den Kragen. Die Schnittwunde, die er sich im Wald zugezogen hatte, fing unter dem Pflaster wieder an zu bluten. Er bemerkte nicht die Autos und die Motorräder, die das Wasser der Pfützen in hohen Fontänen gegen den blauen Lack spritzen ließen. Er starrte vor sich hin, als wäre kein Leben mehr in ihm.

Die Buchstaben tanzten vor seinen Augen, seine Hände zitterten. Hohe, senkrecht stehende Buchstaben starrten ihn drohend an. Es war keine ausgewogene Schrift. Die sieben Worte waren abgehackt, ohne Schnörkel und Rundungen. Vor allem das unterstrichene ›alles‹ stach ihm wie ein Dolch in die Augen. Der Unbekannte konnte nur die Sache mit seiner Mutter meinen. Von der Eingeborenen in Namibia wusste niemand etwas, das war unmöglich. Maria könnte etwas ahnen. Sie hätte den Zettel schreiben und an seine Autoscheibe klemmen können. Doch es war auf keinen Fall ihre Schrift.

Knöchernes Klopfen übertönte das Geprassel des Regens. Er wischte den Dunstfilm am Fenster weg. Schemenhaft erkannte er eine Gestalt. Farben wurden deutlich. Dann hörte er ihre Stimme.

Es war Bella. Er öffnete die Beifahrertür. Ein riesiger weißblauer Schirm huschte mit dem Mädchen um das Fahrzeug herum, wurde zusammengeklappt, Bella schlüpfte auf den Sitz.

»Bruno, du bist ja voller Blut!«, rief sie.

Er sah sofort das braune Hütchen über ihren Zöpfen. Doch er blieb ruhig. »Ich komme direkt aus der Schlacht. Eine Kriegsverletzung.« Er wischte kurz über den dunklen Streifen an seiner Schulter und versuchte zu lächeln.

In einer Hand hielt sie ein rotes Päckchen. Mit dem Zeigefinger der anderen folgte sie der Spur über seinem Kopf. »Ja, hier hat's geblutet«, sagte sie.

Gonski spürte dem kindlichen Tasten nach. Außer, wenn er sie zum Wohnwagen führte, hatte Bella ihn noch nie berührt. »Es regnet. Wir fahren mit dem Auto zum Konzert«, bestimmte er. »Du machst brav wieder die Augen zu.«

»Wie immer«, seufzte sie. Mit der Zungenspitze holte sie einen Kaugummi aus dem Mund und spuckte ihn auf den Autoboden.

Gonski biss sich auf die Lippen. Er startete den Motor und setzte die Scheibenwischer in Gang. Mit mühsamem Quietschen versuchten sie, die Regenmassen zu bewältigen. »Schnall dich an«, befahl er und zog ihren Gurt heraus.

Ihre Hände lagen gefaltet im Schoß. Sie hielten das Päckchen umschlungen. Der Schirm klemmte senkrecht und klitschnass zwischen ihren Knien. Regentropfen perlten vom Kragen ihres geöffneten Anoraks. Zum ersten Mal bemerkte Gonski die Andeutung eines Doppelkinns. Bella blies die Backen auf, wohl, um die Augen fester zusammenpressen zu können.

Dieser verdammte hässliche braune Hut, unter dem die Zöpfe hervorquollen wie dicke Schlangen. Seine Mutter war ohne Hut nicht einmal aufs Klo gegangen. Er spürte den Klumpen in seiner Brust. »Augen geschlossen halten«, rief er.

Bei normalen Straßenverhältnissen waren es keine fünf Minuten zu seinem Wohnwagen. In diesem Regen würde es länger dauern. Er beugte sich nach vorn, um besser sehen zu können. Die Scheibenwischer kratzten über die Scheibe wie Messer, die gewetzt wurden. Er lenkte den Wagen über den Elisabethplatz und hatte Mühe, die weißen Markierungen der linken Spur zu finden. Dabei rammte er fast ein Taxi, das sich vor ihn schob. Mit beiden Füßen stand er auf der Bremse, die Hände droschen auf die Hupe ein. Er biss sich in die Unterlippe. Hätte er ein Maschinengewehr am Kühler gehabt, er hätte einen ganzen Gurt in das Taxi versenkt.

Aus dem Augenwinkel beobachtete er Bella. Sie wurde hin- und hergeschüttelt, kniff aber brav die Augen zu. Der Hut war ihr in die Stirn gerutscht.

Gonski hatte Mühe, einer entgegenkommenden Straßenbahn auszuweichen und schimpfte ihr hinterher. Fast wäre er dabei in eines der Autos gekracht, die an der rechten Straßenseite parkten. Er jagte die Nordendstraße hinunter, immer in der Mitte.

Für den Bruchteil einer Sekunde hatte Bella die Augen aufgerissen. Gonski entging es nicht. Seine Gesichtsmuskeln zuckten.

Er prügelte auf das Lenkrad ein. »Mach sofort die Augen zu!«, brüllte er. »Ich sehe alles. Mir kannst du nichts vormachen!« Er wich einem Fußgänger aus. »Und nimm den verdammten Hut vom Kopf!« Er wartete nicht ab, bis sie es tat. Er packte den Hut, zerknüllte ihn und schleuderte ihn aus dem Fenster.

Bella presste die kleinen Hände auf die Augen. Tränen flossen ihr über die Wangen, während Gonskis Nase vibrierte. Speichel rann ihm aus dem Mund.

Im nächsten Moment gab es einen heftigen Stoß. Gonski stieg in die Bremsen. Bella schrie auf.

Sie rutschte in den Sicherheitsgurt. Ihre Hände sanken langsam in ihren Schoß. Mit riesigen Augen starrte sie auf die Gestalt, die vor dem Auto auf der Straße lag. Bella schlug die Hände vor den Mund.

Gonski wuchtete den Wagen herum. Er gab Gas. Sie schlitterten über Trambahnschienen. Reifen quietschten. Er holte aus und schlug mit dem Handrücken gegen Bellas Gesicht. Etwas knackte.

»Ich hab dir gesagt, du sollst die Augen nicht aufmachen«, zischte er sie an. Kaum brachte er die Zähne auseinander. Er hatte Mühe, seine eigenen Worte zu verstehen. Bellas Mund hatte sich zu einem einzigen schrillen Schrei geöffnet.

Da schlug er noch einmal zu, mit voller Wucht.

Er sah hinüber. Aus Bellas Nase schoss Blut und rann in den schreienden Mund. Sie gurgelte Blut. Blut tropfte auf das blaue Kleid und überdeckte die Goldfäden. Ein Auge war weit aufgerissen, das andere zugeschwollen. Darunter bildete sich ein dunkler Fleck.

Gonski bog auf den Platz mit dem hohen Weihnachtsbaum und parkte. Er ging um den Wagen herum und streckte die Hand aus, um Bella beim Aussteigen zu helfen.

Das Kind schob sie zur Seite und tastete sich mühsam selbst aus dem Auto.

Sie erinnerte ihn an eine nasse Katze. Die Haare hingen in Strähnen herab. Den Ausdruck in ihrem Gesicht konnte er nicht lesen. Er schob eine Hand unter ihre Achsel. »Du kannst die Augen jetzt offen lassen«, sagte er und ging mit ihr in Richtung Wohnwagen.

Die Standuhr schlug dreimal, Viertel vor zehn. Lindberg reichte Isabel die letzten Kugeln für den Baum. Seine Mutter war unter den Zweigen vergraben und suchte nach Stellen, die noch ohne Schmuck waren.

»Weißt du noch«, sagte sie, »wie mich Bella damals an Weihnachten mit dem Kondom erwischt hat? Sie hatte es aus meiner Handtasche gefischt.«

Lindberg lachte. Er imitierte Bellas Stimme. »Luffbalong, Luffbalong!«

Isabel schwebte immer öfter in der Vergangenheit. Bella wusste schon seit einer ganzen Weile, was ein Kondom von einem Luftballon unterschied. Lindberg sah nach oben. Die Spitze des Baums reichte bis ans obere Ende der Marmortreppe mit dem Goldlauf, die zu den Schlafzimmern führte. An den Ästen hingen von Judith ferrarirot lackierte Weihnachtsmänner auf winzigen Schlitten, goldene Engelchen mit Silberhaar, selbstgebackene Plätzchen und Marzipankugeln, dazwischen goldfarbene Wachskerzen, garantiert nichttropfend.

»Bin mal gespannt, ob Judith rechtzeitig aus der Werkstatt da ist«, sagte Isabel.

»Na klar ist sie das.« Bella war sicher noch bei ihrer Steffi. Wie jedes Jahr machte sie mit ihr und anderen Freundinnen einen Weihnachtsbummel. Um zwölf, kurz bevor Judith aus der Werkstatt kam, erschien auch immer Bella in der Villa, darauf konnte man sich verlassen. Wie jedes Jahr.

»Wir sind fertig«, rief er in den raschelnden Baum hinein. »Wie wär's, wenn ich Bella von der Wohnung abhole?«

»Gute Idee.«

Lindberg nahm ein Taxi zum Hofgarten. Dort schlug er den Kragen hoch, und schlenderte, Hände in den Taschen, trotz des Regens die Leopoldstraße hinaus nach Schwabing. An einem Kiosk am Kurfürstenplatz kaufte er ein Fischbrötchen und wollte gerade die Nordendstraße überqueren. Da raste in einer Gischtwolke ein Fahrzug von links auf ihn zu. Gerade noch rechtzeitig konnte er sich mit einem Sprung retten. Das Brötchen fiel ins Wasser.

Ein Mann mit gezwirbeltem Schnurrbart hielt die Arme in die Hüften gestemmt und fluchte. »Ein gottverreckter Terrorist in einem blauen Auto, Nummer unbekannt.« Er half Lindberg auf die Beine, wünschte »Frohe Weihnachten, Herr Nachbar« und war weg.

Feuchte Kälte kroch unter Lindbergs Kleidung. Eiskaltes Wasser war ihm in die Schuhe gesickert. Wind, der nach Schnee roch, fegte welke Blätter und Abfall vor seine Füße.

In der Wohnung war Bella nicht. Sie war wohl zu Judith in die Werkstatt gegangen. Oder sie hatten sich eben verpasst. Er ging noch ein paar Schritte, dann fand er sich eher zufällig in der behaglichen Wärme des Osiris, mitten im monotonen Gewirr der Stimmen. Farouk winkte ihm zu. Hugo umschnupperte ihn neugierig.

»Sie sehen aus, als könnten Sie einen Glühwein vertragen«, rief ihm Lucie aus ihrer Nische zu.

Er drehte sich um. Sie hatte einen langen grauen Wollmantel an, der unten ausgefranst war und mit Löchern übersät. Die Füße steckten in hohen Armeestiefeln. Dazu dick aufgetragener Lippenstift und Lidstrich. Ob ihre Irokesenfrisur echt war oder eine Perücke, konnte Lindberg nicht beurteilen.

Lucie winkte ihm. »Kommen Sie, ich muss Ihnen was erzählen.«

Lindberg warf einen Blick auf die Uhr. Ein bisschen Zeit hatte er noch. Er schob einen freien Hocker neben sie.

»Es ist schon wieder jemand umgebracht worden«, flüsterte sie. Sie saugte an einem Strohhalm aus einem Longdrinkglas mit giftgrünem Inhalt.

Farouk neben ihr sandte einen Blick zur Decke. »Lucie, es ist Heiligabend. Da wird niemand umgebracht.«

Lucie beugte sich zu Lindberg, ohne auf Farouk zu achten, und tätschelte Hugos Kopf. »Eine Freundin von mir. Sie wissen noch nicht genau, woran sie gestorben ist«, sagte sie. »Wahrscheinlich erwürgt.« Sie legte sich beide Hände um den Hals, drückte zu und ließ die Zunge baumeln. »Ihr Gesicht war nur noch ein Klumpen aus rohem Fleisch.«

Er musste die Frau auf andere Gedanken bringen. »Wo feiern Sie eigentlich Weihnachten, Lucie? Und mit wem?«

Sie sah durch ihn hindurch. »Wollen Sie denn gar nicht wissen, wo man sie gefunden hat? Sie werden es nicht glauben. Im Nordfriedhof!«, flüsterte sie. »Auf einem Grab hat man sie gefunden. Hergerichtet für ihre eigene Beerdigung.«

Lindbergs Blick fiel auf seine Armbanduhr, er schob den Hocker zurück. Vor dem Osiris drückte er die Kurzwahl von Judiths Nummer. Aber er erreichte seine Schwester nicht. Dann wählte er Isabel an.

»Daheim ist Bella nicht. Ist sie schon bei dir?«

Das Mädchen war noch nicht in der Villa angekommen.

Sie war mit Bruno durch das Gewitter gelaufen. Kurz hatten sie sich untergestellt, und Bella hatte in einem Schaufenster ihr Spiegelbild gesehen. Fast hätte sie sich selber nicht erkannt: Ihre Lider waren verquollen, sie hatte rote Flecken auf Wangen und Hals. Das Blut im Gesicht hatte der Regen weggewaschen. Doch auf dem blauen Samt des Kleids und auf ihrem Anorak hatte es eine krustige Spur hinterlassen.

Sie empfand nichts beim Anblick des vielen Blutes. Sie wusste ja, dass er sie geschlagen hatte. Geschockt war sie erst, als sie vor einem wassertriefenden blauen Wohnwagen standen.

»Da sind wir«, sagte Bruno.

Erst als sie drinnen waren, verstand Bella, dass sich sein Konzertsaal in einem Wohnwagen befand. Hier war alles so still. Als ob es draußen keinen Blitz gäbe und keinen Donner.

Bruno hatte sich den zweiten Stuhl geholt und saß rittlings vor ihr, die Hände auf der Lehne. Er hatte das Kinn auf die Handrücken gelegt und starrte sie an.

»Es tut mir Leid«, sagte er. »Aber du bist selbst schuld. Du hättest tun sollen, was ich dir gesagt habe und im Auto die

Augen zu lassen sollen. Ungehorsam kann ich nicht ertragen. Ungehorsam muss bestraft werden.« Er schnippte mit den Fingern.

»Und Lärm kann ich nicht ertragen«, fügte er nach einer Weile hinzu.

Seine Hände quetschten ihre Wangen zusammen. Sie wollte nicht weinen. Doch sie spürte, wie die Tränen aufstiegen, zuerst im Hals, dann hinter den Augen. Sie kämpfte dagegen an. Sie dachte an Onkel Hector, an Steffi und an ihre Mama. Beckenbauer fiel ihr ein, wie er in seiner Ecke saß und traurig war. Und dass es Heiliger Abend war.

Bruno stupste sie an. »Du bleibst jetzt da, bei mir. Sei ein braves Kind. Du willst doch ein braves Kind sein, oder?«

Wie durch einen Schleier sah sie, dass sein Gesicht wieder zuckte.

»Sag, dass du ein braves Kind sein willst.« Der Druck seiner Finger wurde stärker. »Sag es!«

Sein Mund bewegte sich wenige Zentimeter vor ihrem Gesicht. Sie konnte seinen Atem riechen.

»Sag es: Ich will ein braves Kind sein.« Er schüttelte sie. »Los!«

»Ich will ein ...« Sie konnte nicht mehr richtig reden. Ihre Lippen zitterten. »Ich will ein braves ... Kind sein.«

Wie aus weiter Ferne hörte sie ihre Stimme. Mühsam und stoßweise. Dann konnte sie nicht mehr. Sie weinte und sie schrie, wie sie noch nie geschrien hatte.

Er löste die Hände von ihrem Gesicht.

Sie schüttelte heftig den Kopf, die Zöpfe flogen durch die Luft. »Ich will ein ... ich will zu meiner Mamaaaa!«

»Schrei nicht so! Du sollst nicht so schreien!«

Bella spürte etwas Schweres auf ihrer Schulter. Sie griff danach. Zuckte zurück. Sein Kopf. Sie schüttelte ihn ab.

Der zweite Zopf löste sich. Die Haare verfingen sich in ihrem Mund. Mit einem Mal war ihr, als striche ein kalter Zug um ihren Körper. Vorsichtig schaute sie zur Tür, ob von dort der Windzug käme. Nur – da war nichts. Da waren nur sie und der Mann. Bruno. Ihre Angst verflog.

Seine Schultern hoben und senkten sich. Die Stimme war ein Hauch. »Ich will dir nichts tun. Ich will dir doch nichts antun, kleine Bella.« Mit einem Mal hielt er ein Ding mit eiförmigem Kopf und schwarzem Griff in der Hand. Etwas, das aussah wie ein Werkzeug aus Mamas Ferrari-Werkstatt. Er strich sanft mit der Hand darüber.

»Pass auf«, sagte er. »Pass auf, kleine Bella: Ich habe versprochen, dir etwas vorzuspielen. Und das werde ich jetzt auch tun.«

Sie verfolgte jede seiner Bewegungen. Er ging zum Regal und kam mit der Violine zurück.

»Du sollst mich spielen hören«, flüsterte er. Er beugte sich vor, die Violine stand nach hinten weg. »Würdest du mich verraten?« Er betonte jedes einzelne Wort. »Wirst du deiner Mutter verraten, dass du bei mir warst? Dann kann ich dich nämlich nicht mehr weglassen.«

Mama war sicher schon bei Großmama. Und der Christbaum war bestimmt schon geschmückt.

»Du darfst mich nicht verraten, kleine Bella«, wiederholte Bruno leise. »Sonst bin ich verloren. Verstehst du das?«

Bella schüttelte den Kopf. Dann bemerkte sie ihr Versehen und nickte heftig. Sie spuckte die Haare aus dem Mund und flüsterte: »Ja. Ich will ein braves Kind sein.«

Sein Lächeln kam ihr ehrlich vor. Wenn Onkel Hector das erfuhr.

Bruno verbeugte sich vor ihr.

Aus dem Lautsprecher kam Musik. Bruno schloss die Augen. Sie wusste, dass er weit weg war. Eine Zeitlang hörte sie ihm zu.

Dann hob sie ihr Kleid an und rutschte so vorsichtig sie konnte vom Stuhl. Auf Zehenspitzen schlich sie zur Tür. Die Klinke war eiskalt.

Hinter ihr jaulte die Violine auf. Sie musste sich beeilen. Blitzschnell drückte sie die Klinke nach unten.

Die Tür war verschlossen, aber der Schlüssel steckte. Sie griff danach.

Es dauerte nur einen Herzschlag. Sie hörte etwas zischen, dann spürte sie einen gräßlichen Schlag im Rücken. Bella schrie vor Schmerz auf, sie flog gegen die Tür und sackte zu Boden.

»La-haut u-hund schri-hill. Gehört auf den Mü-hüll. Du wolltest mich betrügen, du kleines Miststück! Hast mich belogen!«

Sie versuchte sich an der Tür hochzuziehen und sah gleichzeitig unter dem Arm hindurch. Etwas schoss auf sie zu, das Ding mit dem eiförmigen Kopf.

»Belogen hast du mich!« Er hatte eine Stimme wie Mama, wenn sie wütend war.

Das Ding raste auf ihren Körper zu. Bella zuckte wie unter Stromstößen. Schläge prasselten auf sie herab, wieder und wieder. Sie wälzte sich auf den Bauch, ihre Hände fanden keinen Halt. Vergeblich schlug sie die Arme hinter den Kopf. *Mama, hilf mir!*

Sie weinte nicht mehr. Dann kam es heraus. »Du kannst ja gar nicht Geige spielen!« Sie sagte es ganz leise. »Ich hab's immer gewusst. Du bringst nicht mehr zustande als ein ekelhaftes Quietschen, du blöder Kerl.«

Ihre Stimme erstickte. Ihre Schultern bebten. Sie wartete auf eine Reaktion, aber nichts kam.

Stille.

Dann hörte Bella einen abgehackten dumpfen Ton. Etwas in ihrem Kopf krachte, splitterte, verschwamm in verrückten Tönen. Bruno stand über ihr, hielt die zerschmetterte Geige über seinem Kopf. Gesprungene Saiten wickelten sich um seine Hand. Alles Blut war aus seinem Gesicht gewichen. Seine Augen glänzten fiebrig. Er packte sie und riss sie hoch, als wäre sie ein Spielzeug. Er fesselte sie an den Stuhl, auf dem sie gesessen hatte.

»Mein Spiel ist also ein Quietschen, ha?«, zischte er. »Und du hast es nie gemocht? Ja, dann schrei doch! Ich bin es ja gewohnt, dass du schreist, du verzogenes Gör. Gehört auf den Müll. Miststück!«

Bellas Kopf sank nach unten. *Onkel Hector, hilf mir doch.* Langsam öffnete sich ihr Mund zu einem Schrei. Schwarze Schatten drängten von links und rechts in ihr Gesichtsfeld. Sie schmeckte Blut. Speichel floss aus ihrem Mundwinkel und tropfte auf das Kleid. Ihr Kopf hing zur Seite. Sie wollte reden. Kein Ton kam heraus. Sie versuchte es erneut.

»Lass mich gehen.« Sie hoffte, er würde sie hören. »Bitte, Herr Bruno! Lass mich heim. Ich werde nichts verraten!« Wie ein Vorhang glitten die schwarzen Schatten vor ihren Augen langsam zu. »Ich bin ein braves Kind ...«

Nur noch schwach hörte sie den Lärm, der in immer neuen Wellen gegen ihre zusammengefallene Gestalt brauste. Sie wollte nur noch weinen. Aber vor allem wollte sie nach Hause. Dann ging der Vorhang zu.

Bruno Gonski legte die Stirn gegen die Außentür des Wohnwagens und trommelte mit den Fäusten dagegen. »Es hätte doch so schön sein können«, flüsterte er. Er warf einen Blick auf den Winterhimmel. Es begann zu schneien.

Ein Polizeiauto raste mit heulender Sirene und Blaulicht vorbei, die Hohenzollernstraße hinunter.

Gonski sah dem blitzenden Licht hinterher. Eisiger Wind wehte ihm ins Gesicht, als er einen Fuß vor den anderen setzte. Er wurde immer schneller. Schließlich rannte er.

Zu Hause im Schlafzimmer klopfte das Metronom. Maria war nicht zurückgekommen. Er versetzte dem Weihnachtsbaum einen Tritt mit der Stiefelspitze.

Ihm war kalt. Doch selbst wenn die Zimmer überheizt gewesen wären, hätte er gefröstelt. Bella tauchte vor ihm auf, wie sie apathisch in den Fesseln hing. Ihr bleiches Gesicht mit dem aufgerissenen Mund und der Todesangst in den Augen. Das Blut. Ein dicker Klumpen drohte seine Brust zu sprengen.

Schließlich wurde er ruhiger. Der Klumpen wich. Er wusste, was zu tun war. Er hatte Bella Unrecht getan. Das Mädchen war krank. Er musste sie retten und gesund pflegen. Er würde sie verwöhnen. Wie eine eigene Tochter würde er sie halten. Ja, eine Tochter würde er haben. Mit einem Lächeln ging er zur Tür.

»Bella«, sagte er zärtlich. »Bella.«

Dann ging er hin, sie zu holen.

9

»Lindberg«, meldete er sich, »Hector Lindberg. Ich bin Kollege. Psychologischer Dienst.«

Er hatte auf MITHÖREN geschaltet. Der Beamte am anderen Ende der Leitung schien ihn zu kennen. Zumindest dauerte es eine Spur zu lange, bis sich jemand meldete.

»Obersteller.«

Lindberg bemühte sich, ruhig zu sprechen. »Meine Nichte ist seit heute Mittag vermisst. Sie ist nicht nach Hause gekommen.«

»Wie alt ist das Mädchen? Wie heißt sie?«

»Sie ist gerade zehn geworden. Arabella Lindberg heißt sie.« Lindberg wusste, dass das Gespräch im Kriminaldauerdienst aufgezeichnet wurde. Trotzdem hatte er den Eindruck, als schriebe Obersteller seine Antworten auch noch mit.

»Es ist also nicht Ihre eigene Tochter? Könnte ich vielleicht mit der Mutter des Mädchens persönlich sprechen? Bitte.«

Lindberg zögerte. Doch Judith stieß ihn zur Seite und nahm ihm das Telefon aus der Hand. »Judith Lindberg am Apparat. Arabella ist meine Tochter.«

Lindberg saß dicht neben Judith auf der ferrariroten Couch und spürte, wie seine Schwester zitterte. Er hörte, dass der Beamte Fragen stellte, verstand aber nicht, was er sagte. Judiths Reaktion allerdings sprach Bände.

»Nein! Sie ist weg. Was glauben Sie denn, was wir den ganzen Nachmittag gemacht haben?« Sie verdrehte die Augen in Richtung Lindberg. »Wir haben sie überall gesucht, sind durch die halbe Stadt gefahren, wir haben alle angerufen, die uns eingefallen sind, Freundinnen, Bekannte, sogar ihre Lehrer. Bella ist weg!«

Der Beamte schien Judith etwas zu erklären. Dabei wurde ihr Gesicht immer bleicher. »Es geht um meine Tochter,« sagte sie dann. »Ich kenne sie genau. Rundes Gesicht, Sommersprossen, braune Zöpfe, schwarzes Muttermal links, einszweiundvierzig groß ... mein Gott, ich kann's nicht glauben!«

Wieder schwieg Judith kurz, dann schrie sie in den Hörer: »Hören Sie, muss ich denn mit Engelszungen reden, damit Sie endlich Ihren Arsch hochkriegen?«

»Judith, komm schon, die Polizei bekommt jeden Tag etliche solcher Anrufe ...«

»Jetzt nimm du diese Aktenschieber nicht auch noch in Schutz!« Judith schluchzte auf und warf den Hörer auf die Couch.

Lindberg nahm das Telefon. »Tut mir Leid, Herr Obermeier, meine Schwester ist etwas durcheinander. Was ist nun? Wollen Sie warten, bis das Christkind kommt? Tun Sie endlich was.«

Von der Tür zur Küche her nickte Judith heftig.

Am anderen Ende der Leitung herrschte absolute Stille, und für einen Moment befürchtete Lindberg, der Polizist hätte aufgelegt. Dann hörte er, wie jemand tief ausatmete.

»Obersteller ist mein Name. Wir sind in einer halben Stunde bei Ihnen. Halten Sie bitte eine Fotografie des Mädchens bereit.«

Sie kamen zu zweit. Unter anderen Umständen hätte Lindberg sich gefreut, das kantige Gesicht von Sandra Metz zu sehen. Ihr Pferdeschwanz zwängte sich durch die Schlaufe einer gelben Baseballkappe.

»Schallock«, stellte der andere sich vor. Lindberg kannte den Mann flüchtig vom Präsidium. Fünftagebart, rasierter Schädel, kurzer Hals, zerschlagene Boxernase. Wie einem Gangsterfilm entstiegen.

Schallock schnüffelte an Lindberg herum wie ein neugieriger Hund. »Glühwein?«, fragte er. »Zwei oder drei Gläser?«

»Sie hätten uns gleich sagen sollen, dass das Mädchen gar nicht hier in Nymphenburg wohnt. Das verzögert die Suche unnötig.« Sandra Metz hatte sich an Judith gewandt, doch Lindberg fühlte sich angesprochen. Metz hatte Recht.

Bellas Foto stand im Silberrahmen auf der Konsole über dem Kamin. Ein lachendes Mädchen mit lustigen Zöpfen. Schallock steckte es ein, ohne zu fragen.

Als sie in die Isabellastraße einbogen, schneite es schon in dicken Flocken. Sie strichen durch Judiths Wohnung und hielten sich lange in Bellas Zimmer auf.

Judith nahm den Teddy aus der Ecke und drückte ihn an sich. »Ihr Beckenbauer«, flüsterte sie.

Schallock redete mit tiefer Stimme auf sie ein. »Wir nehmen die Angelegenheit sehr ernst, Frau Lindberg.«

Judith verzog keine Miene. »Wir auch«, sagte sie nur.

»Familienstreit, Schulprobleme, ein früher Freund, Drogen, all das, was Kinder oft dazu bringt, abzuhauen, kann also ausgeschlossen werden«, fuhr Schallock fort. »Es sieht so aus, als sei Arabella ein behütetes Kind. Das heißt, wenn sie an einem Tag wie dem Heiligen Abend nicht nach Hause kommt, ist etwas oberfaul.«

»Dann sucht sie doch endlich«, sagte Judith. »Bella ist nicht hier in der Wohnung, das sieht man doch. Warum tut ihr denn nichts?«

Sandra trat zu ihr und legte den Arm um ihre Schultern. »Ganz ruhig«, sagte sie, »wir finden sie schon.«

Judith ließ sich in Sandras Umarmung fallen. Lindberg erwischte sich bei dem Gedanken, wie sehr ihm die natürliche Art dieser Frau gefiel.

Schallock durchsuchte im Badezimmer den Wäschekorb, stöberte in den Wandschränkchen herum, drehte am Duschkopf. »Jede Wohnung hat ihren eigenen Charakter«, hörte Lindberg ihn vor sich hin brummen. Er öffnete ein Fläschchen und roch daran.

»Lassen Sie uns offen miteinander reden, Herr Schallock.« Lindberg fasste den Beamten am Arm. »Was meinen Sie mit oberfaul? Dass Bella festgehalten wird oder dass sie tot ist? Sie könnte sich ja auch einfach verlaufen haben. Oder wissen Sie schon was?«

Schallock kratzte sich am kahlen Schädel. »Schauen Sie, Lindberg ... es ist Heiligabend. Bescherung. Ein Tag, worauf sich ein Kind das ganze Jahr freut. Christbaum, Kerzenlicht, Geschenke. Mutter, Onkel, die Familie. Das Mädchen ist ein Musterkind, keine Probleme. Die Kleine ist zuverlässig, immer pünktlich. Um zwölf Uhr mittags soll sie zu Hause sein. Aber ...« Er sah auf seine Armbanduhr, » ... jetzt ist es nach sieben. Und sie ist noch nicht da.« Er sah Lindberg direkt ins Gesicht und hob die Schultern.

Alles in Lindberg sträubte sich. Doch er musste den unausgesprochenen Schlussfolgerungen des Mannes Recht geben.

Schallock öffnete das Badezimmerfenster, das zum Hof ging. »Da, schauen Sie, Lindberg. Die Suche ist in vollem Gang. Sandra, kommt ihr mal?«

Die helle Hauswand reflektierte rotierende Blaulichter. Die ganze Gegend wimmelte von Polizisten.

»Ich habe Bescheid gegeben«, erklärte Sandra, die mit Judith an der Tür stand. »Vorerst sucht die Schutzpolizei die nähere Umgebung ab. Das Präsidium wird sicher noch mehr Leute benachrichtigt haben. Morgen sind die frisch ausgeruht. Dann werden sie weitermachen.«

Bruno Gonski stand vor dem Wohnwagen und lauschte. Kein Ton war zu hören, obwohl innen Skrjabin in voller Lautstärke brüllte. Gonski hatte auf REPEAT gestellt.

Ihm schlug das Herz bis zum Hals. Er würde Bella zu sich holen. Sie hatte ihn so lange vor dem Alleinsein bewahrt. Sie hatte ihm etwas gegeben, wonach er sich zeitlebens gesehnt hatte: Momente des Glücks.

Der Sturm heulte um die Ecken. Gonski sah sich um. Er zerrte an der Tür. In einem windstillen Moment riss er sie auf und warf sie hastig wieder zu. Die Musik schlug über ihm zusammen. Sie toste durch den Innenraum, hallte von den Wänden wieder. Das Dröhnen presste ihm die Luft aus den Lungen. Er kniff die Lippen zusammen und schluckte. Auf dem Fußboden lagen zertretene Schokoladenstücke, zerknülltes Stanniol und Papierschnipsel. Daneben dunkle Flecken, die noch feucht waren.

Als sich seine Augen an die Dunkelheit gewöhnt hatten, entdeckte er sie.

Der kindliche Körper wirkte wächsern, fast durchsichtig. Als hätte ihr jemand eine künstliche Haut übergestreift. Der Kopf hing im Genick, der Mund stand offen, wie vor Erstaunen. Die Augen waren zur Decke gerichtet, sie hatten ihren Glanz verloren. Ein sonderbares Erschrecken stand in ihnen. Als ob sie sich nicht mehr hatten schließen können und einfach unmerklich tot geworden waren.

Bruno Gonski hob langsam seine Hände und sah sie an. Er hatte sie zu Fäusten geballt. Er zwang sich, die Fäuste zu öffnen. Er schloss sie und öffnete sie immer wieder. Sie waren aschgrau und faltig, wie bei einem Greis. Er ließ die Arme sinken und neigte den Kopf. Nur noch alt fühlte er sich. Und müde.

»Einen Racheakt schließe ich aus.« Ottakring saß im Sozialraum der Mordkommission. Es war Punkt zehn Uhr morgens am ersten Weihnachtsfeiertag. »Entführung? Erpressung? Könnte sein. Die Großmutter des Mädchens ist eine bekannte Psychiaterin. Hat eine Villa. Halte ich aber für unwahrscheinlich«, gab er sich selbst die Antwort. »Was sonst, Leute?« Unter schweren Augenlidern fixierte er nacheinander jede der acht Personen, die im Raum saßen. Es waren fünf Männer und drei Frauen. Sein Blick blieb an Milly Gromann hängen, einer modisch gekleideten Mittdreißigerin, die sich das Büro mit Sandra Metz teilte.

Die Kaffeemaschine ratterte, Sandra stand auf und goß sich einen Becher ein.

»Milly, was meinst du?« Ottakring hielt Sandra seine leere Kaffeetasse hin.

»Verlaufen wird sie sich nicht haben«, sagte die Kommissarin.

Schallock kam Ottakring zuvor. »Kluges Mädchen. Aus Ihnen wird mal was«, sagte er und nickte Milly zu.

»Und? Was denkst du selber, Schallock?«

»Vergewaltigung!«, dröhnte Schallock in die Runde. Dabei machte er die Geste des Halsabschneidens.

Ottakring wiegte den Kopf. »Hoffentlich hast du diesmal nicht wieder Recht. Auf jeden Fall sollten wir Mordler von vornherein gleich dabei sein. Ich leite die SoKo selbst. SoKo Arabella. Sandra, du sorgst dafür, dass die Telefone der beiden Lindberg-Frauen überwacht werden. Ich glaube zwar nicht an Erpressung, aber für alle Fälle. Dann lässt du Flugblätter drucken mit Bild und Beschreibung. Zehn Jahre, etwas mollig, braune Zöpfe, grüner Anorak …«.

Sandra Metz winkte mit dem Stift. »Jajaja, ich mach das schon, Chef.«

»Jajaja. Radiodurchsagen, Lautsprecherwagen, das Übliche, wie aus der Polizeischule. Alles in der Hand unserer fähigen Hauptkommissarin Metz.« Ottakring nickte ihr zu, dann verschüttete er vor Schreck fast den heißen Kaffee. Die große Doppeltür flog bis zum Anschlag auf. Olga Stripli stand da und starrte ihn mit hochgezogenen Augenbrauen an.

Ottakring blickte mit gerunzelter Stirn zurück und knurrte: »Du kommst gerade recht, Olga. Du organisierst die Hubschrauber und koordinierst die Schutzpolizei. Lässt dir die

Listen kommen. Kinderschänder. Vergewaltiger. Du weißt schon: SoKo Arabella. So, und jetzt schließ die Tür von außen. Aber leise.«

Olga Stripli war das unbestrittene Organisationsgenie der Mordkommission, als Sekretärin arbeitete sie schon von Beginn an mit Ottakring zusammen. Aber wenn er den Grund für die Störung nicht gekannt hätte, hätte er sie jetzt mächtig abgekanzelt. Denn wenn es eines gab, was Ottakring nicht leiden konnte, waren es ungebetene Unterbrechungen bei der Arbeit an einem brisanten Fall.

»Schallock, du machst den Rest. Ermittlungsdienst, Zeugenvernehmungen: Den Inhaber der Ferrari-Werkstatt, Dr. Lindbergs Patienten, Reinigung, Buchhandlungen, Banken ... das ganze Programm. Wenn du Hilfe brauchst – schnapp dir Sandra. Urlaubssperre ab sofort für alle, ist das klar? Weihnachten könnt ihr euch abschminken.«

Es klopfte laut. Olga Stripli streckte den Kopf wieder zur Tür herein.

Ottakring war fertig mit dem Briefing. Nun konnte er sein Restprogramm durchziehen.

»Soll ich ihn reinlassen?«, fragte Olga.

Er nickte. Dann sagte er: »Meine Damen und Herren«, er bemühte sich um einen formellen Ton, »darf ich Ihnen den Leiter unseres neu geschaffenen Kommissariats 115, Operative Fallanalyse, vorstellen?«

Die Köpfe fuhren herum.

»Diplompsychologe Hector Lindberg. Er wird uns zur Seite stehen. Vorläufig als Einmannbetrieb.«

Tränen rannen Judith über die Wangen, doch sie gab keinen Laut von sich. Sie lag angezogen auf dem Bett und starrte zur Decke. Lindberg spürte die Angst in ihren Augen und den Schmerz, der hinter den Tränen verborgen war. Aber er musste mit ihr darüber reden.

»Judith«, begann er vorsichtig, »Bella hat gesagt, sie will mit ihren Freundinnen bummeln gehen. Ich hab mich noch einmal mit Steffi unterhalten. Und mit ihrer Mutter. Bella war überhaupt nicht bei ihnen.«

Judith schwieg.

»Sie ist dort niemals aufgetaucht«, sagte Lindberg mit fester Stimme. »Irgendwas oder irgendwer hat sie daran gehindert. Oder ...« Er suchte ihren Blick. »Oder Bella hat gelogen und sie hatte etwas Anderes vor.«

»Hör auf mit den Vorwürfen. Bella und ich waren ...« Da war es heraus. *Waren*. Judith schluchzte auf. »Ich meine, wir sind immer wie Freundinnen. Wir haben keine Geheimnisse voreinander.«

Sie drehte sich zur Wand. Lindberg beugte sich hinunter und hauchte einen Kuss auf ihren Nacken.

»Etwas müssen wir doch finden«, sagte Sandra, »irgendeinen Hinweis.« Sie bemerkte Lindberg, der in der Tür des Wohnzimmers stand. »Hinter jedem Bild, in jeder Schublade, unter Bellas Matratze und unter Beckenbauers Stoffsohlen habe ich gesucht. Wenigstens einen Zettel, eine Telefonnummer, irgendwas müsste es doch geben, von dem weder Ihre Mutter noch Ihre Schwester eine Ahnung haben.« Sie brach ab und wandte sich mit einem Ruck Isabel zu. »Sie haben doch auch Fotos?«, fragte sie.

»Klar.« Isabel zog eine Schublade auf und wühlte darin herum. Fünf oder sechs Fotos schob sie mit dem Ende eines Bleistifts über den Tisch und drehte sie langsam, so dass Sandra sie sehen konnte.

Lindberg kannte die Aufnahmen. Es waren Winterfotos von der Hütte am Ammersee. Bella mit ihm, Bella mit Beckenbauer am Schoß, Bella mit Judith und ihm, Bella mit Steffi.

»Ihre beste Freundin«, erklärte Isabel stockend.

Sandra sah sie lange an. »Gibt es eigentlich ein Bild von Bellas Vater?«

Maria war nicht zurückgekommen. Die Stille in der Wohnung war nicht auszuhalten, selbst das Ticken des Metronoms nützte nichts. Gonski verkroch sich in seinem Betrieb. Frühmorgens stapelte er frisch eloxierte Untergestelle von Büroschränken übereinander. Da schellte es am Hauptportal von Galvano-Gonski.

Eine Mann und eine Frau standen vor dem Scherengitter. Der Mann war unrasiert, hatte eine Glatze und einen feindseligen Blick. Die Frau trug eine gelbe Baseballkappe auf dem Kopf.

Gonski war sofort klar, was sie von ihm wollten. Irgendwann musste ja jemand auf ihn kommen. Und eigentlich war er froh, dass es endlich so weit war.

Der Mann wies sich als Kripobeamter aus. »Schallock.«

Gonski ging mit ihnen in den kleinen Empfangsraum für Kunden und Lieferanten.

»Ist ein Herr Muller bei Ihnen beschäftigt, Herr Gonski?«

Der Geburtstag. Mullers Geburtstag, als seine Tochter mit Bella in den Betrieb gekommen war. Seine Finger wollten schnippen, aber er behielt Hände und Gesichtsmuskeln unter Kontrolle. »Ja«, sagte er. »Wollen Sie ihn sprechen?«

»Nein.« Die Frau hielt ihm ein Foto vor die Nase.

Bella. Er durfte nicht schwach werden.

»Sagt Ihnen der Name Lindberg etwas, Herr Gonski?« Bruno Gonski betrachtete das Bild über den Rand seiner Lesebrille und legte den Zeigefinger an die Nase. »Lindberg ... Lindberg, warten Sie ... ja, natürlich. Das gesuchte Mädchen?« Er hatte sich in der Gewalt. Er zuckte nicht und schnippste nicht.

Schallock rückte näher. »Kennen Sie das Mädchen, Herr Gonski?«

»Was meinen Sie? Wieso sollte ich es kennen?« Bloß nichts anmerken lassen.

»Ob Sie es schon einmal gesehen haben?«

»Darf ich?« Gonski nahm das Foto in die Hand. »Ja, ich glaube, sie war mit ihrer Freundin einmal bei mir im Betrieb. Wenn ich mich recht erinnere, hatte Muller Geburtstag.«

Schallock nickte. »Stimmt. Steffis Vater hat das bestätigt.«

»Ja, ich glaube, so hieß sie. Steffi.«

»Ist Ihnen an dem Mädchen vielleicht etwas aufgefallen? War sie zappelig? Hatte sie Angst? War sie anders als sonst?«

Gonski war vollkommen gelassen. Er fühlte sich stark genug, ihren Namen auszusprechen. »Wie könnte ich das wissen? Ich habe Arabella nur dies eine Mal gesehen und auch da nur flüchtig. Da habe ich keinen Vergleich, was für ein Kind sie sonst ist.«

Die Frau blickte abrupt hoch, dann schaute sie wieder zum Poster der Münchener Philharmoniker an der Wand. »Sagten Sie Arabella? Sie haben sich den Namen aber gut gemerkt, dafür dass Sie das Mädchen nur ein Mal gesehen haben.«

»Ich hab ihn von den Lautsprecherdurchsagen.« Er sprach langsam, fast genüßlich. »Sie sind doch mit Lautsprechern durch die Straßen gefahren.«

Er schloss das Scherengitter hinter ihnen, blieb hinter einer Ecke stehen und lauschte.

»Anfängerin!«, sagte der Bulle mit der Glatze. »Gonski hat nur bestätigt, was wir von dieser Steffi und ihrem Vater sowieso schon wissen. Da ist nichts zu holen.«

Dann schlug eine Autotür zu.

10

»Komm, Hugo!«

Wie ein Hund sprang das Schwein auf die Beine, ließ sich den Bauchgurt überstreifen und vor die Tür führen.

Es hatte die ganze Nacht geschneit. Die Morgenluft war eisig kalt, und die Schweinenüstern dampften.

Lucie Kordon hatte die Lippen dick bemalt und sich geschminkt, um die Totenblässe ihrer Haut zu überdecken. In einer grellroten Flauschjacke mit Fransen, mit Wollschal, giftgrünem Minirock und in kniehohen schwarzen Lackstiefeln wühlte sie sich durch den Schnee die Isabellastraße hinunter. Es war kurz nach acht und gerade hell geworden. Zu dieser Stunde waren nur wenige Menschen unterwegs. Vom Alten Friedhof her ratterte ein Specht.

Hunderte von Malen war sie schon über den Friedhof gegangen. Er war für sie und das Schwein wie ein Zuhause. Im Sommer liefen ihnen Jogger über den Weg. Studenten von der Uni und Pfeifenraucher aus den umliegenden Kanzleien saßen mit Büchern auf Bänken. Langhaarige lehnten an Grabkreuzen und bliesen die Trompete, Dunkelhäutige zupften die Mandoline, eine Lesbengruppe übte Schattenboxen. Lucie hatte im Alten Friedhof schon an Kindergeburtstagen teilgenommen und unter Obdachlosen die Flasche kreisen lassen.

Jetzt kam ihr der Friedhof wie ein ausgestorbener Park vor. Zerzauste Laubbäume streckten ihre kahlen Äste in den Himmel. Verwitterte, bemooste Grabmäler ragten aus dem glitzernden Schnee. Die Wintersonne schickte ein paar Strahlen durch die Zweige. Hugo schlug Haken zwischen den Grabmälern. Er warf silbrige Kaskaden in die Luft und scharrte sich mit den Vorderpfoten durch die Schneedecke bis zur blanken, gefrorenen Erde durch. Ab und zu fand er eine angemoderte Sommereichel, grunzte und knackte sie mit verdrehten Augen.

Lucie wischte den Schnee von der Lehne einer Parkbank und stellte sich dagegen. Hugo jagte hinter einer Krähe her, die mit viel Lärm davonflog. Er hatte den Rüssel in den Schnee gesteckt und scharrte und schnaubte.

»Hugo, aus!«, rief Lucie. »Ist doch nur ein Maulwurfshaufen.«

Eine Hand ragte aus dem Schnee. Eine kleine, klamme Hand mit gekrümmten Fingern, die aussah, als wolle sie einen Ball fangen.

»Halt, Hugo, halt! Aus!« Lucie rannte so schnell sie konnte. Doch sie wusste, dass Hugo nicht aufhören würde. Gehorchen war ihm fremd.

»Hörst du auf!« Als Lucie ihn endlich zurückreißen konnte, hatte er den Leichnam schon zur Hälfte ausgegraben.

Lucie starrte auf den Körper. Der Hauch eines Lächelns formte sich um ihren Mund. Dann fing sie leise an zu kichern. Schließlich prustete sie heraus. Sie lachte und lachte und bog sich und hämmerte mit den Fäusten auf die Bank und auf den Boden, bis ihr die Tränen über die Wangen liefen und eine tiefe Spur in ihre Schminke gruben. Sie kniete sich neben Hugo in den aufgewühlten Schnee, tätschelte und umarmte ihn und legte den Kopf an seinen Rücken.

»Brav, Hugo, brav!« Sie weinte und lachte, bis alles Lachen aus ihr heraus war.

»Wir haben sie gefunden.« Lindberg nahm Ottakrings Anruf entgegen. »Eine Frau hat im Präsidium angerufen. Ihre Angaben sind eindeutig. Beeil dich. Wir müssen draußen sein, bevor die Spurensicherung ihre Nummer abzieht.«

Lindbergs Magen zog sich zusammen. Er wusste, dass Selbstanklagen unsinnig waren, doch wehren konnte er sich dagegen nicht.

Er fand Ottakring im Gespräch mit einer Frau im grünen Minirock, die schlotternd vor Kälte am Eingang zum Alten Friedhof stand. Die überspannte Lucie aus dem Osiris!

Es überraschte ihn nicht einmal. Er sah das Weiß in ihren Augen, wandte den Blick von ihr ab, bemerkte das Schwein neben ihren schwarzen Stiefeln im Schnee und wartete einfach, bis Ottakring ihn mitzog.

Sie wanderten zwischen Gräbern. Leise berichtete Lucie etwas, dem Lindberg nicht zu folgen vermochte. Dann nahm sie sachte seinen Arm und deutete auf einen verwitterten Grabstein.

Seine Augen suchten im aufgewühlten Schnee. Er erkannte den Stoff sofort. Die kleine, gefrorene Hand streckte sich ihm entgegen. Lindberg fiel auf die Knie und begann den Schnee wegzukratzen.

»Bist du wahnsinnig?« Ottakring riss ihn hoch. »Du verwischst uns noch alle Spuren!«

Lindberg stolperte rückwärts und starrte seinen alten Freund an. »Es ist Bella«, wollte er sagen, aber er brachte keinen Ton heraus, nur ein heiseres Kratzen.

»Reiß dich zusammen, Hector. Du bist hier als Privatmann. Den Fall wird Schallock übernehmen.«

Ottakring sprach leise in sein Diktiergerät. »Bei der unbekannten Leiche handelt es sich um ein junges Mädchen. Sie liegt auf einem Grab wie aufgebahrt. Sie ist vollständig bekleidet, trägt ein blaues Samtkleid mit goldenen Latexfäden, das bis zu den Knien geht.«

Lindberg wurde heiß im Gesicht, er spürte kalten Schweiß. Er ließ sich auf eine schneebedeckte Bank fallen.

»Über den Oberkörper der Toten ist ein grüner Anorak geworfen. Auch das Gesicht ist damit bedeckt. Die rechte Hand liegt mit gekrümmten Fingern nach oben weggedreht. Die andere krallt sich eng am Körper um einen auffallend langen, weißblau gemusterten Regenschirm mit Bayern München-Logo. Am linken Handgelenk eine gelbe Plastikarmbanduhr. Entlang einzelner Strähnen im Haar haben sich winzige Eiszapfen gebildet. Offenbar trug das Kind sein Haar in Zöpfen. Sie wurden dicht am Schädel abgeschnitten.«

Lindberg atmete langsam ein und aus. Zwischen den Bäumen über ihm veranstalteten zwei Krähen einen Höllenlärm. Er sah den Erkennungsdienst eintreffen. Hörte schwach, wie jemand anordnete: »Vorsichtig, ganz behutsam! Als Erstes müssen wir das gefrorene Kleidungsstück vom Körper entfernen.«

Ottakring klammerte sich an das Diktiergerät. »Das Gesicht ein schwarzer Klumpen. Vollständig zerstört. Nach Augenschein von einem scharfkantigen Gegenstand. Die Masse ist verkrustet, tiefe Rillen, sieht aus wie Holzkohle.«

Lindberg erhob sich. Kälte und Nässe waren unter seine Jacke gedrungen. Mühsam stapfte er hinüber zu Ottakring. Versuchte ein Lächeln.

»Na, nun übertreib mal nicht«, sagte Ottakring.

Lindberg konnte ihn einschätzen. Joe verbarg seine Gefühle hinter den buschigen Augenbrauen und den eisigen Gesichtszügen.

»Ungewöhnliche Brutalität«, diktierte Ottakring weiter. »An der Stelle, wo gewöhnlich der Mund sitzt, ist mit einem scharfen Gegenstand ein Loch in den Klumpen gegraben worden. Geeiste Schokoladebrocken wurden bis in den Hals hinein geschoben, das Loch mit Stanniolpapier zugestopft. Untersuchen, ob vor oder nach Eintritt des Todes geschehen.« Er holte tief Luft. »Das Kind ist nicht nur tot. Es hat nichts Menschliches mehr an sich«, sagte er keuchend. Das Diktiergerät war aus.

Ein Blitzlicht flammte auf. Lindberg fuhr herum. Ein Fotograf mit einem riesigen Teleobjektiv knipste ungerührt die Leiche auf dem Grab ab, während seine Kollegin hastig auf einen Notizblock kritzelte.

»Verdammt, der Heuser von der Morgenpost. Woher hat die Presse schon wieder Wind von der Sache gekriegt?« Ottakring brüllte zu ein paar Uniformierten hinüber: »Scheucht den Fotografen weg, macht schon!«

»Hier muss alles weiträumig abgesperrt werden.« Lindbergs Stimme klang ihm selbst wie Schleifpapier. Er hatte das Gefühl, gleich kotzen zu müssen. »Sonst können wir nicht richtig arbeiten.«

»Hector, die Tote ist eindeutig deine Nichte«, sagte Ottakring. »Du hast in diesem Fall nichts zu suchen. Lass die Finger davon und geh heim. Hunderte von Leuten werden an dem Fall arbeiten. Wir tun alles, was menschenmöglich ist, das weißt du. Red mit Judith.« Er schluckte und sprach leiser weiter: »Sie muss die Leiche identifizieren.«

Lindberg nickte wortlos, drehte sich weg und ging zum Friedhofsausgang. Im Autofenster sah er sein Spiegelbild: Zwischen seinen Augen hatten sich tiefe, schwere Falten gebildet, und die Adern an seinem Hals standen heraus wie Kupferdrähte. Die Narbe, ausgefranst und hässlich, brannte bis zur Nasenwurzel.

»Muss ich das denn wirklich tun? Du hast sie doch gesehen?« Judith stand zögernd auf den Stufen zur Rechtsmedizin.

Lindberg legte den Arm um ihre Schultern. »Ja, aber du bist die Mutter. Vorschrift.«

Er hielt sie an der Hand, als das luftdicht abgeschlossene Kühlfach auffuhr, die blaue Folie entfernt wurde und sie den verstümmelten, unbekleideten Leichnam als den ihrer Tochter identifizieren sollte. Sie verzog keine Miene.

»Ist sie das?«, wurde sie gefragt.

»Das ist nicht meine Tochter.« Judith schüttelte den Kopf. »Bella hat ein sehr hübsches Gesicht. Von diesem Gesicht hier ist ja nichts mehr übrig geblieben. Ich kann Ihnen nicht sagen, wer das ist.«

Erst draußen in Ottakrings Dienstfahrzeug brach Judith zusammen.

Bruno Gonski wurde das Gefühl nicht los, ein Kübel Würmer hätte sich in seinem Magen geöffnet. Sein Gehirn war dabei, zu verrotten, und seine Gedanken waren langsam und träge. Sie krochen hinter Bella her.

Tagsüber hockte er in seiner Wohnung. Gegen Abend ging er hinaus, saß auf einer Bank im Park, trottete zum See. Er starrte mit der gleichen Empfindungslosigkeit zu Hause auf den schäbigen Teppich wie am See in die schaumige Gischt. Bellas Gesicht trieb im See und verschwamm in den Wellen. Blitze schossen aus dem Wasser. Dann schlich er hinüber zur Wohnung seiner Mutter.

»Bella, bist du da?«

Er vermutete Bella im Schlafzimmer. Leise drückte er die Klinke herunter. Es roch nach Bohnerwachs. Durch den Türspalt sah er sie. Mit dem Hut auf dem Kopf hüpfte sie im Bett seiner Mutter umher, drehte sich, zog die Beine an und federte wie auf einem Trampolin. Die Sprungfedern ächzten. Er sah sie von vorn, und ihre Rückseite sah er im Wandspiegel gegenüber. Sie hatte das blaue Kleid an. Der Saum rutschte beim Springen bis weit übers Knie. Ihre Beine sahen aus wie gehäutet.

»Zieh dein Kleid herunter«, zischte er. »Du bist ein gutes Mädchen. Zieh dein Kleid herunter und mach mich nicht verrückt.«

Dieser verdammte braune Hut.

Ihr Gesicht grinste, die Zähne hingen ihr lose im Fleisch. Ihre Augen funkelten ihn an. Bäche von Schweiß rannen ihm über die Stirn. Sie schleuderte den Hut nach ihm, hatte einen Schlagring über den Knöcheln, stieß sich ab und sprang ... sprang direkt auf ihn zu.

Im letzten Moment erkannte er, dass Bella in Wahrheit gar keinen Hut aufhatte. Dass sie in Wirklichkeit gar nicht gesprungen war. Und dass es nicht ihre Augen waren, die ihn rot unterlaufen anblitzte. Dass es Bella gar nicht gab. Mit dem Schlagring sprengte Gonski die Glasfront des Spiegels. Berstende, knirschende Splitter schlitterten über den Boden.

Bella war nicht da. Er hatte sie auf dem Friedhof niedergelegt. Aber wie und wann, selbst daran war seine Erinnerung umwölkt. Nur den Eintrag ins Tagebuch, den hatte er sehr gewissenhaft gemacht.

Ottakring schloss die Tür und drückte Lindberg in den schmalen Sessel vor dem Schreibtisch. Eine vergilbte Fotografie von Ottakrings Eltern im Silberrahmen stand dort, ein Porschemodell. Ottakring lehnte sich zurück und entließ einen Rauchring zur Decke. Seine Morgenzigarre, die erste von dreien am Tag.

»Wie geht's Judith?«

»Sie marschiert jeden Tag zur Arbeit. Abends lässt sie sich volllaufen, wahlweise mit Gin Tonic oder Gin pur. Nachts schläft sie nicht. So geht es schon die ganze Woche.« Lindberg blickte an den halbmeterhohen Aktenbergen vorbei zu Ottakring. »Bella wurde nicht vergewaltigt. Das tröstet sie ein wenig.« Er machte eine Pause. »Und sie tanzt.«

»Sie tanzt?«

»Ja, sie dreht Pirouetten und tanzt durch die Wohnung wie Bella.«

Es klopfte heftig. Lindberg sah Schallocks borstigen Schädel im Türspalt.

Ottakring winkte. »Komm rein, Schallock.«

»Frau Stripli war nicht da«, sagte Schallock und stellte sich vor den Schreibtisch. Sein Blick blieb fest auf Ottakring gerichtet. Er deutete mit dem Kinn zu Lindberg hin. »Gehört der jetzt doch zur SoKo Arabella?«

Lindberg erhob sich sofort und wandte sich zum Gehen. Ärger wegen persönlicher Eitelkeiten war das Letzte, wonach ihm gerade der Sinn stand.

Ottakring hielt ihn zurück. »Eines wollen wir klarstellen, Schallock«, sagte er. »Immerhin geht es um Lindbergs Nichte. Er hat ein Recht auf Information. Und du kümmerst dich mit Nachdruck um deinen Job. Wir müssen den Mörder fassen, und zwar schnell. Du wirst noch froh sein, wenn Lindberg uns dabei unterstützt.«

Schallock zuckte mit den Achseln und ließ sich auf dem Stuhl nieder, den Lindberg gerade geräumt hatte. »Wie der Scheißkerl die Leiche hindrapiert hat, mit dem Bayern-Schirm im Arm, die Zöpfe abgeschnitten, das Gesicht, wie er sie zuschneien hat lassen ... das war kein Zufall. Das war pure Absicht. Weinlaub ist sich sicher, dass das Mädchen schon tot war, bevor der Kerl sie auf das Grab gelegt hat. Ich frage mich, warum er sie hinterher noch so zugerichtet hat.«

Lindberg war zum Fenster gegangen und starrte hinaus. Er wollte den neuen Job nicht gleich mit einem Kompetenzgerangele beginnen. Trotzdem musste er sich äußern. Ohne sich umzudrehen, sagte er: »Der Täter ist intelligent. Er hat sein Opfer nicht irgendwo verscharrt. Intelligente Täter schaffen ihre Opfer vom Tatort weg. Und er hat Schuldgefühle. Sonst hätte er ihr Gesicht oder was davon noch übrig geblieben ist, nicht mit ihrem Anorak verdeckt. Er hat beide Zöpfe abgeschnitten. Er brauchte eine Trophäe. Ein Andenken an sein Opfer. Jeden Tag wird er Bellas Zöpfe bewundern, an ihnen riechen, sie streicheln. Vielleicht nimmt er sie mit ins Bett.« Er drehte sich zu Ottakring. »Es würde mich nicht wundern, wenn der Täter bei Bellas Beerdigung auftaucht. Wir müssen …«

»… als Erstes rausfinden, wo Bella am Heiligen Abend zwischen zehn Uhr morgens und sechs Uhr abends gewesen ist.« Ottakring beugte sich vor. »Das machst du mit Sandra, Schallock. Sieh dir noch einmal den Fundort an. Versucht rauszukriegen, wie die Leiche zum Friedhof geschafft wurde. Und die Zöpfe! Vielleicht hat die EDV was dazu. Lass 'ne Anfrage über ViCLAS laufen, die könnten was rauskriegen.«

»ViCLAS hab ich schon angefragt. Es gibt keinen bekannten Serienmörder, der auf diesen Fall passt.« Lindberg drehte sich um.

Schallock schaute von ihm zu Ottakring. »Was soll das? Lindberg ist befangen, das wissen Sie so gut wie ich, Chef. Von Rechts wegen dürfte er überhaupt nicht über die Ermittlungen informiert …«

»Verdammt!« Ottakring knallte die flache Hand auf den Aktenstapel. »Schluss jetzt mit dem Kram. Raus, an die Arbeit, alle beide!«

Lindberg ließ Schallock den Vortritt. An der Tür drehte er sich noch einmal um. »Bella ist tot«, sagte er zu Ottakring. »Daran wird sich auch nichts ändern, wenn ihr den Mörder gefasst habt. Aber weißt du, was mir die meisten Sorgen bereitet? Dass Bella erst der Beginn gewesen sein könnte. Ein Täter, der so vorgeht, so überlegt und grausam, der macht weiter. Und es war sicher nicht sein erster Mord.«

Ottakrings drückte die Zigarre in den Aschenbecher und quetschte jeden Sauerstoff aus ihr heraus. »Wir müssen einfach schneller sein als er.«

Eine tiefschwarze Woge wälzte sich über Bruno Gonski. Doch nach zwei Tagen und zwei Nächten wusste er, was er tun musste.

Er lächelte. »Ich hab nichts Böses getan, Maria. Das waren die anderen. Die dort sitzen, wo ich hingehöre, und in den großen Orchestern spielen.« Gonski sah seine Frau nicht an, die neben ihm im Bett lag. »Sie haben mir alles genommen. Dafür sollen sie büßen.«

An der straßenabgewandten Seite des Wohnwagens brachte er eine kleine Parabolantenne an. So konnte er wenigstens fernsehen. Morgens wartete er fieberhaft auf die Tageszeitung. Er riss sie aus dem Briefkasten. Er rannte los und kaufte Zeitungen, immer nur eine an jedem Kiosk. Er hastete hinauf in die Wohnung. Dort suchte er alle Seiten durch nach Berichten und Meldungen über den rätselhaften Mädchenmörder. Wenn er auf einen Artikel stieß, hellte sich sein Gesicht auf, und er lächelte.

Er wusste wirklich nicht, wer Bella getötet hatte. Für ihn war sie nicht einmal tot. Für ihn lebte Bella. Er streichelte ihren Zopf. »Meine Bella.«

Es klingelte. Als Gonski die Haustür öffnete, parkte ein Streifenwagen auf dem Gehsteig.

Der Ältere der beiden Uniformierten hielt ein Stück Papier in der Hand.

»Sind Sie Bruno Gonski?«, fragte er. Er hatte einen unsymmetrischen grauen Spitzbart und verströmte einen harschen Duft nach Rasierwasser.

Der zweite Polizist hielt Gonski ein verwischtes Foto hin. »Sind Sie das?«

Gonski sah hin. »Ja«, sagte er und setzte ein Lächeln auf, das keines war. Er hatte Mühe, das Getöse in seinem Kopf zu ignorieren.

Der Spitzbärtige drängte ihn in den Hausflur und hinauf in die Wohnung. Gonski stolperte rückwärts die Stufen hoch, eine Hand am Geländer, getrieben von zwei bösen, angriffsbereiten Hyänen.

Oben streckte ihm der Jüngere noch einmal das Foto hin. »Es gibt genügend Zeugen«, sagte er.

Gonski schaute weg und ließ die Arme hängen.

»Die alte Frau ist gerade erst aus dem Krankenhaus entlassen worden«, sagte der mit dem Spitzbart.

»Und Sie sind gefahren wie ein Wahnsinniger«, bestärkte ihn der andere. »Hundertzwölf abzüglich der Toleranz ergibt immer noch saftige hundertacht KaEmHa.«

»Im Stadtbereich«, bekräftigte der Spitzbärtige.

»Fahrerflucht mit Körperverletzung.«

Ein kurzer Augenblick der Erleichterung durchströmte Gonski. Dann erfasste ihn ein neuer Schreck. Seine Hand zuckte nach vorn und griff sich das Foto. Eine verschwommene Gestalt am Lenkrad, das Nummernschild gerade noch leserlich. Seine Nummer. Alles andere war dunkelgrau bis schwarz. Von Bella auf dem Beifahrersitz war nichts zu erkennen. Er blies Luft aus den Nasenlöchern.

»Führerschein, bitte«, befahl der Spitzbart. »Holen Sie ihn. Ich werde Sie begleiten. Und keine Dummheiten.«

Gonski fühlte, wie wilde Kraft in seinen Körper zurückkehrte. Er spreizte alle Finger ab. Mit fester Stimme sagte er: »Sie behandeln mich wie einen Verbrecher. Nur weil ich zu schnell gefahren bin.«

»Für uns sind Sie ein Verbrecher«, sagte der Spitzbart. »Die Staatsanwaltschaft wird Sie vorladen.«

Sie nahmen ihm den Führerschein ab, stellten Fragen über Fragen. Es wühlte und pochte in ihm, als er endlich die Tür hinter ihnen geschlossen hatte.

»Das werdet ihr mir büßen, ihr Schweine«, flüsterte Gonski ihnen hinterher. »Ihr werdet's noch bereuen.«

11

Zum zweiten Mal spielten sie im Nationaltheater die Messa da Requiem.

Bruno Gonski im dunkelblauen Anzug konnte sich nicht auf die Musik konzentrieren. Er schnippste mit den Fingernägeln und hustete leise, bis ein Sitznachbar ihm den Ellbogen in die Seite rammte. Das an der Hörgrenze gehauchte Pianissimo der Violoncelli zu Beginn der Totenmesse ging ebenso an ihm vorüber wie später das geheimnisvolle Murmeln des Chors. An anderen Abenden hätte Gonski geschaudert beim Donnern des gewaltigen Basses, der flammenden Leidenschaft im Mezzosopran.

Sein Blick hing an Anita Clerico. Der volle Mund, die leicht gebogene, edle Nase, das wellige rotbraune Haar, das die nackten Schultern bedeckte. Genau wie in dem Magazin, das er sich besorgt hatte. Auf mehreren Seiten waren Münchens bekannteste Violinistinnen porträtiert. Anita Clerico war die Erste. Gonski hatte den Report herausgerissen und zu seinem Tagebuch gelegt.

Nach dem Konzert gingen sie zu Schubert's. Sie und dieser Basserman. Gonski folgte ihnen. Er war noch nie bei Schubert's gewesen. Die Bar war brechend voll. Da war erstaunlich wenig Licht, braunmarmorierte Wände, an denen keine Bilder hingen. Die Luft war zäh und schwer. Es roch nach poliertem Holz und Tabak. Irgendwie gewöhnlich. Zumindest goldene Lüster hätte er erwartet.

Basserman führte die Clerico zu einem Eckplatz an der Bar und schob das Reserviert-Schild zur Seite. Er bestellte Champagner, prostete ihr zu, sie aßen Chili con Carne. An der Bar hinter einer japanischen Reisegruppe fiel Gonski ein Mann auf, der ihn an einen bekannten Hollywoodschauspieler erinnerte. Er war Anfang dreißig und trug einen grauen Anzug mit quer gestreifter Krawatte. Und er zwinkerte der Clerico unablässig zu.

Verstohlen hob sie die Hand und spitzte die Lippen. Nur Gonski bemerkte, wie sie gleichzeitig eine Hand auf Bassermans Schenkel legte.

»Happy Birthday, Anita-Baby!«, sagte Carl.

In diesem Moment sah Anita Fred. Als ob Brad Pitt sich ins Schubert's verirrt hätte, stand er an der Theke. Unverschämt gut aussehend, unverschämt gut im Bett, auch noch, wenn er schon den fünften Gin Tonic hinter sich hatte. Sie zwinkerte ihm zu.

»Da drüben, die Dicke«, sagte Carl.

»Wo?«, schreckte sie hoch.

»Dort. Vor dem Mann im dunkelblauen Anzug. Der mit der Stirnglatze.«

»Ja, was ist mit ihm?«

»Nicht mit ihm, mit ihr.«

Ein Riesenweib saß dort. Hündchen mit karierter Fliege auf dem Schoß. Grauhaarig, teiggesichtig, Hornbrille.

»Anna Wolf«, sagte er. »Aus unserer Verwaltung. Unangenehme Person, diese Frau. Sehr bestimmend.«

Anita tat interessiert und nickte. Sie sah noch einmal zu dem Mann mit der Stirnglatze hin. Seine Augen irritierten sie. Sie hatten einen sonderbar gehetzten Ausdruck. Und er starrte sie direkt an. Sicher ein Fan. Etwas veranlasste sie, hastig die Hand von Carls Schenkel zu nehmen.

Sie lächelte Fred noch einmal zu.

»Wo hast du deine Augen?« Carl legte ihr den Arm um den Hals und zog sie zu sich heran. »Ich kenn dich doch! Wen hast du schon wieder im Visier? Den blonden Typen da drüben?« Er ließ sie los und stemmte sich mit beiden Händen empor.

Anita hatte ihre Erfahrungen mit Carls Eifersucht. Doch sie kannte auch die Abwehrtricks. Ohne ein Wort zu sprechen, strich sie mit zwei Fingern über seine Lippen.

Er ließ sich wieder auf den Stuhl fallen und neigte sein Gesicht, um sie zu küssen.

Als Lindberg zum Hangar kam, war Cookie schon da. Sein alter Fliegerfreund war kurzfristig in die Stadt gekommen. Vor einer Woche erst war Bella beerdigt worden, und Lindberg hatte Cookie erst abwimmeln wollen. Doch er überlegte es sich anders.

Er parkte die Shadow im Hangarschatten und ging mit ausgestreckten Armen auf Cookie zu. Der schien die Geste nicht zu bemerken. Er legte ihm eine Hand auf die Schulter, mit der anderen schob er Lindberg den Schirm der schwarzen Baseballkappe aus der Stirn. Lindberg hielt still, solange Cookies Blick über seinem Gesicht kreiste.

»Sorgenfalten, was?«, sagte Cookie schließlich.

Die Bölkow Junior gehörte Lindbergs Mutter. Aber seit der Sache mit Bella hatte Isabel den Geschmack am Fliegen verloren.

Sie schnallten sich im Cockpit fest.

Lindberg spürte Cookies festen Griff am Unterarm. Er hörte seine Stimme im Kopfhörer.

»Du siehst aus wie dein eigenes Passbild. Richtig lachen kannst du immer noch nicht. Nur den Mund verziehen. Ist dir noch mehr vom Unfall geblieben?«

»Ja, ein Sieb im Gehirn«, sprach Lindberg ins Mikrofon und startete. Er sog den Duft verbrannten Kerosins in die Nase.

Der Motor dröhnte im Vollgas. Die Räder lösten sich von der Rollbahn. Lindberg wackelte mit den Tragflächen. Er sah die Controller heraufwinken, als er am Tower vorbeiflog und rasch Höhe gewann.

Cookie beugte sich vor. »Schlimme Sache mit dem Mord an deiner kleinen Nichte.«

Lindberg presste die Lippen zusammen.

Sie schwiegen. Er ließ die Maschine steigen und steuerte nach Süden, den schneebedeckten Bergen entgegen. In ihrer gemeinsamen aktiven Zeit waren Cookie und er Sorgen oder Probleme am ehesten über den Wolken losgeworden. Er blickte durch den wirbelnden Propeller hindurch. Im Osten sah er das Blau des lungenförmigen Chiemsees, davor den Inn, die hellen Flecken der Ortschaften, Kirchturmspitzen, aufsteigenden Rauch aus einem Zementwerk vor dem Grün der Wiesen.

Cookie brach das Schweigen. »Der Unfall mit Frank? Hast du den eigentlich schon verwunden?«

Sie hatten ihre Flughöhe erreicht, 2500 Fuß. Lindberg nahm Gas weg. Cookie war Commander der Piloten, die im NATO-Auftrag von Piacenza aus den Balkan überwachten. Er war einer der wenigen Freunde aus Luftwaffenzeiten, die ihm seit der schrecklichen Geschichte mit Frank geblieben waren. Dass Lindberg damals mit seiner Maschine eine Starkstromleitung durchtrennt hatte, war Berufsrisiko. Dass dadurch der Strom in halb Norwegen ausgefallen war, berührte ihn nicht weiter. Selbst die Tatsache, dass in seinem Blut Restalkohol von der Sauferei am Abend zuvor gefunden worden war, hätte er noch verschmerzen können. Dass er sich aber die Schuld an Frank Tod anrechnen lassen musste, das würde ihm ewig nachhängen. Frank, sein Waffensystemoffizier im hinteren Sitz, hatte sich beim Ausschuss mit dem Schleudersitz an der Cockpitkante verfangen und war zerfetzt worden. Lindberg hatte die Geschichte so oft erzählt, darüber nachgedacht, in Träumen und beim Psychiater immer wieder nacherlebt – er wollte einfach nichts mehr davon hören.

»Die Luftwaffe liegt hinter mir«, sagte er, »vor mir liegt ein Berg anderer Probleme. Reden wir lieber von dir.« Er drehte am Trimmrad. »Wer ist eigentlich diese Anita, von der du ständig erzählst? Es hört sich an, als sei sie was Besonderes.«

Der helle Streifen der Autobahn lag wie ein Wegweiser vor ihnen. Er wies entlang des Inns nach Süden.

»Ach was«, sagte Cookie. »Ich meine, etwas Besonderes ist sie schon. Wirklich. Aber so wichtig für mich auch wieder nicht.«

»Nun komm schon. Wer ist sie?«

»Du müsstest ihren Namen eigentlich schon gehört haben. Anita Clerico.«

»Du meinst die Violinistin?« Lindberg spürte, wie seine Stirnnarbe heiß wurde.

»Die Clerico, ja. Hab ich dir das nie erzählt? Ich kenne sie aus Pia. Im Friseursalon von Signora Sofia Cabale habe ich sie kennen gelernt. Sie war damals schon eine begnadete Geigerin. In Sofias Salon hat sie gearbeitet, um den Grundstock für eine Stradivari zusammen zu sparen. Ah, mit ihren Feenhänden hat sie mir Zaubercremes in Wangen und Stirn gerieben und hat mir nach dem Fliegen das Genick massiert. Es war wirklich nicht einfach, bis ich sie so weit hatte, dass sie mit mir ins Bett ist. Aber ab dann waren wir zusammen. Ein glückliches Paar. Bis eines Tages dieser Basserman aufgekreuzt ist. Sie hat mich abgestreift wie einen löchrigen Handschuh, einfach links liegen lassen. Aber lange wird das zwischen den beiden auch nicht halten. Was ich so höre, macht sie schon mit einem Neuen rum.«

Cookie mit Anita Clerico. Der statistische Super-Gau. Lindberg grinste. »Darauf müssen wir einen fliegen. Auf geht's, Cookie. Festhalten, Überschlag!« Er gab Vollgas, drückte die Maschine an und zog sie empor zum Looping. Sie flogen auf dem Kopf. Die Erde war oben und der Himmel unten.

Da schrillte Lindbergs Handy.

Es war Ottakring. »Wo treibst du dich rum? Wir haben eine Spur.«

»Alles klar.« Lindberg wandte sich zu Cookie. »Wir kehren um.« Mit einer engen Chandelle drehte er nach Norden ab.

Die Shadow brachte sie zur U-Bahn.

Lindberg drückte dem Freund lange die Hand.

Im Treppenschacht drehte Cookie sich um. »Deine Sorgen möchte ich nicht haben. Pass auf deinen Arsch auf, Cowboy.«

An der Tür zu Ottakrings Büro wurde Lindberg fast von Sandra Metz umgerannt. Goldbraune Augen funkelten ihn an. Ihr Pferdeschwanz streifte leicht seinen Arm, dann war sie vorbei. Immer, wenn er Sandra begegnete, bekam er einen trockenen Mund.

»Am besten, du läufst gleich hinter ihr her«, begrüßte ihn Ottakring. »Sie fährt raus zum Revier nach Schwabing. Jetzt fällt den Beamten dort ein, dass irgendwann ein alter Mann bei ihnen war und von einem Kerl erzählt hat, der offenbar ein kleines Mädchen bedroht hat. Anscheinend haben sie die Sache damals nicht recht ernst genommen. Vorhin hat der Diensthabende angerufen. Er denkt, dass die Meldung des Mannes mit Arabella zusammenhängen könnte.«

Lindberg röhrte mit der Shadow nach Schwabing. Sandras kleiner Audi parkte auf dem Gehsteig vor dem Revier. Die Haube war noch warm. Er klingelte.

Sandra trug einen weinroten Rollkragenpulli unter ihrer Jeansjacke. »Und Sie haben kein Protokoll darüber, Herr Modl?«, fragte sie den Uniformierten. In Zivil hätte man ihn für einen Buchhalter oder Steuerberater halten können.

»Nein. Der Mann hat seinen Zettel doch zerrissen. Eine Visitenkarte hat er auch nicht hinterlassen.«

Sandra Metz erklärte Lindberg kurz den Zusammenhang.

Modls Kollege Maier stand dabei und nickte. »Ja«, sagte er, »mir ist gleich aufgefallen, dass der Mann eine Stimme hatte, die gar nicht zu ihm gepasst hat. Er war schlank, fast hager, hatte ein eingefallenes Gesicht ...«

»Genau«, stimmte Modl zu, »und gebrüllt hat er ... wie ein Marktschreier. Einer, der Bananen verkauft.«

Lindberg blickte kurz zu Sandra. Dann wandte er sich an die beiden Polizisten: »Was denken Sie: Warum hat der Mann Ihnen wohl einen Zettel in die Hand gedrückt? Warum hat er Ihnen nicht einfach erzählt, dass er jemanden auf dem Balkon beobachtet hat?«

Modl und Maier zuckten die Schultern.

Lindberg seufzte. »Etwas Tödliches soll der Mann im Blick gehabt haben. Und mit einer Geige hat er den Kindern gedroht.« Er wandte sich an Sandra Metz. »Was halten Sie davon?«

»Ich hab die Personenbeschreibung aufgenommen«, sagte sie. »Grauer Anzug. Hager, blasses, eingefallenes Gesicht, schütteres Haar, laute Stimme ...«

»Taub«, unterbrach Lindberg.

»Wie bitte?«

»Der Mann, den wir suchen werden, ist taub.«

Sandra Metz schaute von ihrem Notizblock hoch. »Da hätte ich auch draufkommen können.«

Lindberg nickte geistesabwesend. »Was könnte Bella mit einem Geigenspieler zu tun gehabt haben«, murmelte er leise.

12

Der Mann hatte tiefe Gräben im Gesicht und nicht mehr als zwei oder drei Zähne. Sein Mantel war von unklarer Farbe, er hatte Löcher und Flecken. Sandra Metz beugte sich vor und schnupperte. Sie roch keinen Alkohol. Vielleicht hatte der Mann ja wirklich etwas Wichtiges gesehen. Tatort war im Mordfall Arabella Lindberg nicht gleich Auffindungsort. Ein Hinweis konnte von überall aus der näheren Umgebung kommen.

Die Meldung war am Morgen eingegangen. Ein Obdachloser wollte in der fraglichen Nacht etwas Auffälliges gesehen haben. Ottakring hatte sie sofort losgeschickt.

Sandra Metz legte eine Hand auf den Arm des Mannes. »Also, da war dieser Schatten. Wo genau war das, Herr Rehberg?«

»Julius«, verbesserte er.

»Julius. Wo haben Sie den Schatten gesehen?«

»In der Nähe von meinem Schlafplatz. Agnesstraße. Ich hab genau gesehen, wie einer die Agnesstraße hinuntergestapft ist«, nuschelte er. »Und er hat etwas vor sich hergeschoben. Etwas Schweres.«

»Bitte versuchen Sie sich genau zu erinnern, Herr Rehberg ...«

»Julius.«

»... vor sich her oder hinter sich her, wie einen Koffer?«

Rehberg zögerte. »Vor sich her. Wie einen Kinderwagen.«

»Wann war das? Hat es geschneit?«

»Am Heiligen Abend war's, junge Frau, ich hör noch die Glocken. Und geschneit hat's nicht.«

Es hatte die ganze Nacht geschneit, Sandra Metz kannte den Bericht in- und auswendig. »Waren Sie alleine, Julius, oder waren da noch andere, als Sie den Mann gesehen haben?«

»Ja.« Er zählte an den Fingern ab. Klappte die Finger wieder ein. »Nein, allein.«

Es war hoffnungslos. Julius Rehberg hätte ebenso gut an Ostern im Olympiapark gewesen sein können.

Lindberg schreckte hoch, als es an der Tür läutete. Die Lampe auf seinem Nachttisch brannte noch. Er hatte die ganze Nacht nicht schlafen können. Der Straßenlärm machte ihm immer mehr zu schaffen. Er musste raus aus dieser Wohnung. Aber der Makler hatte immer noch nichts Passendes für ihn gefunden. Er quälte sich aus dem Bett und ging zur Tür.

Isabel stand im Flur, aufgebrezelt wie die Königinmutter.

»Mein praxisfreier Tag«, erklärte sie knapp. »Ich hab Licht bei dir gesehen. Komm, wir gehen zusammen frühstücken.« Sie strich über ihre Frisur und zupfte ein paar Härchen zurecht. »Hast du Zeit?«

Einsilbig und eigenbrötlerisch war seine Mutter geworden. Keine Einladung mehr zum Brunch, kein Absacker am Abend wie früher. Nur ihre Sprechstunden zog sie eisern durch. Und nun stand sie um sieben Uhr morgens vor seiner Tür.

»Diese Frau, die du am Heiligabend in der Bar getroffen hast, die mit dem Schwein. Was ist das für eine Frau?«, fragte Isabel, als sie durch den dünnen Morgenverkehr Richtung City fuhren.

»Wie kommst du gerade auf Lucie?« Er sah sie von der Seite an. Er hatte noch die Bargeräusche im Ohr. Er hörte Lucie vom Mord an dem Mann ihrer Freundin berichten. ›Sein Gesicht ein einziger Matsch,‹ hatte sie gesagt. ›Wie hindrapiert auf einem Grab.‹

Isabel hielt das Lenkrad mit festem Griff umklammert. »Na, du hast mir sehr ausführlich von der Frau erzählt. Von ihren Mordphantasien. Ich hab lange darüber nachgedacht.«

»Und? Worauf bist du gekommen?«

Isabel hielt an einer Ampel. Das Fenster surrte herunter. Sie sog die Kälte ein. »Herrlich, diese Morgenluft. Riecht schon fast nach Frühling, obwohl es noch dunkel ist.« Sie fuhr wieder an. »Wo möchtest du frühstücken?«

Es war ein vollkommen spontaner Einfall. »Vergiss das Frühstück«, sagte er. »Wir fahren zu ihr!«

Isabel warf den Kopf herum und trat auf die Bremse. »Zu wem? Was meinst du?«

»Wir fahren zu Lucie Kordon.«

Gonskis Stiefel klackten über das schadhafte Pflaster. Laub und verharschter Schnee bedeckte die Ränder der Gehsteige. Ein Hund kam ihm auf dem Weg zu seinem Betrieb entgegen und beäugte ihn. Die Männer sah Gonski erst, als er um die Ecke bog.

Sie standen zu viert an der Laterne vor dem Eingang zu Galvano-Gonski. Einer trug einen breitkrempigen Hut, alle hatten schwarze Aktentaschen.

»Bruno Gonski?«, fragte der mit dem Hut.

Gonski meinte, das Gesicht zu kennen. Er nickte und steckte seinen blaugefrorenen Hände in die Manteltaschen.

»Mein Name ist Oldenburg«, antwortete der Hutträger. »Gewerbeaufsichtsamt. Dies ist ein Durchsuchungsbefehl für Ihre Firma.« Er hielt Gonski ein Papier mit Stempel und seinen Dienstausweis hin.

Gonski drehte den Kopf zur Seite. Oldenburg, der Name sagte ihm nichts. Aber das Foto auf dem Ausweis kroch wie ein hungriger Wurm in seinem Gedächtnis herum. Er steckte den Schlüssel ins Schloss und öffnete. Der Mann ging vor ihm durch die Halle, da erkannte Gonski ihn. Es war der Hollywood-Typ aus dem Schubert's. Der Kerl, der so ungeniert mit der Clerico geflirtet hatte.

»Lassen Sie mir meinen Betrieb,« flüsterte Gonski. »Bitte.«

»Kommen Sie, kommen Sie, Herr Gonski. Wir haben Metalle aus Ihrer Entsorgung im Grundwasser gefunden ...«, Oldenburgs Worte prasselten auf Gonski nieder, » ... wir haben die Schlammreste analysiert. Es besteht Gefahr für die Wasserversorgung der Stadt.«

Gonski hörte kaum, was gesprochen wurde. Ihm war übel. Er kam erst wieder zu sich, als die Männer das Gebäude nach der Durchsuchung wieder verließen.

Draußen heftete der Hollywood-Typ ein Dokument ans Sicherheitsglas der Tür und klebte mit einem Blick zu Gonski ein Siegel darüber. GEWERBEAUFSICHT – VORLÄUFIG GESCHLOSSEN stand auf dem Streifen. Dann klemmten die Männer zwei Eisenriegel über Kreuz in den Rahmen der Glastür. Genau in der Mitte des Kreuzes befestigten sie ein sehr haltbar aussehendes Vorhängeschloss. Dann gingen sie.

Bruno Gonski stand vor seiner geschlossenen Firma. Es schneite leicht, doch Gonski erlebte einen Tag in glühender Sonne. Damals in Namibia. Fremde Eingeborene hatten den Zaun zur Farm von außen durchtrennt und waren dabei, das Vieh hinauszutreiben. Er wollte mit dem Vierrad hinterher, doch sie hatten die Reifen zerschnitten. Er rannte ihnen nach. Er feuerte mit dem Gewehr auf sie. Später fand er eine Blutspur. Er wusste nicht, ob das Blut vom Vieh war oder von Menschen.

Das Siegel an der Tür kam wieder in sein Blickfeld. Seit damals in Namibia hatte er sich nicht mehr so ohnmächtig gefühlt. Gonski krallte die Hände um das Kreuz aus Eisenstangen und rüttelte am Schloss. Er spürte den Schweiß im Nacken und das Würgen im Hals. Schließlich gab er auf und fühlte sich doch wie befreit. Er wusste genau, was zu tun war. Es überraschte ihn nur, dass er so lange dafür gebraucht hatte.

»Wir müssen zuerst zu Farouk«, sagte Lindberg. Sie standen an einer Kreuzung. »Du musst rechts abbiegen.« Er griff leicht ins Lenkrad.

Isabel zuckte mit den Schultern und sah ihn an. »Farouk?«

»Der Wirt vom Osiris. Er müsste wissen, wo die Kordon wohnt.«

Isabel lachte. »Aha«, sagte sie.

Die ganze Zeit schon hatte er die Adresse von Lucie Kordon in Erfahrung bringen wollen. Aber mit all den Vernehmungen und Befragungen war es untergegangen.

Farouk feixte durch die geöffnete Tür. »Ein Pils? Schnaps? Wein? Das Beschwerdebuch?«, rief er heraus. »Um diese Zeit schon auf der Jagd nach Alkohol?«

»Dr. Isabel Lindberg, meine Mutter«, stellte Lindberg vor. Es dauerte keine Minute, da unterhielt sich der Ägypter angeregt mit Isabel. Lindberg stand stumm daneben. Eigentlich hatten sie über Lucie Kordon reden wollen. Aber nun sprachen sie über Isabels Praxis und den Garten der Villa.

Schließlich hatte Farouk ihnen die Adresse der Kordon doch noch genannt. Sie fanden ein vierstöckiges schmutziggelbes Mietshaus. Lindberg klingelte, Isabel hielt sich im Hintergrund.

»Lucie Kordon ist nicht da. Vielleicht ist ihr Schwein mit ihr unterwegs.« Eine volltönende Stimme mit weichem bayrischen Akzent. Ottakring lehnte an der vergilbten Mauer gegenüber der Haustür, ein Knie angezogen. Er steckte in seinem Kamelhaarmantel mit den zu langen Ärmeln und kaute an einer kalten Zigarre.

»Der Schlüssel war im Gummibaum neben ihrer Wohnungstür«, brummte Ottakring, als würde die Tatsache seine Anwesenheit erklären. »Die Leute wollen immer so schlau sein mit ihren Versteckplätzen.«

»Und«, fragte Hector, »wo ist der Schlüssel jetzt?«

Ottakring wandte den Blick zum verhangenen Himmel. »Ich glaub, er ist wieder im Gummibaum. Weiß der Henker, wie er dorthin gekommen ist.«

Lindberg ging auf Ottakring zu. »Was machst du hier, Joe?«

»Ich nehme an, dasselbe wie du, Hector. Ich wollte mich mal umsehen. Diese Kordon ist bisher zu kurz gekommen in unseren Ermittlungen.«

»Na, worauf warten wir dann noch?«

»Kein Durchsuchungsbefehl.« Ottakring hüstelte, wandte sich um und legte die Hände auf die Mauer.

Hugos leerer, abgenagter Rattankorb stand in der dunkelsten Ecke des Flurs, daneben ein halb voller Wassereimer. Vorbei an einer winzigen Küche kamen Lindberg und Isabel in einen geräumigen, hellen Raum. Vor bodenlangen Gardinen stand ein zierlicher Damensekretär.

»Biedermeier«, stellte Isabel fest und fuhr mit zwei Fingern über die polierte Schreibplatte. »Kein Staub.« Es roch sauber, ein süßlicher Geruch hing vage in der Luft.

Zwei Wände waren mit Bücherregalen zugestellt. Lindberg nahm einige Bände in die Hand. Religiöse, psychologische, esoterische Literatur, kaum Romane.

»Aha.« Isabel blätterte in einer antiquarisch anmutenden Kant-Ausgabe. *Die Metaphysik der Sitten.* »Analphabetin scheint sie nicht gerade zu sein.«

Lindberg entdeckte einen kleinen weißen Knopf unter dem untersten Bücherboard. Er drückte ihn. Das ganze Regal drehte sich langsam, fuhr zur Seite und machte den Weg frei zu einen Raum, der sich als Schlafzimmer entpuppte. Das breite Bett war ungemacht und wurde von deckenhohen, cremefarbenen Lackschränken mit Schiebetüren beinahe erschlagen.

Vorsichtig drückte Lindberg eine der Türen zur Seite. Da waren weibliche und männliche Kleidungsstücke. Da waren Mäntel aus Pelz, Jacken aus feinen oder schäbigen Stoffen. Es gab auch dünne Sommerkleider, Bodies, dunkle Anzüge und Designerroben in allen Farben. Dazwischen hingen grüne Mottenstreifen. Sie verbreiteten den süßen Geruch, den er schon vorhin wahrgenommen hatte. In den oberen Fächern waren Hüte aus vielen Epochen übereinander gestapelt, daneben eine Unmenge von Perücken. Unten, in Stahlschüben, steckten Wildlederstiefel, Cowboystiefel, Lack- und Sportschuhe, Pantöffelchen in allen Farben. Im Badezimmer fanden sie Schminke, Cremes, Wässerchen, Tusche, Pinsel.

Lindberg ging noch einmal zum Schrank. Er stellte sich auf einen Stuhl und zog die Perücken heraus. »Isabel«, rief er, »schau mal.« Er holte mehrere Zöpfe hervor, stieg herab und drückte sie ihr in den Arm.

Isabel nahm sich jeden Einzelnen vor und bekam nasse Augen. »Nein«, sagte sie schließlich und reichte ihm den Packen zurück.

Lindberg drückte den weißen Knopf, das Regal fuhr zu.

»Das wünsch ich mir auch mal«, sagte er. »Eine Geheimtür ins Schlafzimmer.«

Sie durchsuchten alles. Ein uraltes Notebook, Drucker, lose und gesammelte Blätter. Sie stolperten über Wohnjournale und die Zeitschrift *Der deutsche Sportschütze*, adressiert an »Dr. Lucie Kordon«. Ein paar Eintragungen in einem karierten Heft, hingekritzelte Notizen, Namen.

Isabel deutete auf einen Wandkalender. Bestimmte Tage waren mit gelbem Marker gekennzeichnet. Geburtstage, nahm Lindberg an.

In diesem Moment klingelte sein Handy. »Sie kommt zurück!«, gab Ottakring durch.

Isabel riss den Kalender vom Nagel.

Sie hasteten in den Hausflur und warteten im Stockwerk darüber.

Lucie Kordon führte Hugo an der Leine, Schlüssel klapperten, die Tür öffnete und schloss sich wieder.

»Wir müssen blind sein oder blöd«, sagte Lindberg und schichtete Räucherlachs auf seinen Toast. Das Cafe Schwabing war um die Ecke von Lucie Kordons Wohnung.

Isabel nickte. »Sicher. Ich ziehe beides in Erwägung«, sagte sie.

»Wahrscheinlich sind die Mordphantasien dieser Frau völlig aus der Luft gegriffen. Trotzdem werde ich das Gefühl nicht los, dass Lucie Kordon mehr als nur eine Auffindungszeugin ist.«

Isabel zuckte mit den Schultern und vertiefte sich in den Wandkalender, der zwischen ihnen auf dem Tisch lag.

»Das sind keine Geburtstage«, sagte Lindberg. »Schau. Zehnter Januar, Dr. Baldt. Und siebter Februar Dr. Baldt, und hier …« Es waren elf Eintragungen.

Isabel nippte am Champagner. »Sie ist offenbar in Behandlung bei Dr. Wendelin Baldt. Er ist einer der renommiertesten Psychiater der Stadt. Kennst du ihn? Ich glaube, er arbeitet auch für euch. Macht Untersuchungen im Auftrag der Gerichtsmedizin.«

Lindberg spürte einen harten Griff an seiner Schulter und fuhr herum.

Es war Ottakring. »Hector, ich hab dir was zu sagen. Können wir kurz unter vier Augen …?« Er deutete zu einem freien Platz an der Bar.

Lindberg sprang auf. »Joe? Woher weißt du, dass wir hier sind?«

Isabel unterdrückte ein Lachen und verschluckte sich.

Ottakring machte eine leichte Verbeugung vor ihr. »Ihr Wagen, Frau Lindberg. Der Einzige weit und breit, der auf dem Gehsteig parkt.« Dann zog er ihr den Wandkalender unterm Arm weg.

Lindberg folgte ihm zum Tresen, wo Ottakring ihm leicht die Hand auf die Schulter legte.

»Tut mir Leid, Hector, aber das war's. Ich wollte dich noch einmal austoben lassen. Aber jetzt ist Schluss damit.«

»Was meinst du?« Lindberg fühlte sich für einen Augenblick an die Untersuchung wegen des Flugunfalls zurückversetzt. *Wann hatten Sie die Bar verlassen, Major Lindberg? Wie viele Bier hatten Sie intus?*

»Ich muss dich vom Fall Arabella abziehen. Anordnung von oben.«Ottakring zuckte mit den Schultern. »Auch keine Ermittlungen mehr auf eigene Faust, okay, Hector? Du bringst uns sonst alle in Teufels Küche.«

»Frau Gonski!«, brüllte Hellmuth von Appen durch den Flur. Er wusste, dass Geigen-Gonski vor einer halben Stunde aus dem Haus gegangen war.

»Machen Sie doch auf!« Er rüttelte an der Tür. Wieder drückte er den Klingelknopf. Auch sein Klopfen half nichts. »Frau Gonski! Ich hab Ihnen etwas Wichtiges zu sagen.« Es wäre ihm ein Leichtes gewesen, die Tür auch ohne Schlüssel zu öffnen. Aber das wollte er noch nicht.

Von Appen ging die Treppen hinunter. Er war mit Leo im Park zum Schachspiel verabredet.

Bauer, König und Springer standen bis zum Knie im Schnee.

Hellmuth von Appens Stimme schallte durch die menschenleere Anlage.

»Ich habe einen Brief geschrieben, Leo. Ich hab ihn beim Notar hinterlegt. Für den Fall, dass ich nicht an meinem Krebs sterbe, sondern durch ein plötzlicheres Ereignis, wird er geöffnet werden. In dem Brief steht, wer der Mörder des Mädchens aus meiner Nachbarschaft ist.« Er schwenkte einen weißen Umschlag. »Auch du weißt dann Bescheid. Hier drin ist die Kopie.«

Von Appen musste sich an einem Baum abstützen. Ihm war schwindlig. Diese Schwächeanfälle überfielen ihn immer häufiger.

Die massige Gestalt Leos kam auf ihn zu. Leo zog den Block, den er immer dabei hatte, aus der Tasche und kritzelte etwas auf das Papier. Mit einem Ruck riss er das Papier ab und reichte es von Appen. Dann schlug Leo sich den Kragen des Burberry-Mantels über die Ohren und nahm einen tiefen Schluck aus einem Flachmann.

Von Appen fühlte sich wieder besser. *Du musst zur Polizei gehen, wenn du den Mörder kennst. Ein Mord ist kein Spiel, schon gleich nicht dieser Mord. Der Kerl muss hinter Schloss und Riegel,* stand auf dem Zettel. Er zuckte mit den Schultern. Im Augenwinkel verfolgte er, wie Leo das verschneite Schachbrett betrat, mit dem Fuß ein weiteres Feld vom Schnee befreite und mit seiner Dame den Bauern auf c3 schlug.

Er verstand den Freund, ließ sich aber nicht nervös machen. »Ja, du hast natürlich Recht«, sagte er mit fester Stimme. »Aber ich habe noch Einiges vor mit diesem Menschen. Ich brauche ihn noch. Außerdem muss ich mir noch ein bisschen Zeit für die Details nehmen. Aber die Hauptsache steht in dem Brief. Öffne ihn erst, wenn …«

Eine Spaziergängerin stapfte vorüber. Leo grüßte die dick eingehüllte Frau. Dann gab er von Appen mit seiner riesigen Rechten ein Zeichen, leiser zu sprechen.

Von Appen senkte die Lautstärke. »Wenn ich tot bin.« Dann schob er seinen Turm auf b1. »Schach.«

Leo mühte sich ab, ein Loch in den Schnee zu kratzen.

Von Appen war sich nicht sicher, ob er verstanden hatte. »Hast du kapiert, Leo? Erst wenn ich tot bin.«

Leo hob seinen König mit beiden Händen und rammte ihn in das Schneeloch.

Von Appen sah, dass es g2 war. Er stellte seinen Springer auf b7.

Die Augen seines Gegners blitzten. Leo zog mit dem Bauern eine tiefe Spur von g3 auf g4 durch den Schnee.

Von Appen schaute überrascht hoch, blickte von Leos Bauer zu seinem Turm. Dann stieß er mit dem Fuß den schwarzen König um.

»Ich gebe auf, Leo«, sagte er. »Gegen g4-g5 gibt es keine Verteidigung.«

13

Ein eisiger Wind wehte von Norden her. Die bunten Köpfe der Primeln vor Anita Clericos Tür hingen erfroren an den Stängeln. Ihr Studio lag im Souterrain eines Hauses in Trudering, sieben S-Bahn-Haltestellen vom Nationaltheater entfernt. Ein Scherengitter schützte den Eingang. Dürrer brauner Efeu wand sich um die gewundenen Eisenstäbe, die die Fenster sicherten. Anita konnte sich behütet fühlen, wenn sie nachts im Bett lag. Oft teilte sie es mit Carl Basserman, der nie genug von ihr kriegen konnte.

In dieser Nacht war Anitas Bett kalt. Und es war eigenartig, dass trotz der Kälte beide Fenster offen standen. Jemand musste die Heizung abgestellt haben. Anita selbst konnte es nicht gewesen sein, denn sie fröstelte schon beim Anblick einer Neujahrspostkarte mit Winterlandschaft. Die Blätter der Weihnachtssterne waren von Eiskristallen überzogen und hingen schlaff herunter. Ab und zu huschte ein Windstoß über die Steinplatten, prallte gegen die geschlossene Tür und suchte sich durch die Fenster einen Weg ins Innere.

Anita Clerico schlummerte friedlich in der Badewanne. Sie war bekleidet. Ihr Kopf ragte bis zu den Ohren über den Rand. Sie lag im Dunkeln.

Der Lichtstrahl aus einer Taschenlampe strich behutsam über ihren Körper hinweg, als fürchte er, ihn zu verletzen.

Schwach schimmerte die Gestalt in der Wanne durch eine dicke Eisschicht hindurch, deren glatte Fläche von einer dünnen Raureifschicht überzogen war. Dort, wo der Kopf war, blieb der wandernde Lichtkegel stehen.

Da war kein Gesicht. Da war nur eine verkrustete brombeerfarbene Masse, die aus dem Eis ragte. Zitternd heftete sich der Lichtstrahl an die Feder, die in dieser Kruste steckte wie ein Pfeil im Zentrum eines Dartboards. Kein Spritzer Blut war auf dem Eis. Aber literweise Blut darunter und am Wannenrand.

Der Lichtkegel taumelte über die fleckigen Fliesen des Badezimmers zur Eingangstür. Dass der Mann mit der Taschenlampe es nicht mehr schaffte und sich im Flur übergab, fiel nachher nicht weiter ins Gewicht. Er veränderte nichts, sogar die Fenster ließ er offen. Allerdings hatte er gleich beim Betreten des Studios die Heizung aufgedreht. Als die Polizei eintraf, war der Eisblock in der Wanne schon angetaut. Die Feder schwamm im Schmelzwasser.

»Hector, schwing dich auf die Shadow. Wir müssen raus nach Trudering. Ein Frauenmord.« Ottakring konnte förmlich sehen, wie sein neuer Profiler am anderen Ende der Leitung schmollte, weil er ihm jegliche Informationen aus der SoKo Arabella verweigert hatte. Ein neuer Fall würde Hector gut tun.

Der Erkennungsdienst war schon am Tatort, als Ottakring kurz vor Lindberg eintraf. Blitzlichter zuckten. Es gab kaum eine Stelle in der kleinen Wohnung, die nicht mit Blut bespritzt war. Blut an den Wänden, am Fußboden, an den Möbeln. Geronnenes Blut im Gesicht von Richard Strauß auf der Konsole neben der Tür, abstrakte Blutmuster auf zwei Gemälden über der Couch.

Schallock und Sandra Metz standen in der Tür.

Die Männer von der Spurensicherung setzten die Füße in den weißen Überschuhen sehr vorsichtig auf. Keine Spuren durften verwischt, nichts durfte zu diesem Zeitpunkt verändert werden.

»Verdammt!« Ein Feuerlöscher rollte über den Boden und blieb in der Ecke liegen. Er hinterließ eine feine Spur aus pulverisiertem Blut, die sofort fotografiert wurde. Sorgfältig untersuchten die Männer eine Fährte, die aussah, als hätte jemand mit einem groben Pinsel rote Farbe übers Parkett gespritzt. Die Spur führte ins Badezimmer.

Dort lag die Tote.

Die EDler zogen streng nach Vorschrift die Kapuzen über die Köpfe.

»Der Videotrupp soll kommen«, befahl Ottakring. »Hier sieht's ja aus, als hätten Serben ein montenegrinisches Dorf niedergemacht.«

Wie bei jedem Mordfall hatte Ottakring ein Gefühl wie Lampenfieber. Man wusste nie, wie es lief. Er liebte dieses Gefühl nicht besonders, aber es verschaffte ihm das nötige Adrenalin. Er warf einen Blick auf Lindberg, der etwas an der Decke des Wohnzimmers begutachtete. Wenn er schon nicht in der SoKo Arabella mitarbeiten durfte, sollte er in diesen neuen Fall von Beginn an direkt einbezogen werden. Ottakring rief durch den Flur: »Metz, wenn der Staatsanwalt kommt, kümmere dich bitte um ihn.«

Weinlaub von der Rechtsmedizin schob sich an Lindberg vorbei. Sein sonst immer perfekt sitzendes Jackett war zerknittert, und er schwitzte trotz der eisigen Temperaturen.

Ottakring deutete auf die Badewanne. »Sie werden's schwer haben. Es würde mich wundern, wenn da noch ein Tropfen Blut in diesem Leichnam ist.«

Begleitet von Sandra Metz trat Staatsanwalt Grimm durch die Wohnungstür und schlug sich den Mantelkragen hoch. Ottakring mochte den profilierungssüchtigen Ehrgeizling nicht. Aber er strahlte eine gewisse Würde aus und gab im Fernsehen immer eine ganz passable Figur ab.

»Joe, schau dir das mal an«, rief Lindberg aus dem Wohnzimmer.

Ottakring nickte dem Staatsanwalt zu, als er aus dem Bad trat.

»Der Täter spricht eine besondere Sprache«, sagte Lindberg. Er deutete auf eine Violine, die an einer langgezogenen Saite von einem Lüster in der Mitte des Zimmers pendelte. Der Korpus war in tausend Teile zerfetzt und bestand nur mehr aus Splittern. »Das ist nicht im Vorübergehen passiert. Das ist nicht das Resultat von Wut oder Eifersucht. Da steckt Systematik dahinter.«

Schallock kam näher und blickte hoch. »Ich sehe ein kaputtes Instrument mit wirren Drähten. Vielleicht ist die Geige systematisch zerfetzt worden, aber mehr steckt gewiss nicht dahinter.« Er zuckte mit den Achseln und wandte sich brüsk ab.

Weinlaub meldete sich aus dem Badezimmer. Ottakring folgte dem Trampelpfad, den der Erkennungsdienst gelegt hatte. Lindberg kam ihm nach.

Grelles Licht aus Fünfhundert-Watt-Scheinwerfern blendete sie. Ottakring sah die Leiche im schmelzenden Eis zum ersten Mal bei Licht. Lindberg hinter ihm unterdrückte einen leisen Schrei. Ottakring sah es auch: Das gleiche verkrustete, entmenschte Gesicht wie bei Lindbergs kleiner Nichte. Eine Vogelfeder schwamm im Wasser.

Weinlaub kniete vor dem Fundort. »Sehen Sie«, sagte er. »Beide Hände fehlen. Sauber unterhalb der Knöchel abgetrennt.«

Lindberg beugte sich über den Pathologen. Dann drehte er sich langsam um. »Wie gesagt, Systematik«, sagte er. »Das ist die Handschrift des Täters.« Er wandte sich an Ottakring. »Wie heißt die Frau eigentlich? Da war kein Namensschild an der Tür.«

»Hab ich dir das nicht gesagt?« Ottakring wischte sich über

die Stirn. »Sie war Geigerin im Bayerischen Staatsorchester. Anita Clerico. Wenn das an die Presse durchsickert, ist hier die Hölle los.«

Er war noch eine Weile neben ihr hocken geblieben. Dann war er vorsichtig, die Schuhe in zugeschnürten Plastiktüten, durch den Raum gegangen, um nicht in die Lachen zu treten und kein lautes Geräusch zu machen. Er nahm den Feuerlöscher von der Wand, rollte ihn durch das Blut und ließ ihn liegen. Er holte ihre Hände aus dem Gefrierfach, verstaute sie in einer mitgebrachten Kühltasche und verließ die Wohnung so, wie er sie betreten hatte: durch die Tür. Den Schlüssel versteckte er wieder in dem Hohlraum unter der gelockerten Sandsteinplatte neben der Eingangstreppe.

Die benutzten Gummihandschuhe packte er zu den Schuhen in die Plastiktüten und versenkte alles in getrennten Müllcontainern, ebenso den blutbeschmierten Parka. Ein gequältes Lächeln gelang ihm, als er durch dunkle Nebengassen zur Wohnung seiner Mutter schlich. Dort packte er ihre Hände in die Kühltruhe. Hose, Hemd und Pullover verbrannte er in der Küche im Holzofen, danach duschte er heiß. Kleider zum Wechseln waren genügend vorhanden. Er konnte beruhigt sein. Die Polizei konnte ihm nichts anhaben. Er pfiff leise, als er sich in frischen Kleidern in einen Sessel fallen ließ. Er hatte Lust, Violine zu spielen.

Kurz nach Mitternacht klingelten sie an Carl Bassermans Wohnung. Lindbergs Nerven waren angespannt. Anita Clerico war Cookies Ex-Freundin gewesen, und sie hatten sichere Beweise dafür, dass ihr aktueller Liebhaber am Tatort gewesen war.

Die Tür flog auf, als hätte Basserman dahinter gestanden. Der Konzertmeister schaute sie seltsam unbewegt an, zuerst Lindberg, dann Ottakring. Er fuhr sich durchs Haar, machte eine Bewegung, als wolle er eine Krawatte lockern. Aber Basserman trug keine Krawatte. Er stand mit nacktem Oberkörper und vor Nässe triefender Hose in der offenen Tür.

»Kriminalrat Ottakring, Mordkommission«, stellte sich Ottakring vor. »Mein Kollege Lindberg. Wie ich sehe, stören wir.«

Basserman sah sie beide an, als sei er soeben nach der Uhrzeit gefragt worden. »Ja, ja. Nein, nein. Kommen Sie rein.«

Sie betraten einen langen Flur mit offenen Zimmertüren zu beiden Seiten. Lindberg zählte fünf. In jedem der elegant ausgestatteten Räume brannte Licht. Er warf einen Blick ins Bad. Ein feuchtes Paar Schuhe stand da, ein tropfnasser Pullover hing über dem Wannenrand.

Ottakring stellte die Fragen. »Wann haben Sie Anita Clerico zum letzten Mal gesehen?«

Basserman sprach schnell. »Sie war nicht bei der Orchesterprobe. Am Telefon hat sie sich nicht gemeldet. Da bin ich zu ihr hingefahren. Wir waren sehr gut befreundet.« Während er redete, zog er die nasse Hose aus und streifte sich einen Hausmantel über. »Anita hatte immer einen Schlüssel für mich unter einer Platte am Eingang versteckt.«

»Ist es der?« Ottakring zauberte eine Plastikhülle auf die Handfläche, worin der Schlüssel steckte, den sie gefunden hatten.

Basserman starrte auf die Hülle. »Ja, genau der. Oder zumindest einer, der genau so aussieht. Ein kleiner Sicherheitsschlüssel. Ich bin hinein und habe Anita gefunden. Dabei hab ich ein paar Flecken abgekriegt.« Er deutete in Richtung Bad. »Blutflecken. Ich will sie gerade rauswaschen. Gehen aber nicht raus. Vielleicht schafft es die Reinigung.« Er steckte den nassen Pullover und die Hose in die Waschmaschine.

Lindberg sah zu Ottakring. So leicht hatten sie es nicht erwartet.

»Ich musste meine Taschenlampe aus dem Wagen holen. Der Strom in der Wohnung war aus. Dann habe ich die Polizei angerufen. Vom Handy aus. Einen Moment, bitte.«

Basserman ging in das letzte Zimmer im Flur und kam mit einem Stapel sauber gefalteter Pullis und T-Shirts auf dem Arm zurück. Er stopfte die Sachen zu den anderen in die Waschmaschine und stellte sie an. »Bitte schön«, sagte er. »Gehen wir ins Wohnzimmer.«

Sie blieben fast zwei Stunden. Basserman zeigte keinerlei Reaktion, keinerlei Gefühle. Wie ein Schüler in der Prüfung beantwortete er ihre Fragen. Lindberg konnte nicht aus ihm herausbekommen, ob ihn der Mord oder der Anblick der Leiche erschüttert hatte oder ob er überhaupt davon getroffen war. Er hoffte, dass Cookie den grausamen Tod seiner früheren Freundin besser verkraften würde.

»Also heute um acht im Präsidium, Herr Basserman. In knapp fünfeinhalb Stunden. Sie sind unser Auffindungszeuge, also vorerst der wichtigste.« An der Tür drehte sich Ottakring noch einmal um. »Bringen Sie einen Anwalt mit. Und schlafen Sie gut.«

Lindberg schätzte Ottakrings entzückenden Charme.

»Was hältst du von ihm?« fragte Ottakring, als sie im Auto saßen.

»Er steht unter Schock«, sagte Lindberg. »Geradezu ein schulbuchmäßiger Schutzmechanismus, damit er die Tatsachen nicht an sich herankommen lassen muss. Wahrscheinlich hat es noch so lange funktioniert, wie wir in der Wohnung waren. Gut möglich, dass er sich jetzt die Seele aus dem Leib flennt. Ich glaube, er hat sie wirklich geliebt.«

»Das spricht nicht unbedingt für ihn. Trotzdem glaub ich nicht, dass er's war. Wenn er wirklich die Zentrale benachrichtigt hat, haben wir seine Stimme auf dem Band. Dann ist er fast aus dem Schneider. Der Auffindungszeuge ist selten der Täter.«

Ottakring telefonierte mit der Zentrale. Dann wandte er sich wieder an Lindberg: »Hast du gesehen, wie er die sauberen Sachen aus dem Schrank geholt und zu den versauten in die Maschine gesteckt hat?«

Lindberg lachte leise. »Typische Übersprungshandlung. Dieser Basserman ist nicht unser Mörder, Joe. Den kannst du abhaken.« Er stockte.

Ottakring wandte den Blick kurz von der Straße und sah ihn an. »Was ist, Hector?«

Lindberg spürte, wie er leicht zitterte. »Mich beschäftigt etwas ganz anderes. Die ungemeine Brutalität, diese übersteigerte Aggressivität gegen die Violine, dort die Zöpfe, die fehlten, hier die Hände. Die Handschrift war die gleiche.«

»Es kann Zufall sein, Hector.« Ottakring sprach leise. »Du bist zu sehr mit dem Fall deiner Nichte beschäftigt. Du siehst Verbindungen, wo keine sind.«

»Aber das Gesicht, Joe, du hast doch auch dieses total zerstörte Gesicht gesehen. Wie ausgelöscht.« Lindberg versagte fast die Stimme. »Wie bei Bella«, fügte er leise hinzu. Aber er konnte sich einfach nicht vorstellen, was Bella mit einer Geigerin des Bayerischen Staatsorchesters zu tun gehabt haben könnte.

Ottakring nickte. »Ich hab's gesehen, Hector. Und du hast Recht, da ist was. Aber wenn du einen Zusammenhang zwischen dem Mord an Bella und diesem hier konstruieren willst, brauchst du bessere Beweise.«

Das Autotelefon klingelte. Ottakring nahm ab, nickte ein paar Mal und legte wieder auf. »Basserman hat tatsächlich den Mord gemeldet. Sie haben seine Handynummer identifiziert und den Anrufer auf Band. Eben haben sie bei Basserman angerufen und seine Stimme mit der auf dem Band verglichen. Beide sind identisch. Er war's nicht.«

So deprimiert wie nach der Pressekonferenz hatte Lindberg Ottakring noch nie erlebt. Der Kommissar wippte auf einem Stuhl am Kopfende des langen Tisches hin und her, an dem sie vorhin die Journalisten über den Mordfall Anita Clerico und die Gründung der SoKo Stradivari unterrichtet hatten.

»Wir haben Polizeihunde, aber keine Fährte für die Tiere«, sagte Ottakring. »Wir setzen Hubschrauber mit Wärmespürgeräten ein, doch ihre Ziele sind längst erkaltet. Die Rechtsmedizin kommt übers Übliche auch nicht hinaus. Noch nicht, hoffe ich. Wir haben jede Menge Fingerabdrücke, die uns nicht weiterhelfen, solange wir nicht den passenden Daumen dazu haben. Wir wissen, dass die abgetrennten Hände der Clerico eine Zeitlang im Gefrierfach ihres Kühlschranks gelegen haben. Aber bringt uns das weiter?« Er kratzte an einem Brandfleck in der Platte des Schreibtischs herum. »Jeden Tag hundert Anrufe, doch kein ernst zu nehmender Hinweis. Als ob sich der Täter in Nichts aufgelöst hat. Schallock ist es bisher auch nicht gelungen, den Fall Arabella weiter zu treiben. Wenn ich ehrlich bin, Hector: Nichts, aber auch gar nichts spricht momentan dafür, dass wir nur einen einzigen Zentimeter weiterkommen. Und die Zeit sitzt uns im Genick.«

Lindberg sah ihn an. In den letzten fünfzehn Jahren hatte sich bei diesem Mann alles um Mord oder Totschlag gedreht. Er hatte eine Ehe geopfert, seine Kinder verprellt, sein Leben riskiert, sich mit Vorgesetzten und der Presse angelegt. Er war ehrgeizig, wütend, verzweifelt, alles für seinen Beruf. Seine Aufklärungsquote konnte sich sehen lassen.

Lindberg trat ans Fenster. »Wir müssen gezielter vorgehen«, sagte er. »Und das heißt, wir müssen den Täterkreis einschränken.«

Ottakring sah ihn an. »Tun wir doch, oder? Schallock leitet die SoKo Arabella, ich ...« er verbesserte sich, »wir die SoKo Stradivari ...«

»Nein, Joe, das meine ich nicht. Es gibt eine Verbindung zwischen den beiden Morden. Und die müssen wir finden. Die Handschrift in beiden Fällen ist zu ähnlich. Beide Taten waren geplant, die Opfer wurden nicht zufällig ausgewählt. Die Leichen wurden extrem verstümmelt, Haar- oder Körperteile entfernt, nicht versteckt, sie wurden uns präsentiert. Was mich unsicher macht, ist die Frage: Wo ist der gemeinsame Nenner zwischen Bella und Anita Clerico?« Lindberg wandte sich vom Fenster ab.

Ottakring wirkte so abwesend, dass man glauben konnte, er habe ihm gar nicht zugehört. »Es gibt tausend einander widersprechende Gerüchte in der Stadt, Hector, und die Journalisten pusten wilde Vermutungen unters Volk. Ihre

Kommentare werden bösartig. Der wird weiter machen, schreiben sie.«

»Der wird weiter machen, Joe.« Lindberg ging im Raum auf- und ab. »Das ist ein missionsorientierter Typ. Er hat sich seine Mission selber ausgesucht. Wir kennen sie nur noch nicht.«

Ottakring griff zum Telefon und drückte eine Kurzwahltaste. Er hielt den Hörer in der Hand, als wolle er ihn zerquetschen. »Wo bleibt der Obduktionsbericht der Clerico?«, schnarrte er hinein. »Lang dauert's nicht mehr, dann könnt ihr mich auch von der Wand abkratzen. Weil ich nämlich geplatzt bin. Und was ist mit dem Feuerlöscher?« Ottakring wischte kleine Schweißtröpfchen weg, die sich auf seiner Stirn gebildet hatten. »Bleib doch endlich einmal stehen, Hector, verdammt! Und hock dich auf deinen Arsch!«

Lindberg setzte sich rittlings Ottakring gegenüber. »Nerven, was?«, sagte er. Sie konnten nur Erfolg haben, wenn sie zusammenhielten und kühles Blut bewahrten. »Das mit dem Feuerlöscher ist doch nur eine Farce. Ich wette, das Teil hat den Körper der Clerico nie berührt, so lange sie noch am Leben war. Der Mann genießt es einfach, über sich und seine Inszenierungen in der Zeitung zu lesen. Er heftet sich Ausschnitte an die Wand oder sammelt sie in einem Ordner. Abends vor dem Fernseher wartet er auf einen Bericht. Dieser Mann ist eitel, Joe. Und an seiner Eitelkeit müssen wir ihn packen.«

Ottakring war blass geworden. Ächzend glitt er vom Stuhl auf den Boden. Wie eine Schildkröte lag er auf dem Rücken und legte die Beine hoch.

»Deutscher Soldat kennt keinen Schmerz, was?« Er stöhnte leise. »Hast du immer gesagt, als du als Student bei uns gearbeitet hast. Über kurz oder lang werd ich um eine Operation an dem verdammten Rücken nicht herumkommen.«

Lindberg setzte sich ihm gegenüber auf den Boden. »Ich werd ihn kriegen, verlass dich drauf.«

Ottakring verzog den Mund, als ob er lächeln wollte. Aber der Versuch misslang gründlich. Er stöhnte auf, machte eine Faust und streckte den Daumen nach oben.

Lindbergs Handy schrillte. Beide Männer schreckten auf. »Hoffentlich ist nicht schon wieder was passiert,« brummte Ottakring.

Aber es war nur Lindbergs Immobilienmakler. »Es ist wegen Ihrer Wohnung.« Lindberg winkte Ottakring, dass es ein Privatgespräch war. Der Makler klang aufgekratzt. »Ich habe eine schöne, helle Dreizimmerwohnung mitten in Schwabing für Sie entdeckt. Nicht ganz billig, aber sie wird Ihnen gefallen. Wann haben Sie Zeit für eine Besichtigung?«

Das Gebäude, nicht weit von Judiths Wohnung entfernt, hatte den Krieg unbeschädigt überstanden. Es war eine alternde Schönheit, groß, elegant, vielleicht ein bisschen protzig. Stuck, Kupfersimse, Erkervorsprünge an den Fenstern zur Straße hin und gediegene Rundungen dazwischen. Etwas Ehrwürdiges haftete ihm an. Und es lag ruhig, sehr ruhig sogar.

Schallock hatte gefrotzelt: »Wie können Sie umziehen, solange es hier um Mord geht, Lindberg?«

Doch Ottakring bestärkte ihn. »Wenn's heiß wird, musst du dein Küchenbüfett eben mitten im Umzug fallen lassen. Du weißt selbst, was geht und was nicht.«

Lindberg fühlte sich vom ersten Augenblick an wohl in der Wohnung.

Judith war die Erste, die ihn nach dem Umzug besuchte. Überall standen noch aufgerissene Kisten herum. Aber am riesigen Küchentisch war es schon sehr gemütlich. Lindberg freute sich, Judith wieder einmal zu sehen. Sie hatte sich rar gemacht seit Bellas Tod. Kein Kneipenbesuch mehr, kein Bayern München, kein Adriano Celentano. Auch ihre Ballettstunden hatte sie aufgegeben. Mager war sie geworden und blass. Sie trug kein Make-up, und die Haare hingen ihr strähnig ins Gesicht. Das wäre ihr früher nie passiert.

»Ich kann nicht verstehen, warum sie dich vom Mord an Bella abgezogen haben«, sagte sie. »Dieser Schallock, das ist doch eine Niete. Warum hat er den Kerl noch immer nicht gefunden?« Sie pflückte sich ein imaginäres Haar von der Jacke. »Hast du einen Schnaps?«

»Nein.«

»Dann gib mir ein Glas Wein. Ich will verdammt noch mal endlich wissen, wer meine Tochter ermordet hat. Wenn es so leicht ist, ungestraft ein Kind umzubringen, kann ich das auch.«

Kaum hatte Lindberg seine noch halbwegs nüchterne Schwester an der Wohnungstür verabschiedet, kam Sandra Metz die Treppen hoch. »Ich wollte mir mal Ihre neue Wohnung ansehen.« Sie lächelte, als er sie überrascht hereinbat. Er hatte wieder dieses Ziehen im Bauch, sobald er sie nur ansah.

Er machte eine neue Flasche Wein auf und nahm sich vor, Sandra nicht über die Ermittlungen der SoKo Arabella auszufragen. Doch sie fing von allein davon an. »Ich sollte Ihnen das nicht sagen, aber ich hab mir diesen Julius Rehberg noch mal vorgenommen, den Obdachlosen.« Sie stockte und schaute hoch.

»Und? Haben Sie etwas herauskriegt?«

Sandra nickte. »Er ist sich hundertprozentig sicher, dass am Heiligabend ein Mann an ihm vorüberging, der etwas vor sich herschob. ›Etwas wie einen Schubkarren‹, sagt er. Und aus dem Schubkarren ragte vorn etwas heraus. Er erinnert sich nun auch wieder, dass es wie verrückt geschneit hat. Er hat dem Mann hinterhergeschaut und Radspuren im Schnee gesehen. Haben Sie einen Stadtplan da?«

»Mal sehen, ob ich die richtige Kiste finde.« Der Münchener Stadtplan steckte zwischen den CDs, ganz wie Lindberg vermutet hatte.

Sandra breitete den Plan auf dem Küchentisch aus. »Rehberg wollte zu seiner Stammkneipe. Der Kurfürst am Kurfürstenplatz, hier. Also nördlich von seinem Schlafplatz in der Agnesstraße. Wenn ihm jemand entgegenkam, muss der folglich nach Süden gegangen sein, hier entlang. Und worauf stoßen wir da?«

Lindberg bemerkte das Glimmen in ihren goldbraunen Augen. Er hatte Mühe, sich auf die Spitze ihres Kugelschreibers zu konzentrieren, die auf den Alten Friedhof zeigte. Der

Wunsch, Sandra zu umarmen, wurde mächtig. »Das bedeutet, der Mann mit dem Schubkarren kam aus Richtung Kurfürstenplatz. Wie weit kann man wohl eine schwere Last bei diesen Witterungsverhältnissen schieben?«

Sandra nickte. »Genau. Und da ist noch etwas«, sagte sie. »Ich war natürlich im Kurfürst. Der Pächter erinnert sich, dass Rehberg am vierundzwanzigsten dort war. Seinen Namen kannte er nicht, aber als ich ihm ein Foto gezeigt habe, war alles klar. Zweifelsfrei. Und nun kommt das Beste.«

Sandra versenkte die Hände in den Taschen ihrer Kordhose, als sie weitersprach. »Er hat im Lokal sogar erzählt, dass er einen Mann mit Schubkarren gesehen hat. Daran hat er sich nur nicht mehr erinnert. Der Wirt aber schon. Er hat die Aussage Rehbergs voll bestätigt.«

»Hm.« Lindberg starrte auf den Stadtplan. »Der Kurfürst ist doch hier in Schwabing. Der Wirt muss doch mitgekriegt haben, dass in der Nacht ein Mädchen verschwunden ist. Warum hat er es denn nicht ...«

»...der Polizei gemeldet?« Sandra Metz hob die Schultern. »Das hab ich ihn gefragt. Er war sehr ehrlich. ›Unsereins geht niemals freiwillig zur Polizei‹, hat er gesagt.«

Kaum war Sandra gegangen, klingelte es schon wieder. Lindbergs neue Adresse schien sich herumgesprochen zu haben in der Stadt.

Ein alter, hohlwangiger Mann war an der Tür. Der graue Mantel, den er trug, war ihm um Nummern zu weit.

Der Alte zog den Hut. »Wir sind Nachbarn«, brüllte er. »Darf ich reinkommen?«

Lindberg war so verblüfft, dass er den Mann an ihm vorbei in die Diele schlüpfen ließ. »Wieso Nachbarn?«, fragte er.

Er erhielt keine Antwort.

Der Alte brüllte wieder los. »Ich wohne kaum siebenhundert Meter von Ihnen entfernt. Sie heißen Lindberg. Das ermordete Mädchen hieß Arabella Lindberg. Sind Sie mit dem Mädchen verwandt?«

Lindberg schob die Tür zu, damit die Nachbarn von dem Gebrüll des Alten nicht gestört wurden. Er nickte und setzte zu einer Frage an.

Doch sein seltsamer Besucher ließ ihn nicht zu Wort kommen: »Das hab ich mir gedacht. Der Name ist ja nicht so häufig«, dröhnte er.

Eine undeutliche Erinnerung tauchte in Lindbergs Kopf auf, ohne dass er sie festhalten konnte.

»Sie können gerne leiser sprechen«, sagte er. »Ich kann Sie sehr gut verstehen.«

»Man muss helfen, wo man kann, sag ich immer.« Der Mann sprach jetzt leiser, wenn auch immer noch sehr laut. »Ich will ja nichts gesagt haben, aber ich hab ein Auge dafür, wenn was nicht stimmt.«

»Und was stimmt nicht?« Lindberg bemerkte, dass der Mann seine Lippenbewegungen beobachtete.

»Wissen Sie, ich war lange Jahre Chauffeur beim BND. Habe immer nur die Top-Agenten gefahren. Sherlock Holmes und wie sie alle hießen. Und Reinhard Gehlen. Für den habe ich 1959 sogar die Gewerbesteuer nachgezahlt. Und mich bei der Queen beschwert, dass Holmes einen Mordfall unerledigt gelassen hat, als er sich zurückzog, nicht wahr?«

Der brüllende Alte hatte offenbar eine gewaltige Meise. Er protestierte laut, als Lindberg ihn zur Tür hinaus schob. Ihn beschäftigte das Gespräch mit Sandra. Warum war sie mit ihren Informationen nicht zuerst zu Schallock gegangen? Er faltete den Stadtplan zusammen und wollte ihn gerade zwischen die Marmeladengläser stecken, da klingelte das Handy.

»Komm sofort ins Präsidium, Hector. Wir haben eine Art Bekennerbrief erhalten. Es sieht so aus, als sei er vom Clerico-Mörder.« Ottakring hörte sich bei aller Aufgeregtheit erleichtert an. »Und ich hab den Obduktionsbefund.«

Lindberg nahm die Bomberjacke von der provisorischen Garderobe, da fiel es ihm wieder ein. ›Ein Marktschreier. Einer, der Bananen verkauft.‹ Etwas Tödliches im Blick ... Der taube Mann im grauen Anzug mit dem eingefallenen Gesicht, der sich im Revier gemeldet hatte. Sogar der Name des akkuraten Polizisten fiel Lindberg wieder ein, Modl. Er riss die Wohnungstür auf.

»Hallo«, schrie er ins Treppenhaus hinunter und rannte los. Unten auf der Straße war kein alter Mann zu sehen. Er fuhr mit der Shadow ein paar Mal um den Block, doch der Mann blieb verschwunden.

Bekennerbrief, Obduktionsbefund – auf dem Weg ins Präsidium hatten die Ampeln keine Farbe, und Lindberg benutzte nur die linke Spur.

Den Rücken gegen die Wand im Sozialraum gepresst stand der Chef der Mordkommission kerzengerade hinter seinem Stuhl. Seine Hand umklammerte einen Plastikbecher mit dampfendem Kaffee. Er ließ den Blick über die Mitglieder der SoKo Stradivari wandern: Lindberg, die taffe Metz, Milly Gromann mit dem samtenen Teint, Olli Lazarus, der Neue mit der Nickelbrille und Schallock als Libero für diesen Mordfall.

Ottakring räusperte sich. »Wie wir schon vermutet haben: Tod durch mehrere Messerstiche, zwei davon ins Herz. Das Zungenbein ist gebrochen. Er muss die Frau bewusstlos gewürgt haben, bevor er auf sie einstach. Tatort Wohnzimmer, daher das viele Blut. Dann hat er die Tote in die Wanne geschleift und Wasser einlaufen lassen. Da lag sie dann zwei Tage lang bei minus siebzehn Grad. Der Mann, der über ihr wohnt, hat das Rauschen gehört, sich aber nichts dabei gedacht. Sonst hat niemand etwas bemerkt.« Ottakring stieß sich von der Wand ab und stöhnte leise. »Das Gesicht wurde postmortal bearbeitet. Kieferknochen, Nasenbein, alles gebrochen. Mit einem halbscharfen Gegenstand, wie mit einer Hammerspitze. Oder einer Zange. Einem Schlagring. Gromann, Lazarus, ihr klappert als Nächstes die Waffengeschäfte ab. Außerdem haben wir es mit einem Metzger zu tun. Oder einem Gefäßchirurgen. ›Subkutanes Gewebe der Hände mit sehr scharfer Klinge sauber durchtrennt‹, schreibt Weinlaub.« Er schaute in die Runde. »Alles klar?«

Alle saßen mit unbewegter Miene auf den Holzstühlen.

»Schallock?«, fragte Ottakring.

Der zuckte mit den Schultern. »Wir bleiben dran. Nichts Neues, Chef. Die Presse macht Dampf.«

Die Presse war ihr Hauptproblem. Kein Tag verging, an dem die Medien nicht lautstark Ergebnisse forderten.

Ottakring seufzte. Dann reichte er Olli Lazarus zwei Folien. »Schalt mal den Overheadprojektor an.«

Der Neue sprang auf und machte sich an dem Projektor zu schaffen. Doch auch, als er den richtigen Knopf gefunden und gedrückt hatte, tat sich nichts.

»Keine Ersatzbirne?« Ottakring schickte Lazarus los.

Der kam keine zwanzig Sekunden später wieder herein. »Keine Ersatzbirne, sagt Frau Stripli.«

Ottakring teilte Farbkopien aus.

Verehrter Herr Mehta, ich muss Sie um Entschuldigung bitten. Ich habe nicht Sie persönlich gemeint. Aber es musste sein es gibt kein Zurück.

»Das Original des Briefes ist beim Erkennungsdienst«, erklärte Ottakring. »Schwarze und farbige Buchstaben, aus Zeitungen und Zeitschriften ausgeschnitten. Sie kleben auf einem Blatt Umweltpapier, wie man es in jedem Kaufhaus oder Schreibwarengeschäft kaufen kann. Eine Angestellte hat das Papier in der Garderobe der Staatsoper gefunden. Wie es dort hingekommen ist, wissen wir noch nicht.« Er richtete den Zeigefinger auf Milly Gromann und Olli Lazarus. »Euer Job.« Ottakring sah auf. »Bemerkungen?«

»Interessant«, sagte Sandra Metz. Sie hielt das Blatt hoch. »Den ungewöhnlichen Namen Mehta schreibt er korrekt. Auch sonst keine Rechtschreibfehler. Und er entschuldigt sich geradezu für den Mord. Er scheint nicht ungebildet zu sein, unser Täter.«

Sandra Metz hatte den Blick auf Lindberg gerichtet, während sie sprach. Zu seiner Überraschung registrierte Ottakring, wie sie Lindberg einen eindeutigen Princess-Diana-Blick zuwarf.

Lindberg reagierte prompt. »Und er sagt uns, dass er weitermachen will. ›Es gibt kein Zurück.‹«

Ottakring blickte von Sandra Metz zu Lindberg. Dann nickte er. »Viel mehr können wir wohl nicht aus dem Wisch herauslesen«, sagte er. Es sollte anerkennend klingen. »Nur noch eins: Jeder Mensch schreibt heutzutage mit dem Computer. Aber dieser Kerl pappt die Buchstaben zusammen wie vor dreißig Jahren. Das kann heißen, dass er so alt ist wie ich und ein absoluter Depp im Umgang mit Computern. Kann aber genau so gut sein, dass er vierzehn ist und uns nur verarschen will.«

»Glaub ich nicht«, sagte Lindberg. »Irgendwo dazwischen. Diese planvoll vorgehenden Täter sind selten sehr jung oder sehr alt.«

»Woher wollen Sie das denn wissen?«, fragte Schallock und lehnte sich mit verschränkten Armen zurück. »Außerdem: So gebildet ist der Kerl dann auch nicht. Da fehlt doch ein Komma in dem Brief.«

»Brav, Schallock«, sagte Sandra Metz. »Haben Sie ja in der Schule mal aufgepasst.«

Schallock täuschte einen Kinnhaken in ihre Richtung vor. Lindbergs Narbe glühte hellrot auf.

Ottakring hatte Mühe, sich zu beherrschen. »Schluss jetzt! Wo sind wir denn hier? Etwa auf dem Grünen-Parteitag? Das Dumme ist halt, dass wir nicht wissen, ob seine Fehler echt sind oder vorgetäuscht.«

Lindberg nickte. »Und jeder x-Beliebige hätte den Umschlag an der Garderobe deponieren können. Folglich muss er nicht notgedrungen vom Täter stammen. Es könnte auch jemand gewesen sein, der sich wichtig machen will.«

»Deine Schwarzmalerei gefällt mir, Hector«, sagte Ottakring. »Du baust einen richtig auf.« Das Telefon klingelte. Er rutschte vorsichtig auf seinen Stuhl.

»Ottakring«, knurrte er. Den Hörer zwischen Schulter und Ohr geklemmt schielte er zur Decke. Mit halbem Ohr hörte er, wie Lindberg Sandra Metz etwas zuflüsterte. Er massierte sich den Rücken, während er mit der anderen Hand kleine Männchen auf die Schreibunterlage zeichnete. Schließlich warf er den Hörer hin und wand sich mühsam aus dem Stuhl. »Unfähig, unsere EDler. Sie haben nichts! Keine Fingerabdrücke, keinen Schweiß, keine Haut, keine Fusseln, nichts. Allerweltspapier, Jedermannsklebstoff, die Buchstaben stammen aus Schmökern, die du in jedem Kiosk für eine Handvoll Hühnerscheiße kaufen kannst. Dabei tönen sie immer so rum mit ihren neuen Methoden.« Ächzend lehnte er sich zurück. »Ein einigermaßen gebildeter Mann mit leichter Kommaschwäche und der Einsicht, Unrecht zu tun, wenn er Menschen umbringt. Gibt es da ein Profil, Lindberg?«

14

Wie weit kann man eine schwere Last schieben? Der Mann war vom Kurfürstenplatz gekommen. Lindberg hatte den Münchener Stadtplan wieder auf dem Küchentisch ausgebreitet und mit einem Zirkel einen Siebenhundert-Meter-Kreis um seine neue Wohnung gezogen. ›Ich wohne kaum siebenhundert Meter von Ihnen entfernt‹, hatte sein tauber Besucher gesagt. Es wäre ein Leichtes, den Mann von der Polizei suchen zu lassen. Mit Hilfe eines Polizeizeichners könnte man ein ziemlich genaues Phantombild von ihm anfertigen lassen.

Aber es war nicht sein Fall. Er arbeitete für die SoKo Stradivari. Doch niemand konnte ihn daran hindern, auf eigene Faust den Mörder seiner Nichte zu suchen.

Er rief Olga Stripli an. »Ich werd mich eine Weile abseilen, Olga. Treib mich in Schwabing rum. Sie wissen schon: Möbel rücken, Wände streichen, Balkon fliesen.« Eindringlich sprach er ins Telefon. »Sie sind die Einzige, die es weiß. Im Notfall: Handy, zur ungeraden Stunde.«

Am anderen Ende der Leitung herrschte Schweigen. Lindberg hatte nicht den Eindruck, dass die Sekretärin ihm auch nur ein einziges Wort glaubte. Doch dann hauchte sie mit rauchiger Stimme in den Hörer: »Alles klar, Herr Lindberg.«

»Danke, Olga.« Lindberg zögerte. Bisher hatte er Schallocks Truppe nicht behindert, aber er hatte sie auch nicht mit seinem Wissen versorgt. »Da ist noch was, Olga. Fragen Sie doch Schallock, ob er nicht mal einen Termin mit einem gewissen Dr. Baldt machen will. Sagen Sie ihm, es geht um Lucie Kordon. Und schöne Grüße von mir.« Dann gab er Olga Stripli eine detaillierte Personenbeschreibung des Mannes, der im Präsidium als »Marktschreier« bekannt war. »›Marktschreier‹ passt überhaupt nicht zu dem Typ Mann, Olga. Er ist ein absolut seriöser Herr, nur etwas durchgeknallt. Er ist taub, da bin ich mir sicher, einsfünfundachtzig groß, sehr blass, sieht krank aus. Zieht einen Siebenhundert-Meter-Radius um meine neue Wohnung. Irgendwo da lebt er.«

Es war düster im Osiris, und es roch flüchtig nach verschüttetem Bier. Lindberg bestellte ein Pils. Ohne ein Wort stellte Farouk es vor ihn auf den Tresen. Lindberg schaute hoch, Farouk war sonst immer sehr höflich. Jetzt war er so offensichtlich mit einer Zeitschrift beschäftigt, als wolle er sich gar nicht mit seinen Gästen unterhalten.

Lindberg versuchte es trotzdem. »Ich suche einen Mann«, sagte er. »Einen sehr hageren, alten Herrn. Sieht aus wie ein Gruß aus dem Jenseits, ausgemergelt und grau. Wahrscheinlich taub. Kennst du den?«

Farouk zog seine Armbanduhr auf, den Blick immer noch auf die Zeitschrift. Er schien lächeln zu wollen. Doch er schaffte nur ein gekünsteltes Spreizen seiner wulstigen Lippen. »Den Agentenfahrer? Meinst du den?«

»Welcher Agentenfahrer?«, fragte Lindberg. »Kennst du vielleicht seinen Namen?«

»Der hat keinen Namen.« Farouk redete langsam, als sei er ganz in irgendeinen Artikel vertieft. »Im Ernst. Hier weiß keiner, wie der heißt.« Er legte die Zeitschrift zur Seite und fing an, die Zapfarmaturen auf Hochglanz zu polieren.

»Ist Lucie eigentlich immer noch nicht da gewesen?«

Farouk bewegte die Handflächen hin und her. Lindberg sah er dabei nicht an. »Lass mal«, sagte er. »Wird schon wieder kommen.«

»Ist was, Farouk?«, fragte Lindberg vorsichtig.

Der Ägypter ließ den Putzlappen auf den Tresen vor Lindberg fallen. »Du machst mir die Gäste nervös mit deiner Fragerei.«

»Ich habe nur dir Fragen gestellt.« Lindberg legte die Hand auf Farouks Arm. »Was ist los? Ich habe das Gefühl, dich mache ich nervös, Farouk. Weißt du irgendetwas? Dann sag's mir.«

Farouk zog seinen Arm weg und schüttelte den Kopf.

Dann eben nicht. Lindberg trank sein Bier aus und zahlte.

Ottakring hatte Glück. Zufällig stand eine Garageneinfahrt offen, durch die er unbemerkt in den Hof gelangte. Er war schnell gegangen und stand nun keuchend in der Mitte des Hofes. Er wollte sich selbst ein Bild von der Wohnung machen, in der Arabella Lindberg gelebt hatte. Er spähte nach oben. Eine Krähe schrie über ihm und ließ sich vom Aufwind tragen. Die Luft war frisch und weich, er sog sie durch die Nase, ein reiner, klarer Duft.

Jedes Haus hatte vier oder fünf Stockwerke. In jedem gab es zwei oder vier Wohnungen. Jede Wohnung hatte einen Balkon. Dort, links oben, im dritten Stock musste Judith Lindbergs Wohnung sein, in der Bella gelebt hatte.

Etwas Tödliches im Blick ... er schlug wütend mit einem Geigenbogen um sich. Hatte der Mörder auf einem dieser Balkone gestanden? Ottakrings Gefühl sagte ihm, dass er Recht hatte, doch allein auf sein Gefühl durfte er sich nicht verlassen. Ihm kam nicht zum ersten Mal der Gedanke, dass sie den Mörder vielleicht sogar kannten. Wenn er nämlich unter denen war, die sie schon vernommen hatten. Sein Blick blieb nach oben gerichtet. Wenn sein Gefühl stimmte, dann hatte Bellas Mörder auf einem dieser Balkone gestanden und ihr beim Spielen zugeschaut.

Ottakring hakte die Bewohner hinter jedem einzelnen Balkon mit einem Nicken ab. Schon den ganzen Tag über hatte er ein Ziehen im Rücken gespürt. Auch jetzt, als er den Hals nach oben reckte, machte es sich wieder bemerkbar. Auf dem vierten Balkon auf der linken Seite ragten verdorrte Begonienstängel aus den Blumenkästen. Der Balkon verschwamm vor seinen Augen. Ottakring wollte sich übers Gesicht fahren, hob den Arm und schrie auf. Ein eisiger Schmerz durchschoss die Gegend über seinem Steißbein. Er knickte ein und bekam gerade noch mit, dass er auf die Knie fiel. Dann wurde ihm schwarz vor Augen.

Der abgemagerte alte Mann, der langsam an einem Gehirntumor starb, erhob sich. Es zischte vom Herd her. Die Wolljacke schlotterte ihm um die Schultern, als er langsam zu seiner Linsensuppe tappte. Sie roch gut. Er nahm den kleinen Teflontopf von der Platte. Doch beim Eingießen traf er den Teller nicht und kippte den Inhalt auf die Tischdecke. Die klebrige Brühe breitete sich in Sekundenschnelle auf dem Stoff aus. Hellmuth von Appen legte die Handfläche auf die glitschige Fläche und zuckte zurück. Er ließ alles liegen, säuberte sich die Hand mit einer Serviette und ging zum Fenster.

»Verdammte Sehstörung«, murmelte er. Früher hatte er mit dem Gewehr auf dreihundert Meter Entfernung das linke Auge des Pappsoldaten getroffen, und jetzt … Er fühlte einen Druck hinter der Pupille, doch Tränen kamen schon lange nicht mehr aus seinen vertrockneten Augen.

Niedrige Wolken zogen draußen über blassblauen Dunst hinweg und wurden von der Sonne in verschwenderische Farben getaucht, von rubinrot bis schwefelgelb. Ziemlich genau in der Mitte des Hofs fiel ihm ein dunkler Fleck auf, der dort nicht hingehörte.

Von Appen griff zuerst zum Fernglas, dann zum Telefon.

»In unserem Hof liegt ein Mensch«, sagte er und gab laut und deutlich die Adresse durch.

Er hatte sich geweigert, ein Taubstummentelefon installieren zu lassen. Deshalb legte er auf, kaum hatte er weitergegeben, was er zu melden hatte. Er wählte Leos Nummer.

»Da schau her, der Herr Kriminalrat«, war das Erste, was Ottakring hörte. Zwei Sanitäter machten sich an ihm zu schaffen. Als sie ihn auf eine Liege hieven wollten, lehnte er ab. Vorsichtig stützte er sich mit den Ellenbogen vom Boden ab und kam langsam hoch.

Sie fuhren in Schallocks Wagen zum Polizeirevier. Er war kurz nach dem Streifenwagen eingetroffen.

»Sie sehen beschissen aus. Wollen Sie nicht doch ins Krankenhaus?«, fragte Schallock.

Ottakring klopfte den Staub von den Kleidern. »Hab mich nie besser gefühlt. Keine Ahnung, was das war. Was gibt's Neues?«

»Wir haben den Marktschreier. Ihm verdanken Sie es, dass man Sie gefunden hat. Er hat uns von Ihrem Unfall verständigt.«

Unfall. Wie sanft Schallock doch sein konnte.

»Wer er ist, hatte ich allerdings schon vorher rausgekriegt. Er heißt Hellmuth von Appen. Ein ulkiger Vogel. Er hat doch tatsächlich an die englische Queen geschrieben und sich über Sherlock Holmes beschwert. Und an das Finanzamt München-Ost hat er exakt 42,40 DM überwiesen. Absender: R, Gehlen. Grund: Gewerbesteuer.«

Ottakring hatte Schallock lange nicht mehr so aufgeräumt erlebt.

»Pullach war sehr kooperativ«, sagte Schallock. »Von Appen war Fahrer bei ihnen, Chauffeur. Wissen Sie, was sein Hobby war? Er hat während seiner Fahrpausen Agent gespielt und anderen Leuten hinterherspioniert. Die haben mir jede Menge Stories über ihn erzählt. Der Alkohol und seine Spinnereien haben ihn schließlich den Kopf gekostet. Vor viereinhalb Jahren wurde er in Pension geschickt.« Schallocks Finger spielten auf dem Lenkrad Klavier. »Sie werden ihn gleich kennen lernen. Er müsste inzwischen im Revier sein.«

Ottakring schüttelte den Polizisten Modl und Maier die Hand. Er wusste aus eigener Erfahrung, welche Ehre es für die beiden sein musste, den Chef der Mordkommission bei sich zu haben.

Hellmuth von Appen war so schmal und farblos wie der Stuhl, auf dem er saß. Sein Mantel wellte sich vor ihm auf dem Boden. Er starrte eine Schreibmaschine an. Ein Trachtenhut mit einem hohen weißen Federbusch schmückte seinen Kopf. Dieser Mann sah nicht so aus, als habe er etwas mit dem Mord an Bella zu tun.

Erinnern konnte von Appen sich an nichts. Absolut rein gar nichts.

Modl preschte vor. »Sie haben doch die Polizei verständigt, dass ein Mann bewusstlos vor Ihrem Fenster liegt.«

»Ich? Die Polizei?«

»Es ist zwecklos.« Schallock wandte sich ab. »Dem Mann drückt ein Tumor das Gehirn zusammen, sagt der BND. Zumindest für den Moment ist es vertane Zeit.« Er kratzte sich am Kinn und schaute Ottakring an. »Ich werde mich mal um diesen Dr. Baldt kümmern, den Psych ...«

»Ich weiß, wer Baldt ist«, unterbrach ihn Ottakring. Der Rücken tat ihm weh. Und wenn dieser von Appen sich nicht erinnerte, dann hatte ihn die verunglückte Hofbesichtigung keinen Schritt weitergebracht.

Bruno Gonski war genügsam wie ein Zeck. Er rauchte nicht, ernährte sich aus Büchsen, sein Sexualleben war eingerostet. Er brauchte all das nicht mehr, denn er hatte etwas Besseres gefunden: Aufmerksamkeit. Ab und zu trank er ein, zwei Pils oder einen eiskalten Birnenschnaps im Osiris und sperrte seine Radarohren auf.

›Ich suche einen Mann,‹ hatte dieser Lindberg gesagt.

›Einen sehr hageren, alten Herrn. Sieht aus wie ein Gruß aus dem Jenseits, ausgemergelt und grau.‹ Gonski hatte die eisige Reserviertheit Farouks gespürt. Und er kannte den Grund dafür.

Dann wieder saß er im Kurfürst, einem Gasthaus mit preiswertem Mittagstisch. Früher hatten sie irgendwelche Krächzmusik gespielt. Nun kam täglich Musik des Bayerischen Staatsorchesters über die Lautsprecher.

»Kein Wunder, dass er diese Clerico umgebracht hat,« hörte er eine Frau sagen, die am Kachelofen saß und trotz der Kälte ein kurzärmeliges Kleid anhatte. Ihre Oberarme waren wie Baumstämme. »Die muss ja mit Männern rumgemacht haben, dass es grad so kracht. Aber schon toll, wie er sie hergerichtet hat. Ein Kunstwerk.«

Ein Gefühl der Stärke erfasste ihn. Ab und zu besuchte er Anitas Grab, frühmorgens sah er es sich von fern an, um seinen Triumph aufs Neue zu durchleben.

Noch immer keine Spur de Eismörders. Er konnte es kaum erwarten, bis die Morgenzeitung ins Haus kam. Mit Stift und Schere durchkämmte er die Seiten, las Maria die schönsten Passagen vor. Am liebsten schnitt er Leserbriefe aus und katalogisierte sie in einem Album. »Ist dir eigentlich klar, Maria, dass ich der einzige Mensch bin, der diesen Künstler kennt? Was denkst du, was die Polizei für mein Wissen geben würde? Aber die sollen sich ruhig ein bisschen anstrengen. Und kriegen werden sie ihn nie, den Künstler, da wette ich, Maria.«

›Der Mörder kommt aus dem gleichen Stadtteil,‹ hatten sie diesen Lindberg zitiert. Den Satz hatte er sich gemerkt. Obwohl er von diesem Psychologen stammte, der die Polizei bei der Aufklärung des Mordes an Anita Clerico unterstützte. Mit seiner roten Narbe und der Motorradkleidung sah der Mann gar nicht wie ein richtiger Psychologe aus. Gonski war nur einmal im Leben bei einem Psychologen gewesen, damals, als er sich bei der Polizei beworben hatte.

»Und soll ich dir noch was sagen, Maria? Sie schreiben von einem Mädchen, das schon tot war. Derjenige, der das Mädchen gefunden hat, soll es mit einem Stein bearbeitet haben.

Das tote Gesicht von dem toten Mädchen, stell dir vor, Maria. Mit einem Stein.«

›Jeder hat seinen Stein.‹ Auch dieser Satz Lindbergs aus der Zeitung prägte sich ihm ein.

Er war oft in der Wohnung seiner Mutter, spielte Violine im Wohnzimmer. Der blaue Kastenwagen hockte einsam auf luftarmen Reifen. Bruno Gonski konnte warten.

Er betrachtete sich oft im Spiegel. Er lächelte sanft sein Spiegelbild an. Er fühlte sich stark, unantastbar. Fast liebevoll blätterte er den Order mit den Zeitungsausschnitten durch.

Bis er wieder einen Zettel fand.

Er fiel hinten aus dem Order. Er musste ihn aus Versehen abgeheftet haben, ohne ihn gelesen zu haben.

Es war die gleiche Schrift wie auf dem ersten Zettel, der am Heiligabend an seiner Windschutzscheibe gesteckt hatte. Und es waren dieselben Worte.

Ich weiß alles! Du entkommst mir nicht!

15

Der Englische Garten ist eine Melange aus Landschaft und Park, Kunst und Kitsch, aus Fröhlichkeit und Schwermut, Tradition und Moderne, Singles und Familien, Pferden und Hunden, Spießern und Gaunern, aus Licht und Schatten. Am Eisbach liegen die Nackten, der Monopterostempel behütet Verliebte und Bekiffte, vom Chinesischen Turm dröhnt Alpenmusik. Im Biergarten darunter treffen sich Jung und Alt, Arm und Reich, Japaner und Münchener. Sie sitzen sich auf Holzbänken gegenüber, einen Maßkrug Bier, Brot, Wurst und Rettich vor sich, Unbekannte werden so zu Freunden. Die einen bleiben alleine, weil sie es so wollen. Andere, die es gerne anders hätten, leben von der Hoffnung.

Die Schneeglöckchen waren längst verblüht. Die ersten Prachtblumen enthüllten frühe Blätter. Der eine oder andere Schmetterling zeigte sich. Es war die Zeit der ersten Mückenstiche. Sandra Metz liebte ausgefallene Blumen, sie hatten etwas Hemmungsloses, Luxuriöses. ›Etwas Unsolides‹, hatte sie einmal zu ihrem Vater gesagt. Sie trug ein kariertes Hemd, eine Strickjacke über Jeans und festen Stiefeln. Der Pferdeschwanz reichte hinten durch die Öffnung in einer wasserblauen Baseballkappe. Eine Fototasche hing von ihrer Schulter. Es nieselte leicht. Der Schirm der Kappe warf Schatten auf ihr braungebranntes Gesicht.

Für Sandra Metz brachte der Frühlingstag Hector Lindberg. Seine Hände, die sich von hinten über ihre Augen legten, fühlten sich warm an. Der Regen im Englischen Garten hatte aufgehört. Als die Sonne um eine Eiche herumwanderte und Sandra blendete, setzte er ihr wortlos seine Fliegerbrille auf. Als sie im Schatten fröstelte, bot er ihr die Bomberjacke an.

»Prost«, sagte eine rundköpfige Frau am anderen Tischende und hob ihren Krug. Regentropfen perlten von ihrer zitronengelben Wetterjacke. »Da oben, schauen Sie.«

Die Brassband im Trachtenlook auf der Empore des hölzernen Turms hatte den Sound gewechselt. Statt Bayernpop spielten sie Swing.

»Die Saxofonistin, kennen Sie die?«

Sandra warf einen Blick nach oben. Eine schlanke Mulattin in weiten Seidenhosen und hellen Strähnen in der Kraushaarfrisur arbeitete an ihrem Saxofon. Es sah aus, als wollte sie es verbiegen.

»Nein«, sagte Sandra.

»Das ist Helen Becker. Super-Mädchen, die Becker. Eine ausgesuchte Jazzerin. Ist aber Violinistin bei den Rundfunk-Symphonikern. Prost auf Helen Becker.«

Sandra nahm die Kamera aus der Tasche und machte ein Foto der Musikerin.

Lindberg drechselte seinen Rettich weiter in Spiralen.

Die Rundköpfige schob den Bierkrug über die Tischplatte und rutschte näher. »Ihre Mutter hat bei Duke Ellington gesungen. Mit dem Vater ist Helen in der Welt rumgekommen. Ralph Becker-Konzertagentur, wissen Sie.« Sie nahm einen langen Zug aus dem Krug. »Sie spielt vier Instrumente.« Die Frau setzte den Maßkrug ab und nahm die Finger zu Hilfe. »Schlagzeug, Vibrafon, Saxofon und Violine. Ihr Vater hat sie aufs Konservatorium geschickt. Berlin, wissen Sie.«

»Ja, ich weiß«, knurrte Lindberg und rutschte von ihr weg.

Sandra musste lachen.

»Dort ist sie an Drogen gekommen. Aber der Vater hat es mitgekriegt und seine Tochter nach Wien geschickt. Gott sei Dank.« Sie legte die Hand an den mächtigen Busen. »Bei einer Silvestergala hat sie ein Talentsucher entdeckt. Und wissen Sie was?«

Sandra schüttelte den Kopf.

»Ich sag's Ihnen. Der hat es geschafft, Helen zu Lorin Maazel zu bringen. ›Wie ein Sechser im Lotto‹, hat ihr Vater gesagt.«

Sandra stieß Lindberg mit dem Knie an.

»Bayerisches Rundfunk-Symphonieorchester«, sagte er und imierte die quietschende Stimme der Frau.

»Von da an ging's bergauf mit Helen Becker. Wollen Sie wissen, wo ihr Name im nächsten Sommer steht? Ich sag's Ihnen. Im Programmheft der Salzburger Festspiele. Was meinen Sie, was ihr Vater stolz sein wird. Wissen Sie, wie er sie nennt, seine Helen?«

Sandra sah, wie Lindbergs Miene sich verdüsterte. Sie nahm seine Hand und erhob sich. »Wir müssen gehen«, sagte sie so höflich sie konnte. Im Weggehen machte sie ein Foto von der Frau. Sie zog Lindberg mit sich. »Komm, sei nicht so ernst. Die Frau ist doch nur einsam. Sie wollte halt reden.«

Sie wurden geschubst, als sie über den nassen Kies dem Ausgang zustrebten.

»Eine Zeitlang mag das Alleinsein ja ein Weg sein«, sagte Sandra. Mit zwei Fingern nahm sie die Baseballkappe ab und schaute zu Hector. »Wie ist es bei dir? Fühlst du dich manchmal einsam?«

»Nicht wirklich.«

Sie sah ihm an, dass er über solche Gefühle nicht reden wollte. Also redete sie darüber. »Ich schon. Glücklicherweise sind unsere Gehirne momentan vollgestopft mit Leichen.« Senkrechte Falten gruben sich in ihre Stirn. »Tut mir Leid«, sagte sie abrupt.

Lindberg winkte ab und grinste sie an.

Sandra blieb stehen. »Wollen Sie wissen, wo wir den heutigen Abend verbringen werden?« Sie machte einen runden Mund wie die Frau von vorher.

Lindberg schaute sie mit todernster Miene an. »Nein. Wo denn?«

»Ich sag's Ihnen: Bei mir.«

Er nahm sie an der Hand.«Vertraust du mir?«, fragte er leise.

»Natürlich. Du bist doch Psychologe!«

An der einen Wand stand ein abgewetztes Sofa. Und da war ein blank gescheuerter Tisch aus Kiefernholz mit gedrechselten Beinen. Die Küche wurde von einem spinatgrünen, altmodischen Büfett beherrscht. Fotos, Bücher und Zeitungen lagen in Stapeln und Häufchen auf dem Boden und auf Stühlen. Im fensterlosen Flur wurden Schwarzweiß-Poster von Spotlights an der Decke angestrahlt. Sandras Dienstwaffe hing im Holster neben blauen, schwarzen und roten Baseballkappen an einem hölzernen Kleiderständer.

»Hübsch«, sagte er und hätte sich gleich darauf am liebsten auf die Zunge gebissen. Verglichen mit Sandras Einrichtung kamen ihm Judiths Designermöbel übertrieben, fast albern vor.

»Nicht gerade aus Schöner Wohnen, ich weiß.« Sie musste sein Zögern bemerkt haben. »Ich verwende mein Geld lieber fürs Fotografieren.«

Licht fiel durch Milchglas. Noch eine Tür ging von der Diele ab.

Sandra drückte die Klinke. »Hallo, wie geht's dir?«, fragte sie durch den Türspalt. Sie hatte immer noch die Mütze auf.

Lindberg hörte ein tiefes Grunzen.

Sandra zog die Tür auf und winkte ihn herbei. »Darf ich vorstellen: Mein Vater. Vater, das ist Philipp Sommer.« Sie zwinkerte Lindberg zu.

Er sah sie fragend an. Ihre Antwort war ein breites Grinsen. Sie trat zur Seite.

In dem Zimmer lag ein Mann auf einer Ledercouch, die in ihrer noblen Patina in jedes britische Luxushotel gepasst hätte. Auf einem Servierwagen daneben standen zwei angebrochene Flaschen Rotwein und ein halb volles Glas. Der Mann war ein Koloss in Hosenträgern mit strähnigem Haar, borstigem Kinn und stark geröteten Augen. Im Liegen löffelte er einen Yoghurtbecher aus. Als Lindberg hereinkam, mühte er sich auf die Beine und streckte ihm eine Gorillapranke hin. Dann sank er wortlos auf den Diwan zurück.

»Im Moment braucht er mich mal wieder«, erklärte Sandra, als sie wieder im Flur standen. »Manchmal ist er wochenlang verschwunden. Auch wenn er jetzt schlimm aussieht, er ist ein grundgütiger Mensch. Vollkommen harmlos. Und vollkommen nutzlos.«

Lindberg mochte, wie das Haar ihr um den Kopf flog, wenn sie ihn nach hinten warf.

»In dem bisschen Luxus da drin lebt sich's für ihn leichter. Das waren seine Möbel, als er in Frankfurt gewohnt hat. Er ist für die Lufthansa geflogen. Als Purser.«

Lindberg hätte nicht erwartet, dass dieser Koloss von einem Mann sich als Chefsteward in einem Flugzeug eignete. Er wollte gerade zu seiner ursprünglichen Frage ansetzen, da kam ihm Sandra zuvor. »Du wunderst dich, warum ich dich als Philipp Sommer vorgestellt habe? Vater vergisst nie ein Gesicht oder einen Namen. Und er muss ja nicht unbedingt mitbekommen, wer du bist.«

Lindberg wusste nicht, was er in Sandras Wohnung erwartet hatte. Einen Vater, der nicht wissen durfte, wer er war, jedenfalls nicht. Er ging zum Angriff über. In quietschendem Bayerisch sagte er: »Wollen Sie wissen, wonach mir ist?«

Sie machte große Augen und schüttelte den Kopf.

»Ich zeig's Ihnen«, sagte er und wand einen Arm um ihre Hüfte. Seine Hand legte sich auf ihren festen Po.

Das Bett hing durch und quietschte metallisch. Sandra kroch in seine Arme und streichelte ihn mit Augen, die begierig waren und von einem so durchscheinenden Goldbraun, dass er an geschliffenen Bernstein denken musste. Seine Hand rutschte in ihre Wäsche und legte sich auf ihre heiße Haut. Sie drückte sich an ihn, zitternd und fordernd vor Erregung. Während sie ihn küsste, zog sie ihm den Slip aus.

Er drang in sie ein, behutsam und ohne Triumph.

Sandra presste die Augen zusammen, ihr Mund öffnete sich, und er wartete darauf, dass sie schrie. Doch sie schrie nicht.

Die Haken an ihren Stiefeln rissen ihm die Haut auf. Es war ihm egal. Es machte ihn nur noch wilder. Sandra bewegte sich unter ihm, als wolle sie nichts mehr von ihm übrig lassen. Er spürte den Schweiß an ihren Brüsten, ihr Mund blieb geöffnet. Sie schrie nicht. Sie begann schwer zu keuchen und riss die Augen auf.

»Schau mich an«, flüsterte sie heiser, »schau mir in die Augen.«

Lindberg sah ihr in die Augen. Es war, als blicke er durch das goldene Braun hindurch.

»Ja, schau mich an.« Ihre Finger krallten sich in seinen Rücken. Und dann, während er ihr immer noch in die Augen starrte, begann sie zu schreien. Es kam ihm vor wie Minuten, bis sie aufhörte. Schließlich warf sie die Arme um ihn und flüsterte heiser: »Ich bin glücklich.«

Nachher wollte er sie noch einmal etwas fragen. Doch Sandra schien hellsehen zu können. Wieder nahm sie die Antwort vorweg. »Weil du so ein grausames Gesicht hast und so liebevolle Augen.«

Er bemerkte einen Schatten hinter der Milchglasscheibe. Doch es blieb ruhig.

Am nächsten Morgen rief er als Erstes Ottakring an. Auf dem Präsidium erreichte er ihn nicht. Er versuchte es auf seinem Privathandy.

»Hey, Hector, wo treibst du dich rum?«, meldete sich Ottakring. »Ich hab dir schon auf den Anrufbeantworter gesprochen. Sie haben mir eine kostenlose Stadtrundfahrt verordnet.«

Sandra presste ihre Brüste an Lindbergs Rücken und fuhr ihm durchs Haar.

»Also, Scherz beiseite.« Joes Stimme klang gequält. »Mich hat's umgehauen. Endlich. War ja irgendwann einmal fällig.«

Sandra richtete fragend den nach unten gerichteten Daumen auf ihr Rückgrat. Lindberg nickte

»Du bist im Krankenhaus? Wegen deines Rückens?«

»Kluger Junge! Die ganze Nacht über hab ich mich frisch und gelenkig gefühlt wie eine Mumie. Bis sie mich abgeholt und in den Kernspin gesteckt haben. Sie sagen, ich muss schnellstens operiert werden. Schallock wird mich vertreten.« Grußlos legte er auf.

»Spiel's noch einmal, Sam«, sagte Lucie Kordon. Hugo kauerte zu ihren Füßen. Endlich konnte sie wieder Sechsfinger-Sams Piano und seinen Gesang hören, das Stimmengewirr und das Gelächter. Es war warm und stickig im Osiris, wie in einem dampfenden Stall. Männer mit beschlagenen Brillen belagerten den Tresen. Der Rauch ihrer Zigaretten und Zigarren ballte sich an der Decke. Außer ihr sah sie nur drei Frauen. Ein Rotschopf mit üppigem Haar wickelte sich unablässig eine weiche Locke um den Zeigefinger. Farouk werkelte hinter der Bar. Auf dem gelochten Messingbesatz rund um den Zapfhahn vor ihm hatten sich feuchte Kreise gebildet wie Ringe nach einem Steinwurf in den Teich.

»Noch ein Weinschorle, Lucie?«, fragte Farouk.

»Ja, unbedingt«, sagte sie und zog Hugo enger an sich heran. »Ich krieg sonst die Bilder nicht mehr aus dem Kopf.«

Lucie kannte ihre Fangemeinde im Osiris. Sie hatte sicher schon als verschollen gegolten.

»Welche Bilder?«, fragte auch prompt jemand.

Lucie ging noch einmal alles durch und überlegte, was sie ihren Fans erzählen sollte.

Sie sah es deutlich vor sich, das Karmeliter-Kloster Reisach. Seine Mauern waren in weltlichem Sonnengelb gestrichen, es besaß eine weiten Innenhof und einen kupfernen Zwiebelturm. Ideal, um sich mit Lektüre zu beschäftigen, zu der sie im normalen Leben nicht kam. Da war niemand, der sie störte. Neben dem Prior beherbergte Reisach noch drei weitere Mönche, die alle um die neunzig waren.

Da war Francisco, der zierliche Spanier. Er war fast blind, hatte Knochenfraß und mümmelte ohne Verstand vor sich hin. Doch wenn Lucie ihn mit Brei fütterte, war er glücklich.

Bruder Frans, den glatzköpfigen Holländer, hatte sie ebenso lieb gewonnen. Vor langer Zeit hatte Frans auf Ceylon die Kunst fernöstlicher Heilkunde erlernt und im Kloster eingeführt. Lucie hatte ihre Freude dran, wenn Frans rund um seine dicke Knollennase grinste. Er lebte von Bier und Zigarillos, einmal am Tag leistete er sich ein oder zwei Scheiben Brot mit Butter und Wurst oder Käse.

Am liebsten aber war ihr der smarte Kjell. Kjell stammte aus Dänemark. Er war drahtig und wirkte zwanzig Jahre jünger als er war. Dunkles Haar kräuselte sich auf seinem langen, schmalen Kopf. Er konnte das Vaterunser in siebzehn Sprachen beten und spielte im Sonntagsgottesdienst die Orgel. Am Kirchenportal betrieb er einen kleinen Verkaufsstand mit Devotionalien. Daneben hatte er ein Holzschild angebracht: *Diebstahl zwecklos! Gott sieht alles.* Der Däne war für den prächtigen Blumen- und Gemüsegarten im Innenhof zuständig und freute sich jeden Abend auf den nächsten Tag. Dazwischen hielt er Pater Jakobus schon mal für einen Teufelsrochen oder verwechselte Lucie mit einer Standuhr. Dann wieder erkannte er sie zwar, meinte aber, sie sei die Schaffnerin im Zug zwischen Flensburg und Arhus und verlangte eine Fahrkarte zweiter Klasse nach Vejle.

Am liebsten wäre sie geblieben. Es war so friedlich dort. Doch sie war zurückgekehrt. Sie musste mit ihrem Plan fortfahren.

»Ich hab so eine Art Urlaub auf dem Bauernhof gemacht«, antwortete sie auf die Frage, »und an einem Buch geschrieben. Mir hat's gut getan, und Hugo hat eine Eichelkur gemacht.«

Hugo grunzte und zog an der Leine. Auf Rat von Dr. Baldt war sie nach Reisach gegangen und in die Mönchskutte geschlüpft. »Entweder Ruhe oder eine Ladung rosa Pillen«, hatte er gesagt. »Sie müssen unbedingt mal raus.«

Lucie hasste die Pillen, das unerträglich lähmende Gefühl, das sie mit sich brachten.

Jeden Tag hatte sie Hugo an einen Platz unter Eichen geführt, wo er scharren und sich in der Sonne suhlen konnte. Dann saß sie unter den Bäumen auf einer Bank und las die Morgenzeitung, die sie sich im Dorf geholt hatte.

»Na, was soll ich euch sagen? Ich marschiere morgens zu der Bank unter Hugos Eiche. Und was meint ihr, was ich finde, dort auf der Bank?«

Die Gespräche waren verstummt. Die Menschen stießen sich an, legten den Finger an die Lippen, deuteten verstohlen auf sie.

Lucie war sich ihrer Wirkung bewusst. Besonders interessierte sie der Mann mit der Stirnglatze, der sich in der entfernten Ecke an seinem frisch gezapften Pils festhielt. Er lächelte sanft.

»Was ich auf der Bank finde? Meine Freundin finde ich auf der Bank! Sie sieht mich aus entsetzten Augen an. Bloß – sie hat nicht einfach dagesessen und mich angelächelt. Es war …« Lucie fasste sich an die Brust, »… es war allein ihr Kopf. Nur ihr Kopf lag aufrecht auf der Bank. Der Kopf und der halbe Hals.«

Das Telefon hatte sich ein paar Mal gemeldet, wenn Gonski in der Wohnung seiner Mutter war. Er ließ es klingeln. Gewissenhaft leerte er auch regelmäßig den Briefkasten. Alles für den Müll.

Dann kam ein Brief aus Australien, adressiert an »Frau Rosa Gonski.« Den las er. Er stammte von einem früheren Liebhaber seiner Mutter.

Liebe Rosa, ich komme nach Europa und würde dich gerne besuchen. Ich kann dir auch Geld geben, falls du welches brauchst.

Gonski rückte die Lesebrille zurecht. Da sah er seinen Namen ein paar Zeilen weiter unten: *Was ist eigentlich aus dem kleinen Bruno geworden? Du hast ihn nie gemocht, hab ich Recht? Ich habe ihn immer für einen Weichling gehalten. Ich wette, er hat sich zu einem richtig fiesen Hosenscheißer entwickelt.*

Gonski zitterte am ganzen Leib. Eisiger Zorn wütete in ihm, Zorn auf diesen Kerl, der sich ohne Grund und nach so langer Zeit bei seiner Mutter meldete. Was bildete der sich ein?

Bei seinem nächsten Besuch in der Wohnung der Mutter entdeckte Gonski ein gelbes Blatt Papier. Es war in der Mitte gefaltet und klemmte im Türspalt. *Liebe Rosa, ich war schon zweimal da. Ich melde mich wieder.*

Das Konzert des Bayerischen Rundfunk-Symphonieorchesters mit Helen Becker als Solistin hatte an einem Freitag stattgefunden. Am Mittwoch danach öffnete Lorin Maazels Sekretärin ein gelbes Paket. Es war groß und rechteckig, ein Format, wie man es in jedem Postamt kaufen kann, adressiert an Herrn Lorin Maazel. Persönlich. Die Sekretärin erwartete kein Paket. Weder hatte ihr Chef Geburtstag, noch gab es sonst einen besonderen Anlass. Premiere war auch nicht. Deshalb war sie ein bisschen verwundert, als sie die Klebebänder aufschnitt.

Sie hob den Deckel ab.

Helen Beckers sauber abgetrennter und präparierter Kopf, das schwarze Haar von Silberfolie und gelbem Seidenpapier umrahmt, sah die Sekretärin aus leblosen Augen an. Eine Feder steckte schräg in den gekräuselten Locken.

Sekunden danach gellte ein langer Schrei durchs Haus.

Verehrter Herr Maazel, ich bewundere Sie sehr. Doch Ihre Violinistin sitzt am falschen Platz. Sie werden ein Paket mit einem Vorschlag zur Verbesserung erhalten. Bitte nehmen Sie mein Vorgehen nicht persönlich.

Mit Hilfe von Sandra war es Lindberg gelungen, Ottakring den neuen Bekennerbrief auf dem Tablett zu servieren, bevor Schallock ihn in die Finger bekam.

Ottakring streckte die Beine im Krankenbett aus. »Am Montag ist der Brief schon eingetroffen? Und am Mittwoch erst der Kopf? Dann hat dieser Irre die Sendung ja angekündigt.«

Lindberg nickte. »Lorin Maazel pflegt seine Geschäftspost natürlich nicht selbst zu öffnen. Und da eine Sekretärin krank war und die andere dadurch überlastet, ist der Brief liegen geblieben.«

»Wieder aufgeklebte Buchstaben auf Umweltpapier, so wie der letzte Brief.« Ottakrings Stimme war leiser geworden. Er drehte eine kalte Zigarre zwischen Zeigefinger und Daumen. »Der Kerl braucht doch mindestens einen Tag, so einen Brief zusammenzukleben.«

»Den Mord hätten wir nicht verhindern können, auch wenn wir den Brief früher gekriegt hätten.« Mit dem Ende seines Stifts bewegte Lindberg die Fotos von Helen Beckers abgetrenntem Kopf auf dem Klapptisch des Krankenbettes. »Ich habe sie am Wochenende noch im Englischen Garten mit dem Saxofon gehört.« Dann fragte er: »Fällt dir an dem Schreiben etwas auf?«

Ottakring ging den Brief noch einmal durch. »Hm. Sie sitzt am falschen Platz ...Verbesserungsvorschlag ... Was meinst du, Hector?«

»Die zweite Violinistin. Er hat weitergemacht. Seine Botschaft sagt uns deutlich, was sein Wunsch ist. Er will an Helen Beckers Platz. Genauso wie er beim ersten Mal den Platz der Anita Clerico einnehmen wollte. Unser Täter spielt Geige, wahrscheinlich sogar recht gut. Er will in einem großen Orchester spielen. Das schränkt den Täterkreis erheblich ein.«

Ottakring hatte die Arme hinter dem Kopf verschränkt und starrte zur Decke. »Weiter.«

»Er inszeniert seine Taten. Mir ist das alles zu deutlich, Joe. Da sind zu wenige Winkel. Auch bei den Bekennerbriefen. Wäre er kein Mörder, sondern ein surrealistischer Aktionskünstler, hätte man ihn wahrscheinlich öffentlich gefeiert. Er tötet seine Opfer, dann richtet er sie her wie Dali eines seiner lebenden Happenings. ›Schaut mich an, ich bin der Größte!‹, das ist seine Botschaft.« Lindberg pochte mit dem Stift auf den Brief. »Und alle sollen es sehen.«

»Wir müssen Helen Beckers Körper finden«, sagte Ottakring, »dann schauen wir weiter. Bisher ist jede Spur im Sand verlaufen. Außer deiner Theorie mit der Täter-Handschrift haben wir keinen konkreten Hinweis, dass es sich bei allen drei Morden um dieselbe Person handelt.«

»Wir haben die Federn. Bei der Clerico und jetzt im Haar von Helen Becker. Die Federn stammen eindeutig vom selben Vogel.«

»Ja, ja. Aber bei Bella gab es keine Feder, Hector. Das kannst du nicht einfach so wegwischen.«

Lindberg zuckte mit den Schultern. Ottakring hatte Recht.

»Unser Killer lehnt sich jedes Mal weiter aus dem Fenster.« Ottakring zog an der kalten Zigarre. »Er schreibt Briefe, teilt uns seine Gedanken mit, präsentiert uns seine Opfer. Je einzigartiger er sich verhält, desto mehr läuft er Gefahr, Fehler zu machen.« Er stützte sich auf den Ellenbogen ab. »Bei Bella hast du mir noch Hoffnung gemacht, Hector. Schallock verfolgt deine Stadtteiltheorie ja noch weiter. Doch Anita Clerico und Helen Becker haben einander nicht gekannt und in vollkommen verschiedenen Vierteln gewohnt. Da greift deine Theorie nicht.«

Ottakrings Gesichtszüge verzerrten sich, und er ließ sich zurück in die Kissen fallen. »Der verdammte Rücken«, sagte er keuchend.

»Wenn das nicht Gottes Strafe ist«, meinte Lindberg mitleidslos. »Ich werde dir schon noch beweisen, was dran ist an meiner Theorie.«

Lucie Kordon schien sich nicht über Lindbergs Erscheinen zu wundern. Große Augen machte sie nur, als er sie mit »Frau Doktor Kordon« begrüßte.

Lindberg stieg über das Schwein, das im Flur auf der Seite lag und zu ihm hochschielte.

»Wir haben alle unsere kleinen Geheimnisse, nicht wahr, Frau Doktor?«, sagte Lindberg. »Am Freitag fabulieren Sie im Osiris herum, einer Frau sei der Kopf abgeschnitten worden. Ein paar Tage danach passiert es tatsächlich. Wie geht das?« Er ließ den Blick durch die Wohnung wandern. Alles war makellos sauber und ordentlich aufgeräumt. Seit seinem Besuch mit Isabel schien sich nichts wesentlich verändert zu haben.

Lucie strich sich über das kurz gelockte Haar, das diesmal in einem Grünton schillerte. Ein Bündel goldfarbener Reife und Kettchen klirrte an ihrem Unterarm. »Spionieren Sie mir nach? Was wollen Sie denn bei mir finden? Einen Zopf? Zwei Hände? Vielleicht einen vermoderten Damenrumpf?« Sie lächelte.

Hugo grunzte draußen.

Mit einer knappen Geste wies sie auf einen Sessel. »Bitte nehmen Sie Platz. Champagner? Wasser?« Sie blickte ihm direkt ins Gesicht. Als er verneinte, fuhr sie fort: »Im Ernst: Was wollen Sie von mir?«

Bei Tageslicht war das Weiß ihrer Augen eigentümlich matt. Die Pupillen erschienen ihm geweitet, und die Farbe der Iris war dunkelbraun, wie bei einem Hund oder einem Pferd. Diese Augen waren seltsam ausdruckslos. Er konnte nichts in ihnen lesen.

»Können Sie hellsehen, Lucie?«, fragte er.

Sie lachte. Es klang erleichtert, dieses Lachen, so als habe sie eine andere Frage erwartet. »Ich verfolge die Medien. Ich weiß, was läuft in dieser Stadt. Meine Spinnereien im Osiris sind reine Provokation. Zu meinem eigenen Vergnügen.« Sie goss Wasser in ein Glas. »Hier, trinken Sie. Ich bin sicher, das wird Ihnen gut tun.«

Lindberg nahm einen tiefen Schluck.

»Oder glauben Sie, meine Phantasien sind der Leitstrahl für zukünftige Morde?« Ein wenig Farbe kam in ihre Wangen. »Und wenn es so wäre?«

Sie erhob sich und ging zum Schrank. Ihr Geschmeide klirrte. Lindberg blickte der feingliedrigen Frau hinterher.

Hugo stieß die Tür auf, kam an den Sessel und rammte Lindberg freundschaftlich den Rüssel unter den Arm, der das Glas hielt. Das Wasser ergoss sich über Lindbergs Hose, das Glas flog scheppernd zu Boden.

Lucie fuhr blitzschnell herum und stürzte auf das Schwein zu. Sie drosch ihm den Stiefel an den Kopf. Hugo quiekte und rannte zurück in den Flur.

Sie stand ruhig vor Lindberg, als wäre nichts geschehen. »Entschuldigen Sie«, sagte sie.

Wasser tropfte von Lindbergs Händen, die Hose fühlte sich unangenehm an. Lucie nahm eine Serviette vom Tisch und trocknete ihm beide Hände damit ab. Dann ging sie in die Knie und rubbelte seine Oberschenkel trocken, so gut es ging.

Lindberg merkte, wie er rot wurde vor Verlegenheit.

Lucie tat alles mit einer fast kindlichen Unbefangenheit ab. Schließlich wandte sie sich um. Sie drückte den kleinen weißen Knopf, das Regal drehte sich zur Seite, und sie verschwand hinter der Geheimtür. Als sie wiederkam, trug sie einen Gegenstand, der aussah wie ein Karussell.

Es war eine Spieluhr aus Acrylglas.

Sie zog sie auf.

Das Beil eines vermummten Henkers sauste auf ein Schafott herab und enthauptete eine Frau im Rhythmus der Melodie »Üb immer Treu und Redlichkeit«. Blutend fiel der Kopf vom Block, sprang im gleichen Augenblick zurück, heftete sich an den Hals, wurde abgeschlagen. Das Spiel wiederholte sich.

Sie lachte heiser und stellte die Uhr ab. »Bin ich jetzt des Mordes verdächtig?«

Wieder dieser leere Blick. Er stand auf, um zu gehen.

»Ach, Herr Lindberg, einen Moment.« Sie ging zur Couch

und holte etwas aus ihrer Handtasche. »Ich habe eine Nachricht für Sie. Sie wurde heute Morgen von UPS abgegeben. Keine Ahnung, warum bei mir. Es war noch sehr früh.«

Sein Name war in farbigen und schwarzen Buchstaben auf einen Umschlag aus Umweltpapier geklebt. Lindberg riss ihn mit zitternden Finger auf. Er las und spürte, wie ihm das Blut aus dem Gesicht wich.

Lucie berührte sanft seinen Unterarm und legte den Kopf schief. »Noch ein Glas Wasser, Herr Lindberg?«, fragte sie.

Er übergab den Drohbrief dem Erkennungsdienst und ließ nach dem angeblichen UPS-Fahrer forschen. Dann fuhr er zur Rechtsmedizin in der Frauenlobstraße.

Dreißig Meter Fußweg brachten ihn direkt zu Dr. Weinlaub. Dreißig Meter über weißgraue Fliesen, in Kunstlicht, vorbei an leblosen Körpern auf Rollbahren. Es stank nach Aas, Formalin und Frischluftspray.

Weinlaub war dabei, den Bauch einer nackten männlichen Leiche zu öffnen. Die Schädeldecke hatte sein Gehilfe schon aufgesägt.

»Sie sind schnell.« Weinlaub hielt ihm zur Begrüßung den Ellbogen hin. »Wir können den Zeitpunkt des Todes bestimmen. Helen Beckers Kopf ist am Samstag, spätestens in der Nacht zum Sonntag vom Körper getrennt worden. Er hätte also am folgenden Mittwoch, als die Sekretärin ihn ausgepackt hat, bereits riechen müssen. Doch er duftet heute noch wie frisch onduliert.«

»Und?« Lindberg bemühte sich, nicht in das offene Gehirn des toten Körpers vor ihm zu starren.

»Helen Beckers Kopf wurde ausgesprochen gekonnt einbalsamiert«, erklärte der Pathologe. »Zunächst dachten wir an das Naheliegendste, an Formalin. Aber dieser Schädel hat Formalin nicht einmal von weitem gesehen. Er ist mit einer Substanz präpariert, wie wir sie im europäischen Raum nicht kennen. Das Labor arbeitet an den Einzelbestandteilen. Was wir schon wissen: Aloe Vera ist mit enthalten.«

»Aloe Vera? Ist das nicht ein Abführmittel?«

»Ja, es taugt auch für einen gesunden Stuhlgang. Es gibt ungefähr vierhundert Aloe-Arten auf der Erde. Die meisten kommen in Afrika vor. Ihr Saft gilt als hochwirksames Schönheits- und Heilmittel. In großer Dosis kann es allerdings gefährlich werden.«

»Und wie kommt Aloe an den Kopf von Helen Becker?«

Weinlaub verzog das Gesicht. »Habt ihr nicht ein Heer von Kriminalisten, um das herauszufinden?«

1:0 für Weinlaub. Doch Lindberg ließ sich nicht entmutigen. »Ich höre«, sagte er.

»Die alten Ägypter haben ihre Toten mit einer Paste gesalbt, die unter anderem aus Aloe, Myrre, lehmhaltiger roter Erde und zerriebenen Insekten bestand. Selbst die Haut Jesu soll vor der Grablegung damit behandelt worden sein. Missionare haben das Mittel irgendwann aus Afrika nach Europa gebracht. Die exakte Zusammensetzung ist heute natürlich nicht mehr bekannt.«

Lindberg kapierte allmählich, worauf Weinlaub hinaus wollte. »Und Sie glauben, dass der Kopf mit dieser Salbe präpariert wurde?«

»Mit dieser oder einer annähernd verwandten. Kommen Sie.«

Ottakring hatte Recht gehabt, jetzt hatte sich der Täter eindeutig zu weit aus dem Fenster gelehnt. Wenn das Zeug aus Afrika stammte, waren alle verdächtig, die längere Zeit in Afrika verbracht hatten und an solche Mittel kommen konnten.

Weinlaub öffnete ein Kühlfach.

Lindberg holte tief Luft. Er betrachtete den Kopf, den er bis jetzt nur von den Fotos kannte. Helen Beckers Augen schienen ihn anzustarren. Er trat näher heran. Es waren tatsächlich ihre Augen, keine Glasperlen. Stirn, Mund, Nase, Kinn, die Afrofrisur – dieser Kopf wirkte wie lebendig.

Weinlaub wies mit der Spitze des Skalpells auf die Schnittränder am Hals. »Der Kopf wurde fachmännisch vom Rumpf getrennt. Dieselbe Arbeit wie an den Unterarmen der Clerico. Haargenau dieselbe.«

»Eindeutig?«

»Zweifelsfrei.«

»Also vielleicht ein Metzger ...«

»Oder ein Gefäß- oder Hirnchirurg, ein Veterinär oder ...« Weinlaub lachte leise. » ... oder ein Pathologe wie ich. Sie haben die Auswahl, Lindberg.«

»Du hast ja keine Ahnung, Maria, was die Buschmänner mit einer Kuh anstellen, wenn sie wieder mal eine geklaut haben. Ich hätte die Schwarzen ja damals erschossen, wenn ich sie dabei erwischt hätte.« Gonski pfiff die ersten Takte der namibischen Nationalhymne und trommelte mit den Fingern den Takt dazu. »Zuerst trennen sie der Kuh die Hinterlauffesseln durch und legen sie in den Schatten. Das Tier kann jetzt nur mehr mit den Vorderfüßen kriechen und scharren. Das wird sie bald aufgeben. Weil sie ja im Schatten bleiben will.« Er kicherte, holte ein Fleischmesser aus der Schublade und zeigte es Maria. »Sie schneiden Stück für Stück aus dem lebenden Leib, braten das Fleisch, wenn sie Hunger haben und essen es. Die offenen Wunden bestreichen sie mit Buschmannpaste, das stillt die Blutung. Garantiert.«

Gonski fuhr mit dem Messer durch die Luft, senkte die Stimme. »Kennst du natürlich nicht, Buschmannpaste. Eine Mixtur aus dem Saft der Aloe Vera, aus zerriebenen Insekten, dem Dung des Gnus, Meersalz und feuchter Erde aus großer Tiefe. Das Geheimnis ist die richtige Mischung. Zu viel Aloe kann schädlich sein.«

Mit dem Messer hinter dem Rücken ging er im Schlafzimmer auf und ab. Maria lehnte im Bett mit dem Rücken an der Stirnwand und starrte ihn an.

»Das dauert acht Tage, Maria. In der afrikanischen Hitze nicht länger, aber auch nicht kürzer. Die Kuh bleibt am Leben, und die Buschleute können sie acht Tage lang ausschlachten. Ein lebender Kühlschrank. Dann verdreht das Vieh die Augen und krepiert.«

Gonski holte aus und ließ das Messer in die Stirnwand wirbeln. Eine Handbreit neben Marias Kopf blieb es zitternd stecken. Er lachte.

»Was meinst du, Maria, wie lange dieser Lindberg so eine Behandlung aushalten kann?«

16

»Unsere Anita Clerico muss ein ganz schönes Biest gewesen sein.« Schallock war überraschend bei Ottakring im Krankenhaus aufgetaucht. »Ein Kerl namens Oldenburg hat sich im Präsidium gemeldet. Er hat ausgesagt, dass er ein Verhältnis mit der Clerico hatte. Sieht auch aus wie ein Filmschauspieler. Ist verheiratet, der Mann. Ihn plagt sein Gewissen, sagt er.«

Ottakring lag flach auf den frisch gebohnerten Fliesen in seinem Klinikzimmer und hatte die Beine hochgelegt. Seine Krücken lagen neben ihm. »Bevor du weiter redest, Schallock, muss ich zuerst was los werden. Wie viele gute Orchester mit Violinistinnen gibt es eigentlich in München? Werden sie überwacht?«

»Schon veranlasst. Alle vier.«

»Wissen die beiden Liebhaber der Clerico voneinander? Dieser Oldenburg und der Basserman?«

»Basserman wusste anscheinend nichts von Oldenburg. Ich lass Ihnen das Protokoll rüberbringen.«

»Noch was, Schallock.« Ottakring angelte nach den Krücken. Schallock half ihm beim Aufstehen. Keuchend hielt Ottakring ihm die SÜDDEUTSCHE hin. »Schlechte Presse. Kommen wir in der SoKo Arabella denn gar nicht weiter?«

Schallock zuckte mit den Achseln »Nichts Neues. Wir drehen immer die gleichen Fakten um und finden nichts. Die EDler stehen total auf dem Schlauch. Die Vernehmungen haben uns auch nicht weitergebracht. Wir sind alle Pädophilen noch mal durchgegangen, aber in der Richtung war die Kleine ja intakt. Das Einzige ist der Penner, der diese vage Aussage mit der Schubkarre macht.«

»Unser Psychiater?«

»›Frau Kordon treibt sich am liebsten in Aussegnungshallen und auf Friedhöfen herum‹, sagt der. Die erfundenen Morde seien ihre Art von Kreativität. Bloß – die Kordon war's bestimmt nicht.«

Ottakring klopfte mit der Krücke aufs Bettende. »Ist dir aufgefallen, dass die Morgenpost von den Federn berichtet hat? Von der Feder im Gesicht der Clerico und im Haar der Becker?«

»Keine Ahnung. Ich les die Morgenpost nicht.« Damit ging Schallock zur Tür.

Lindberg warf einen Blick in Ottakrings Dienstzimmer. Offenbar hatte Schallock den Raum übernommen. Akten türmten sich auf dem Schreibtisch. An der Wand stand eine Magnettafel, die voll war mit Notizen, Skizzen und Fotos.

Er klopfte leise an der Tür zu Olga Striplis Büro.

»Kommen Sie herein, Hector.« Durch die geschlossene Tür konnte er Olgas kräftige Stimme hören, die so gar nicht ihrer zierlichen Erscheinung entsprach. Lindberg wusste um Olga Striplis Eigenart, nicht nur alles zu wissen, sondern es auch an den Mann zu bringen.

»Olga«, sagte er und hob ein Papier hoch. Nur ein Name stand darauf. STEFFI MULLER, mit einem Kreis versehen. »Bellas Freundin.«

»Haben Sie doch schon dreimal …«

»Ja, ich weiß, Olga. Die Hausnummer. Eine gerade Zahl. Zweiundzwanzig? Vierundzwanzig?«

»Achtundzwanzig.«

»Danke.«

»Und schauen Sie nicht so grimmig.«

Frau Muller erkannte Lindberg sofort. »Ja, Steffi ist hier«, sagte sie freundlich. »Wir essen gerade.«

Ihr Mann saß am Tisch und löffelte Suppe.

»Das ist Herr Lindberg. Bellas Onkel«, stellte Frau Muller vor. Ihr Mann blieb sitzen und begrüßte Lindberg kaum.

Frau Muller führte ihn in Steffis Zimmer. Es sah aufgeräumt und freundlich aus. Steffi kaute an einem Stift und hatte ein Heft vor sich. Auf einer Kommode stand Bellas Foto in einem blauen Holzrahmen.

»Hallo«, sagte Steffi.

»Hallo, Steffi. Ich möchte dich noch einmal etwas fragen. Du bist Bellas beste Freundin ...«

»War ich«, verbesserte sie.

»Ja.« Lindberg schluckte. »Steffi, hat es in Bellas Leben irgend etwas gegeben, was mit einer Geige oder mit Violinspiel zu tun hatte? Kannst du dich da an etwas erinnern?«

Steffi schüttelte den Kopf.

»Habt ihr vielleicht im Musikunterricht im Winter die Violine durchgenommen? Hat sie den Lehrer deswegen verehrt? Oder hat es sonst jemanden gegeben, der ...?«

»Papas Chef! Wir waren doch zu seinem Geburtstag in der Firma. Da hat Herr Gonski Geige gespielt. Bis er wütend geworden ist. Bella war trotzdem ganz begeistert. Der Herr Gonski gefällt mir, hat Bella gesagt. Das war, als wir wieder draußen waren, vor der Firma.«

Herr Muller bestätigte die Aussage. »Ja, klar«, sagte er. Er saß vor einer Bierflasche. »Der Gonski hat mehrere Geigen. Er ist uns immer ganz schön auf die Nerven gegangen mit dem ewigen Gefiedel.«

»Sie arbeiten nicht mehr bei Herrn Gonski?« Lindberg lehnte das Bier ab, das Frau Muller ihm anbot.

»Nein. Ich bin arbeitslos geworden. Die Gewerbeaufsicht hat Galvano-Gonski zwangsgeschlossen. Wegen Abwasserverseuchung.«

Helen Beckers angefressener Rumpf wurde gegen vier Uhr nachmittags ans Ufer der südlichen Isar geschwemmt. Der Dalmatiner eines Joggers stöberte den im Sand gestrandeten Torso zwischen Schilf und Reisig auf. Die Männer, die ihn bargen und den Reißverschluss des Leichensacks zuzogen, mussten sich Mentholcreme in die Nasenlöcher reiben.

Die SoKo Stradivari traf sich weit nach Mitternacht. Der Sozialraum war in Neonlicht getaucht, die Jalousien waren heruntergelassen. Sandra Metz lehnte an der Stirnwand, Milly Gromann hatte sich einen Stuhl herangezogen, Olli Lazarus kümmerte sich um den Kaffee, den Schallock stumm in sich hineinschüttete.

Lindberg stand vor der Fensterfront neben dem Flipchart und sah auf Staatsanwalt Grimm und Dr. Weinlaub hinunter, die hinter einem kleinen Tisch Platz genommen hatten. Alle sahen ernst und abgespannt aus.

Weinlaub fasste gerade seine ersten Untersuchungsergebnisse zusammen. Lindberg meinte so etwas wie Mitleid in seiner Stimme zu hören.

»Der Leichnam war bekleidet. Im Gegensatz zum Kopf war der Torso nicht einbalsamiert. Der Körper war furchtbar entstellt. Ich denke, wir können davon ausgehen, dass Helen Becker keinen leichten Tod hatte.«

Grimm sah sich die Fotos an, die Weinlaub herumgehen ließ. »Gibt's neue Erkenntnisse, was den Kopf angeht?«

Weinlaub verneinte. »Nichts Neues.«

Grimm reckte den Hals und schaute zu Lindberg. »Wenn wir schon dabei sind. Dieser Drohbrief gegen Sie? Irgendwelche Ergebnisse?«

Lindberg deutete mit dem Kinn auf Sandra. »Darüber weiß sie mehr.«

Sandra schwenkte den Umschlag. »Dieselbe Arbeit, die gleichen Buchstaben, dasselbe Papier wie bei den Bekennerbriefen. Die Kordon hat ausgesagt, ein UPS-Fahrer hätte den Umschlag frühmorgens bei ihr abgeliefert. Allerdings weiß die UPS-Zentrale nichts davon.«

Sandra hatte kaum ausgesprochen, da flog die Tür auf und krachte gegen die Wand. Farbe bröckelte. Ottakring hüpfte auf seinen blauen Krücken in die Versammlung.

»Grüß Gott«, sagte er. Er nickte dem Staatsanwalt kurz zu und lehnte sich gegen die Wand. Olli Lazarus schloss die Tür hinter ihm. »Glotzt nicht so. Macht weiter«, schnarrte Ottakring.

Lindberg grinste seinen Freund an. Dann wandte er sich wieder der SoKo zu. »Sie haben nach dem Kopf gefragt, Herr Grimm. Die Buschleute im südlichen Afrika benutzen eine Aloe Vera-Paste, um ihre Toten zu konservieren. Die genaue Mischung ist unbekannt. Aber das Zeug, mit dem Helen Beckers Kopf behandelt wurde, könnte so etwas Ähnliches sein. Da stimmen Sie mir doch zu, Dr. Weinlaub?«

Weinlaub nickte.

ALOE VERA = Afrika schrieb Lindberg auf das erste Blatt der Flipchart. Dann fuhr er fort. »Die Sezierarbeit am Handgelenk der Clerico und im Nacken der Becker deutet auf einen Chirurgen, einen Metzger oder Ähnliches hin, nicht wahr, Dr. Weinlaub?« Wieder wartete er auf das Nicken des Pathologen. »Wenn also einer einen größeren Bauernhof hat oder beispielsweise eine Farm in Afrika betreibt, muss er da nicht ein Profi sein im Schlachten und Sezieren?«

Lindberg schrieb FARM IN AFRIKA unter ALOE VERA.

»Sandra, gibt es jemanden im Umfeld der Toten, der in Afrika gelebt und eine Farm geführt hat?«

»Ja, der Spur bin ich nachgegangen. So einen gibt es.«

Staatsanwalt Grimm legte die linke Hand ans Kinn. Er sah Lindberg an. »Worauf wollen Sie hinaus?«

Lindberg blickte zu Schallock. »Hier geht es um die Ermittlungen der SoKo Stradivari, damit wir uns richtig verstehen. Nicht von Arabella. Ich suche einen Mörder, der eine Farm in Afrika geführt hat. Einen, der leidenschaftlich gerne Geige spielt, aber natürlich lange nicht so virtuos wie unsere Violinistinnen.« Er zeichnete eine Violine auf das Papier. »Der deshalb die Frauen zerstört, weil er ihren Platz einnehmen möchte. Der Anita Clericos Stradivari zerfetzt und am Leuchter aufgehängt hat.« Er machte ein Kreuz durch die Violine, dann riss er das Blatt ab und heftete es mit Klebeband an die Wand.

Lindberg spürte, wie seine Narbe glühte. Er verschränkte die Arme vor der Brust und fragte Schallock: »Der zweite Lover der Clerico, wie hieß der doch gleich, Schallock? Und was macht der beruflich?«

»Oldenburg, meinen Sie den?« Schallock hielt die Kaffeetasse mit beiden Händen umklammert.

»Genau den meine ich: Fred Oldenburg. Fragen Sie ihn doch mal, welche Betriebe er vor kurzem geschlossen hat. Lassen Sie alle durchsuchen. Ich wette, in einem werden Sie Geigen finden.«

Lindberg setzte sich rücklings auf einen Stuhl. »Um den Täter zu finden, muss man die Tat betrachten. Hier ist die Handschrift in allen Fällen die gleiche. Von jedem Opfer nimmt er ein Souvenir mit. Er inszeniert seine Morde. Die Perfektion nimmt zu. Gleichzeitig steigert sich sein Wunsch nach Bewunderung, er schreibt Bekennerbriefe, Drohbriefe.« Lindberg sah in die Gesichter. »Diesen Mann gibt es. Er lebt im gleichen Stadtteil wie ich. Wo auch Bella gelebt hat. Wir müssen ihn nur finden. Jeder hat seinen Stein.«

Bruno Gonski baute vor. Alle Gegenstände, an denen er hing, schaffte er von der Wohnung in den Wohnwagen. Da waren Bellas Zöpfe, die nachts neben seinem Kopfkissen lagen, so, dass Maria es nicht mitbekam. Da waren die Hände von Anita Clerico, die er mit der Paste behandelt hatte.

Messer, Totschläger, Schlagringe, Schusswaffen verstaute er in einem Koffer. Das Tagebuch wickelte er in eine Zeitung und legte es dazu. Er schichtete den Ordner mit den Zeitungsausschnitten darüber und quetschte einen der Hüte seiner Mutter dazwischen. Dann drückte er den Deckel mit Gewalt zu. Nachts rollte er den Koffer zum Wohnwagen.

Am Geländer des Balkons befestigte er eine aufgewickelte

Strickleiter, die er abrollen konnte, um sich im Notfall hinunter zu hangeln.

Maria stand ihm bei, wenn ihn die krampfartigen Anfälle wieder überfielen. In solchen Momenten hatte er die Gedanken an das, was er getan hatte, nicht mehr unter Kontrolle. Bella erschien ihm, wie sie in Fesseln leblos auf dem Stuhl hing. Ihr Körper verschwand langsam im Schneefall auf dem Grab. Auch die Erinnerung an Anita Clerico kam immer wieder hoch. Wie er ihr den Mund zudrückte und mit dem Messer auf sie einstach. Wie er die blutende Leiche in die Wanne legte. Als ob er von außerhalb seines Körpers zuschaute, tauchte die andere Violinistin auf – gelegentlich entfiel ihm ihr Name. Becker, Helen Becker. In der Kuhle des Wohnwagens hatte er den Kopf vom Rumpf getrennt und das Blut entsorgt. Es war nicht sehr anders, jedenfalls nicht schwieriger gewesen als bei einem Schwein oder einer Antilope. Auch nicht schwieriger als bei der jungen Schwarzen, die er in der Namib-Wüste verscharrt hatte. Nachts schwebte ihr angstverzerrtes Gesicht vor ihm, oder es war einfach da, hing im Raum über ihm. Sein Schlafzimmer war voll vom Geruch warmen Blutes.

»Riechst du es, Maria, riechst du es auch?« Die Augen blieben, diese leeren, offenen Augen, die durch ihn hindurch starrten. Er wälzte sich herum, um sie zu vertreiben, versuchte einen Vorhang vor das Bild zu ziehen. Mit glasigen Augen lag er wie an sein Bett gekettet, bis er sich wach schrie und neben Maria saß und zu ihr sprach.

Er bückte sich zur Seite und umfasste einen mattgrünen, faustgroßen Stein. Er ließ ihn auf dem Laken rollen und kreisen. »Ich habe Kunstwerke geschaffen und werde es weiter tun. Und niemand soll mir in die Quere kommen! Niemand!«

Gonski war sofort hellwach. Vermummte Köpfe mit Augenschlitzen, schwarz behandschuhte Hände, die den Abzugshahn umspannten. Sie hatten seine Tür gesprengt und hielten ihm die Mündungen der MPs vors Gesicht. Flucht war ausgeschlossen, sie waren zu nah und zu viele. Bevor er nach dem

Revolver im Nachttisch greifen oder sich vom Balkon abseilen konnte, wäre er ein toter Mann. Instinktiv wollte er noch eine Bettdecke über Maria werfen. Aber da waren sie schon über ihm. Die Handschellen klickten.

Schallock leitete die Aktion. Lindberg bewegte sich auf Tuchfühlung hinter ihm an den schwarzen Gestalten des SEK-Teams vorbei. Der beißende Dunst der Sprengung wurde von einem widerwärtiger Gestank durchdrungen. So musste es in den Zeiten der Pest gerochen haben. Ein Gemisch aus Schwefel, faulenden Eiern und vermodertem Aas mit dem Hauch eines verwahrlosten Leichenschauhauses. Hier hing der Tod schwer in der Luft.

Staatsanwalt Grimm hatte es schon den Magen umgestülpt. Wie nach einer hoffnungslos durchsoffenen Nacht erbrach er sich mit schmerzhaften Röhren in eine Ecke des Flurs.

»Na, Herr Grimm, das ist aber nicht gerade gesellschaftsfähig, was Sie da treiben.«

Lindberg kannte die Stimme nur zu gut. Er war nicht einmal überrascht, als er Ottakring auf seinen Krücken im Rahmen der gesprengten Tür auftauchen sah. »Ich muss doch dabei sein, wenn wir uns unsere Nummer Eins greifen.«

Lindberg betrat mit seinem Freund das Schlafzimmer. Als wäre nicht Gonski die Hauptperson, schielte Ottakring nach dem anderen Wesen auf dem Bett. Es war eine weibliche Gestalt. Sie kniete wie die Mutter Gottes vor der Krippe, mit dem Gesicht zu Gonski gewandt. Ihre Haut war weiß und spannte um die Wangenknochen, umrahmt von abgenagten Haaren. Nase und Augäpfel waren sorgfältig ausgeschält und hatten ungleichmäßig schwarze Löcher hinterlassen. Sonst schien die Figur intakt. Sie war nur tot.

»So ein Gestank«, stöhnte Schallock, »so ein entsetzlicher Gestank.«

»Vermutlich Maria Gonski, die Frühere.« Ottakring wischte sich mit dem Handrücken über den Mund. Dann stampfte er mit der Krücke dreimal auf den Boden. Seine Anweisung kam scharf. »Lasst bloß keinen Reporter rein. Von diesem Wahnsinn will ich kein Foto in der Zeitung sehen.«

Im selben Moment blitzte es. Eine schwarzhaarige Frau im langen Mantel hielt ihre Kamera über den Kopf und fotografierte das Innere des Zimmers.

Ottakring stieß sie mit dem Krückstock zurück. »Verdammt noch mal, woher wissen Sie von dieser Aktion? Und wenn ich ein Bild davon in der Morgenpost sehe, sind Sie Ihren Job los, ist das klar!?«

Im Hausflur steckte sich Ottakring eine Zigarre an. »Scheiß-Reporter.« Er schnippste Asche auf den Boden. »Jetzt brauchen wir nur noch sein Geständnis.«

»Das kriegst du«, flüsterte Lindberg. »Den werde ich ausquetschen, bis kein Tropfen Blut mehr in ihm ist.«

»Nein, das werde ich tun, Hector. Du hältst dich brav raus aus den Arabella-Ermittlungen. Ist das klar?« Er schaute Lindberg direkt in die Augen. »Sonst bist du deinen Job los.«

»Nein, ich habe Arabella Lindberg nicht getötet. Sie hat mich einmal wütend gemacht, da hab ich sie geschlagen, ja. Es tut mir sehr Leid, dass ich ihr damals wehgetan habe. Aber mit ihrem Tod habe ich nichts zu tun.«

»Der Kerl bringt mich noch zum Weinen.« Ottakring verdrehte die Augen.

Das Verhör fand in einem leer geräumtem, vergitterten Büro im dritten Stock der Mordkommission statt. Ottakring und der Gefangene saßen sich Auge in Auge gegenüber. Zwei Stühle aus dem Sozialraum, ein Scheinwerfer, der auf Bruno Gonski gerichtet war, das war alles. Sandra saß still auf einem Stuhl in der Ecke. Lindberg verfolgte das Verhör im Nebenraum durch eine Spiegelglasscheibe. Näher hatte ihn Ottakring nicht an Gonski herangelassen.

»Wo haben Sie das Mädchen geschlagen, Gonski? Wo war das? Wo ist Bella gestorben? Warum haben Sie Bella so zugerichtet, wenn es Ihnen angeblich Leid getan hat?«

Gonski schüttelte langsam den Kopf. Er sah Ottakring an, als habe der ihn soeben um eine Ohrfeige gebeten.

»Wie haben Sie Ihre Frau umgebracht?«

»Sie ist gestorben. Danach hab ich sie behandelt. Für die Ewigkeit. Ich hab sie nicht verlieren wollen.«

»Was ist das für ein Zeug, mit dem Sie die Leichen einschmieren? Damit haben Sie doch auch Helen Beckers Kopf behandelt.«

Gonski fuhr sich mit der Zunge über die Lippen.«Ich habe in der Zeitung von den Morden an diesen Violinistinnen gelesen«, sagte er. »Wie kommen Sie darauf, dass ich etwas damit zu haben könnte. Die Frauen wurden sicher vergewaltigt. Das würde ich nie tun. Das ist grauenhaft, so was.«

Ottakring beugte sich zu Gonski. »Nein, vergewaltigt wurden sie nicht. Und dafür waren Ihnen die Frauen bestimmt auch dankbar. Das mit der Dankbarkeit war allerdings vorbei, als Sie sie verstümmelt und ermordet haben.« Er streckte den Zeigefinger nach vorn. Im selben Moment schoss ihm ein stechender Schmerz in den Rücken. »Warum haben Sie uns denn die Leichen auch noch so großkotzig präsentiert?« Er konnte nur mehr ächzen.

Gonskis Gesicht zeigte keine Regung. Leise trommelte er mit den Fingern auf die Stuhllehnen. Die Handschellen schepperten im Takt.

»Sie waren neidisch, weil die beiden Frauen Geige in einem berühmten Orchester spielten und Sie nur dabei zuschauen durften«, sagte Ottakring.

»Violine«, verbesserte Gonski ruhig. »Aber Sie liegen absolut falsch. Ich habe Anita Clerico und Helen Becker bewundert. Nie im Leben hätte ich sie ermorden können.«

Ottakring zog sich an seinen Krücken empor. »Warum dann das kleine Mädchen? Bella? Und …«

Winzige Speichelbläschen zerplatzten auf Gonskis Lippen.

Ottakrings Stimme erstickte in einem Krächzen. Aus dem Augenwinkel sah er, wie Sandra Metz aufsprang. Die Beine knickten ihm weg. Mit eingezogenem Kopf rollte er zur Seite ab. Er blieb auf dem Rücken liegen und hielt die Luft an, um den Schmerz in seinem Rücken nicht mehr zu spüren.

Da rammte etwas mit der Wucht eines losgelassenen Baggers gegen seine Schultern. Einen weiteren Schlag konnte er mit dem Unterarm abwehren. Blindlings griff er nach vorn. Seine Hand berührte Gonskis Handschellen. Sie entglitten ihm. Er sah das Weiße in Gonskis Augen, spürte das Gewicht des Mannes auf seinem Körper. Weit entfernt hörte er Schreie, dann schlug eine Tür. Der Knall hallte wie ein Schuss.

Das Gewicht wurde von Ottakring heruntergezogen. Metz warf Gonski auf den Bauch und legte ihm blitzschnell die Fußfesseln an. Sie hatte Mühe, Lindberg davon abzuhalten, den Gefangenen tot zu treten.

Wenig später hing Bruno Gonski an seinen Handschellen am Fenstergitter seiner Zelle. Mit dem braunen Klebeband vom einen Ohr über den Mund zum anderen sah er aus, als würde er breit lachen. Doch Ottakring war sicher, dass Gonski in diesem Augenblick nicht zum Lachen zumute war.

17

»Das war seeehr guut, wonderful, Valerie. Really great!« In die Stille des großen Finales hinein hauchte James Levine seine Anerkennung. Er war in Jeans und Pullover. Sein rundes Gesicht glänzte.

Valerie Jordan war solche Komplimente gewohnt. Trotzdem war sie immer wieder stolz darüber. Sie war der erklärte Liebling der Münchener Philharmoniker. Allgemein galt sie als eine talentierte, strahlende und hartgesottene Virtuosin, die zudem noch sehr gut aussah und unverwüstlich jede Belastung auf sich nahm. Es gab kein Problem, im Orchester nicht und nicht im Leben, das sie nicht mit einem feinen Lächeln und einem Achselzucken gelöst hätte.

Ihr Vater, ein fast zwei Meter großer Sternekoch aus Belgien, hatte Valerie das *Savoir Vivre* eingehaucht, die Mutter, eine mexikanische Mezzosopranistin, ihr Temperament und Musikalität verliehen.

Im Hotel Imperial in Monterrey, dessen Küche der Vater führte, bewohnte die Familie eine Suite in der obersten Etage. Die elegante Halle und die weitläufigen Gänge, die teuren Boutiquen und die Poollandschaft waren Valeries Zuhause, die Menschen im Hotel ihre Brüder und Schwestern. Im Palenque-Orchester verdiente sie als Violinistin ihr erstes Geld. Ab und zu fiedelte sie in einer Mariachiband. Dann lernte sie Sonny Pastor kennen, einen kreolischen Jazzmusiker. Zu diesem Zeitpunkt war Valerie zwanzig Jahre alt.

»Ich möchte dich nicht nur für einen Tag«, schrieb Sonny, »denn ein Tag hat die Länge des Lebens einer Fliege. Ich möchte dich für die Zeit des Lebens eines großen wilden Tieres. Eines Elefanten oder eines reißenden Bären.« Valerie war hingerissen davon, wie Sonny seine Gefühle zu Papier brachte. »Niemals wirst du vernünftig werden, dafür sorge ich, meine kleine Perle. Und ich werde nie vernünftig werden, und wir beide werden immer zugleich jung und unvernünftig sein.«

Valerie und Sonny Pastor führten ein Nomadendasein, lebten von ihrer Musik, von Sponsoren und Gönnerinnen, die ihnen zu Füßen lagen und erst auf ihre weitere Gesellschaft verzichteten, nachdem sie bestohlen und ihre Weinkeller geplündert waren. Während dieser Zeit machte sich Valeries bemerkenswerte Stärke bezahlbar: Sie konnte Menschen für sich gewinnen und sie mitreißen.

Ihre Kollegen bei den Philharmonikern bauten auf Valerie. Levine durfte sie loben, ohne dass die Mitglieder des Orchesters ihn oder sie gleich niedergemetzelt hätten.

»You did a very good job!« Der Dirigent klopfte mit dem Stab gegen das Pult.

Valerie nahm die Violine in den Arm und wiegte sie, als wäre das Instrument ihr Baby. Sie verneigte sich mit einer Miene, die sagte: »Ich weiß, dass ich spielen kann. Aber übermäßig wichtig nehme ich mich deswegen nicht.«

Kaum jemand hätte Valerie wahres Alter richtig geschätzt. Sie hatte nicht den leisesten Anflug von Fältchen im Gesicht, aus all ihren Poren drang Jugend, Natürlichkeit und Frische.

Aber jetzt hatte Valerie Jordan Angst. Nachts wachte sie auf, weil ihre makellosen Zähne unkontrolliert aneinander schlugen. Das Laken war nass von ihrem Schweiß.

»Angst hast du, Valerie? Vor diesem Irren?« Nach der Probe in der Philharmonie ließ James Levine den Arm über den halbrunden, halbdunklen Zuschauerraum kreisen. Vierzig, fünfzig helle Gesichterflecken leuchteten aus den unteren Reihen herauf zur Bühne. »Kann ich verstehen. Aber was meinst du, wer da unten sitzt? Ein einziger Kritiker wurde zugelassen, den kenne ich, er ist ein Freund von mir und bestimmt kein Mörder. Zwei, drei Journalisten sind da, Familienmitglieder deiner Kollegen. Was meinst du, wer der Rest ist?« Er hob die Stimme. »Valerie, da unten wartet eine Kompanie Scharfschützen, Karatekämpfer, Fallschirmspringer, Handschellenschließer und was weiß ich noch alles. Ich schwöre dir, zurzeit sind die Münchener Philharmoniker das bestbewachte Orchester der Welt. Ich habe die Leute vierundzwanzig Stunden täglich am Hals, sie wird geschützt, sie ...« Levines Dirigentenstab deutete auf eine Cellistin, eine Musikerin am Fagott und eine am Kontrabass, schließlich auf Valerie. » ... und du wirst behütet wie die Kronjuwelen der Queen, Mädchen. Auf dem Heimweg wirst du von Streifenwagen begleitet, Zivilbullen stehen an deiner Tür, wenn du aufsperrst, und alle zusammen werden sie dich wie Schutzengel im Schlaf behüten.«

Doch Valerie Jordan wurde die Angst nicht los.

Das änderte sich auch nicht, als ein Mann gefasst wurde, der vermutlich die Morde begangen hatte. Den Lächler nannten sie ihn. Es beruhigte Valerie keineswegs, als sie das Gesicht des Mannes in der MORGENPOST sah.

Auch als James Levine persönlich einen Bodyguard für sie anheuerte, verließ sie die Angst nicht. Der Schock über ihre zwei ermordeten Kolleginnen saß viel zu tief.

Gonski hatte ein untrügliches Gespür für Menschen. Er wusste sehr schnell, wie er sein Gegenüber einzuschätzen hatte. In der Untersuchungshaft musste er nur so tun, als wolle er mit diesem Ottakring, dem Mann mit der Schlägervisage und der Frau mit dem Pferdeschwanz zusammenarbeiten. Etwas preisgeben oder erfinden, was sie hören wollten. Zurückhalten, was ihm schaden könnte. Sie verwirren. Nicht den Kopf verlieren. Den Unzurechnungsfähigen spielen. Bruno Gonski lächelte.

»In Namibia haben wir uns glänzend vertragen, Maria und ich«, erzählte er. »Sie war für den Haushalt zuständig und ich für die Bewirtschaftung der Farm. Wir sind nur zurück nach München, weil Maria Heimweh bekommen hat.«

Sie saßen wieder im Vernehmungsraum der Mordkommission. An der Wand stand eine Pinnwand, die mit Zeitungsberichten über die Morde und mit Fotografien der Opfer und der Fundorte vollgenadelt war. Gonski sah sich verstohlen um. Sicher lief irgendwo ein Aufnahmegerät, vielleicht filmten sie ihn sogar.

»Meine Mutter war eine gute Frau«, sagte er, und seine Augen strahlten vor Ehrlichkeit und Glück. »Sie ist putzen gegangen, um mich durchzufüttern. Ja, sie hatte öfters Liebhaber. Ich habe mich mit allen gut verstanden. Am schönsten war es an Weihnachten. Mutter und ich saßen unterm Tannenbaum. Es war immer so feierlich.«

Gonski hatte den Kopf zwischen den hochgezogenen Schultern festgeklemmt. Er schaute kein einziges Mal zur Pinnwand hin.

Seine Stimme klang sicher. »Ich habe nur einmal als Kind einer Eidechse den Schwanz ausgerissen und ein paar Schmetterlinge aufgespießt.« Ein Grinsen huschte über sein Gesicht. »Und im Zoo durchs Gitter gelangt und dem Orang-Utan die Hand zerquetscht.«

Er beugte sich zur Seite und lachte auf einmal. Seine Augen fraßen die Pinnwand auf.

»Ich würde doch niemals meine eigene Mutter umbringen. Das bringt doch kein Mensch fertig.«

Der Hausarzt der verstorbenen Rosa Gonski wollte einem Fremden keine Auskunft geben. »Sie sind ein Hell's Angel oder so was, nicht?«

Lindberg stand in Lederjacke und Jeans vor ihm und trug einen Sturzhelm unterm Arm. Er kramte in allen Taschen, bis er seinen Ausweis endlich fand. Der Arzt rief trotzdem erst bei Lindbergs Dienststelle an, bevor er zu einem Gespräch bereit war. An Rosa Gonski konnte er sich gut erinnern. »Sie hat chronisch an Asthma gelitten. Natürlich habe ich die Leiche auf Fremdeinwirkung untersucht, aber da war nichts. Ich zweifle auch heute nicht an meinem Urteil. Frau Gonski ist an Asthma gestorben.«

Die beiden Ehepaare, für die Rosa Gonski geputzt hatte, besuchte Lindberg in Straßenkleidung. Sie sagten nur Gutes über die Frau. »Sie war pünktlich, ehrlich und zuverlässig, ja, das kann man nicht anders sagen«, erinnerten sich die einen.

»Eine sanftmütige, warmherzige Person«, sagten die anderen. »Dass so ein Monster ihr Sohn ist.« Dass ihre ehemalige Putzfrau überhaupt einen Sohn hatte, hatten sie erst jetzt aus der Presse erfahren.

»Ein streitsüchtiges Aas war sie«, gaben die älteren Nachbarn zu Protokoll. »Sie hat den kleinen Bruno den ganzen Tag allein gelassen. Als er größer war, hat sie ihn oft mit dem Gürtel verdroschen, er hat viel geweint. Nein, von einem Vater haben wir nie etwas gehört.«

Einer ihrer Liebhaber, ein ehemaliger Fernfahrer, meinte: »Ja, ja, der Bruno war immer dabei, wenn ich bei der Rosa war. Da ist der noch nicht in die Schule gegangen und hockte in so einem Laufstall herum. Er hat viel geheult und war immer völlig verängstigt. Ich hab ihm manchmal Schokolade mitgebracht, damit er ruhig war. Wie er später war? Na ja, er wollte immer Geige spielen, aber Rosa hat ihn ausgelacht, das hab ich nicht richtig gefunden. Er musste sich immer mit dem Gesicht zur Wand stellen. Einmal hat sie ihm einen Besenstiel in den Mund gezwängt. Weil er so geheult hat. Ich hab schon überlegt, ob ich nicht zur Polizei gehen soll damit, aber dann bin ich doch lieber abgehauen, verstehen Sie das? Nie und nimmer glaub ich, dass der Bruno jetzt ein Mörder sein soll. Das muss eine Verwechslung sein.«

Dr. Weinlaub wartete in Lindbergs Büro. Er betrachtete die Schwarzweißfotos ringsum an der Wand.

»Aha«, sagte er, als Lindberg eintrat. »Da hängen sie ja alle.«

Lindberg nickte und deutete auf jeden Einzelnen der Serienmörder. »Jürgen Bartsch, der ›Kirmesmörder‹. Fritz Haarmann, mindestens vierundzwanzig Opfer. Andreji Tschikatilo, zweiundfünfzig Morde. Der hier ist Edmund Emil Kemper, er hat als Vierzehnjähriger seine Großeltern erschossen. Als er einundzwanzig war, empfahlen die Psychiater seine Freilassung. Danach tötete er acht Frauen und verging sich an ihren enthaupteten Leichen.« Lindberg ging einen Schritt weiter. »David Berkowitz, sechs Morde, er handelte auf Befehl eines Hundes.« Er blieb neben zwei Fotos stehen, die dicht nebeneinander hingen. »Kenneth Bianchi und Angelo Buono, die ›Hillside Stranglers‹. In den Bergen um Los Angeles haben sie es auf zwölf Frauen in zwei Jahren gebracht. Gary Heidnik hatte einen IQ von 145 und war wohlhabend. Für Sexspiele hielt er sich junge Frauen in einer Grube in seinem Haus, bevor er sie mit Elektroschocks tötete und sezierte. Ihr Fleisch hat er an die Nachfolgerinnen verfüttert.« Schließlich kam er zu einem Zeitungsfoto Gonskis. »Dagegen nimmt sich unser Bruno Gonski noch harmlos aus. Bitte schön.« Lindberg wies auf den freien Stuhl.

»Warum ich hier bin ...« Der Pathologe nestelte umständlich einen papierenen Umschlag aus der Manteltasche. »Ich verstehe das nicht. Sehen Sie.« Er nahm einige Fotos aus dem Umschlag und legte sie auf den Tisch. »Das hier sind Aufnahmen, die mit der Mikroskopkamera gemacht wurden.« Er drehte die Fotos so, dass Lindberg sie betrachten konnte. »Das Objekt scheint sich von selbst zu zersetzen. Sehen Sie.«

Es war deutlich zu erkennen, wie um die Kinn- und Mundpartie von Helen Beckers Kopf blassrote Pusteln aus der wächsernen Haut herausplatzten. An den Wangen und an der Stirn bis zum Haaransatz öffneten sich kirschgroße Beulen.

Weinlaub räusperte sich. »Der Prozess vollzieht sich sehr langsam. Die Oberfläche verfärbt sich, und es kommt zu Blasenbildung. Verwesung tritt ein. Das kann Wochen oder Monate dauern. An der Mumie der Maria Gonski stellen wir dasselbe Phänomen fest. Quaddeln über die gesamte Hautfläche verteilt.«

Der Doktor sah Lindberg nachdenklich an. »Es ist wie ein Ausschlag bei Lebenden. Wie Furunkulose. Wenn Gonski mit dem Zeug in Kontakt gekommen ist, möchte ich nicht ausschließen, dass er diesen Ausschlag auch bekommt. Und dann, Lindberg, können Sie sich gratulieren. Dann haben Sie einen unwiderlegbaren Beweis.«

Es hatte ihn einige Mühe gekostet, bis er den Reserveschlüssel für das Sicherheitsschloss gefunden hatte. In Folie gepackt war er mit mehreren Klebstreifen an der Unterseite des blau lackierten Wohnwagens befestigt.

Er zog Schubladen auf und fand ein Bündel Krähenfedern, ein Fotoalbum mit Presseberichten über Anita Clerico und Helen Becker sowie mehrere Büschel Menschenhaar. Er öffnete das Gefrierfach im Kühlschrank. Er hatte Hände vermutet, doch es war leer. Ein Foto der kleinen Arabella Lindberg lag weit hinten in der untersten Schublade eines kleinen Schränkchens. Ein fröhlich lachendes Mädchen im grünen Anorak. »Hab ich mir's doch gedacht«, flüsterte er in den halbdunklen Raum.

Im Versteckspielen und Observieren von Personen hatte es Hellmuth von Appen während seiner Chauffeurszeit zu professioneller Meisterschaft gebracht.

Einmal hatte er sogar einen Alligator gefunden. Fritzchen gehörte dem deutschen Militärattaché in London. Von Appen hatte sich an die Arbeiterkolonne angehängt, die das entsprungene Reptil in der Kanalisation der Stadt suchen sollte. In der düsteren, feuchten Umgebung hatte er sich unerkannt von den Mitgliedern des Trupps an der Suche beteiligt. Fritzchen war nicht einfach aus Langeweile abgehauen, sondern aus Heimweh. In den Röhren unterhalb Londons war er aufgewachsen und hatte Sehnsucht nach seiner Familie bekommen, die sich seit Jahren dort unten herumtrieb. Von Appen hatte für seine Reportage in der MAIL ON SUNDAY ein gutes Honorar erhalten.

Auch in Gonskis Wohnwagen stieß er schließlich auf das, wonach er eigentlich suchte. Die zwei braunen Zöpfe lagen im Kissenbezug von Gonskis einfachem Feldbett. Von Appen drehte sie zwischen den Fingern, er hatte noch nie geflochtenes Haar berührt. Ein bisschen wie Stroh fühlte es sich an. Es war nicht lange her, da hatte er diese Zöpfe noch tanzen sehen unten in seinem Hof. Jetzt lagen sie tot vor ihm, und er konnte den rechten nicht vom linken unterscheiden. Einen ließ er unter dem Kissen, den anderen steckte er in die Tasche.

Bevor er ging, nahm er einen schwarzen Fettstift und schrieb in Großbuchstaben auf den Spiegel über dem Waschbecken: DU ENTKOMMST MIR NICHT!

Er musste sich hinknien und an den Reifen festhalten, als er den Schlüssel mit zitternder Hand wieder an die Stelle klebte, an der er ihn gefunden hatte.

Im Park wartete schon Leo. In einem abgewetzten, karierten Sakko mit Rückenschlitz und Lederhandschuhen bewachte er den Aufmarsch der Schachfiguren. »Du hast heute Weiß«, bestimmte er. Dann schaute er hoch, und von Appen konnte an seinem Gesichtsausdruck sehen, dass er über seinen Anblick erschrocken war.

»Was hast du?«, fragte Leo in deutlichen Sprechbewegungen. »Geht's dir nicht gut?«

»Gar nicht gut«, murmelte von Appen und nahm auf einem Gartenstuhl Platz. »Mein Hirn platzt bald. Ich muss dauernd kotzen.«

»Was deinen Plan anbelangt, Hellmuth – dieser Lächler, der sitzt fest. Der kommt nie mehr raus. Wir müssen uns etwas Anderes einfallen lassen. Viel Zeit hast du nicht mehr, wenn ich dich so ansehe.« Mit langem Arm fingerte Leo nach dem schwarzen König und stieß ihn an. Langsam kippte die Figur zu Boden.

18

Lucie drückte den Klingelknopf. Es war Mittwochnachmittag. Das in sattem Ocker frisch gestrichene Haus in der Ottobrunner Straße stammte aus den Sechziger Jahren. Das Praxisschild neben der Klingelleiste war blau mit weißer Schrift. Es gab einen Lift, doch Lucie benutzte nie einen Aufzug. Leichtfüßig stieg sie die Steintreppen hinauf in die zweite Etage. Sie wurde schon erwartet.

»Wie geht es Ihnen heute?«, dröhnte es ihr entgegen. Dr. Baldts sonore Stimme hallte durch das Treppenhaus. Obwohl er immer ein wenig zu laut sprach, fühlte Lucie sich wohl in seiner Nähe. Er war fröhlich und locker und setzte sie nie unter Druck. Und sie fand, dass Baldt nicht aussah wie der Wissenschaftler, der er war. Er war hoch gewachsen und schlank. Seine Kennzeichen waren die graue Bürstenfrisur und eine einfache Nickelbrille.

Sie trat ein und nickte Baldts Assistentin zu, einer rundlichen Dreißigerin mit englischem Akzent, die selten hinter ihrem Empfangstresen hervorkam.

Dr. Baldt schloss die Tür hinter ihr und wies auf den Sessel. »Ihr Platz, Lucie.«

Sie setzte sich in den braunen Ledersessel, in dem sie immer saß, und schlug die Beine übereinander. Lucie hatte sich für langes, brünettes Haar entschieden, das von einem grünen Samtband zusammengehalten wurde, und für einen Hosenanzug ganz in Schwarz. Darunter trug sie eine Rüschenbluse, am Hals mit einer gestickten Paspelierung. Ihre Hand fuhr zu den obersten Knöpfen der Bluse. Sie bemerkte es und ließ die Hand wieder fallen.

»Wissen Sie, wie Sie auf mich wirken, Lucie?«, fragte Dr. Baldt. »Wie ein aufgeregtes Erdhörnchen, das seinen Bau nicht mehr findet. Haben Sie Ihre Tabletten nicht genommen?«

Durch die geöffneten Fenster rauschte Verkehrslärm herein.

»Die Menschen erzählen, ich hätte bestimmte Dinge gesagt und getan, von denen ich aber weiß, dass ich sie nicht getan habe. Ich habe es dabei bewenden lassen.«

»Wer erzählt Ihnen denn so etwas?«

»Viele.«

»Wer?«

Lucies Hand fuhr zum obersten Blusenknopf. »Da kommt einer von der Mordkommission zu mir und fragt mich aus. Stellen Sie sich vor: Von der Mordkommission! Behauptet, ich hätte etwas mit den Geigerinnenmorden in der Stadt zu tun. Der Nächste lässt mich auf ihrem Präsidium antanzen. Erzählt mir von Morden, die ich gesehen haben soll, und die es gar nicht gibt. Erst am Abend war ich wieder zu Hause. Hugo war am Verdursten.« Sie holte kurz Luft »Und jetzt kommen Sie daher und fragen mich, ob ich meine Tabletten genommen habe.« Sie sprang auf. »Wütend bin ich, Doktor. Wütend auf die ganze Welt. Sauwütend. Umbringen könnte ich sie alle.« Sie ließ den Kopf hängen. »Und ich habe Angst.« Lucie sah Baldt von schräg unten an. »Ich glaube, ich bin wieder die Andere.«

Baldt rückte die Brille zurecht. »Lucie, Sie haben ja Gott sei Dank eine einfachere Form der Persönlichkeitsspaltung, es gibt komplexere. Das haben schon viele gehabt, das lässt sich behandeln. Ich habe es Ihnen ja schon oft erklärt. Stellen Sie es sich vor wie Schlafwandeln. Im Grunde handelt es sich um den Verlust des Bewusstseins. Während Sie, Lucie, das Bewusstsein verlieren, tritt eine andere Person an Ihre Stelle. Dieses andere Ich ist lediglich eine Form der Abreaktion.«

Während er sprach, hatte Lucie einen Blick auf die Uhr geworfen. Nun rutschte sie unruhig hin und her. »Kann ich jetzt gehen? Wir überziehen.«

»Warten Sie, Lucie. Sie müssen den Weg bis zum Ende machen. Nehmen Sie Ihr Medikament, dann brauchen Sie keine Angst zu haben. Sie haben mir das doch versprochen, als Sie von Ihrem Ausflug nach Kloster Reisach zurückgekommen sind.«

Das Zwölfuhrläuten vom Turm der Ramersdorfer Kirche war zu hören.

Lucie hob den Zeigefinger. »Sehen Sie, wir überziehen, Doktor. Ich habe keinen Anspruch auf zusätzliche Zeit.« Sie stand auf.

»Passt Ihnen Montag, der dreiundzwanzigste? Nächsten Montag? Etwas knapp, aber wir sollten die Zeit nachholen, in der Sie gefehlt haben.«

Lucie nickte. »Sicher. Muss ich das Treffen mit dem Papst eben verschieben.«

Baldt runzelte die Stirn, sagte aber nichts.

Es klopfte, und die Assistentin steckte den Kopf herein. »Herr Doktor, könnten Sie einen Moment …?«

Dr. Baldt legte die Hand auf Lucies Arm. »Warten Sie bitte«, sagte er und ging hinaus.

Die Assistentin ging durch den Raum zum Fenster und kippte es. »Bisschen Frischluft«, sagte sie.

Vor dem Fenster stand ein Tischchen mit einer Marmorplatte. Ein Stapel Patientenkarten lag darauf.

Bis Dr. Baldt wiederkam, hatte Lucie die Karten durchgeblättert. Eine interessierte sie besonders. Den dreiundzwanzigsten würde sie nicht vergessen.

Der Psychiater führte den nächsten Patienten in das Sprechzimmer. »Bis Montag also«, verabschiedete er sich und schloss die Tür.

Lucie ging zum Empfangstresen. Sie lächelte die Assistentin an. »Sagen Sie, ich habe in der Zeitung gelesen, dieser Mörder, der Lächler, ist der hier Patient?« Sie warf der Frau einen unschuldigen Blick zu.

Die Assistentin legte schnell den Zeigefinger auf die Lippen und schaute sich um. Dann nickte sie verschwörerisch.

Lindberg hatte ein Bein über Sandras nackten Körper gelegt und sah ihr ins Gesicht. Sie waren zum ersten Mal bei ihm und weihten das neue Bett ein.

»Sei vorsichtig«, sagte Lindberg, »wenn ihr ihn von der Haftanstalt ins Präsidium bringt.«

»Und zurück«, sagte Sandra. Das Gold in ihren Augen blitzte. »Keine Angst. Meine Knarre ist entsichert, und ich sitze direkt hinter seinem Genick. Er ist in Handschellen. Ich kann Karate, und ich werd ihm die Gurgel durchbeißen, wenn er frech wird.« Sie knurrte Lindberg an und entblößte die Zähne. »Eigentlich wirkt er richtig bieder mit seinem ewigen Gelächele, fast harmlos. Man könnte meinen, der kratzt höchstens jemanden oder schmeißt mit Sand.«

Lindberg verschloss ihr mit einem Kuss den Mund. »Die harmlosesten Menschen können gefährlich werden. Ein paar entschärfte Handgranaten solltest du immer dabeihaben.« Er streichelte ihre Brüste. Dann sah er sie mit ernster Miene an. »Wer keine Angst hat, kann alles tun, was er will. Und dieser Gonski hat keine Angst. Ein Typ wie er gibt nie auf. Er wird dich töten, wenn er denkt, er könnte so frei kommen. Er würde das Auto in die Luft sprengen. Dränge darauf, dass er gründlich durchsucht wird. Behalt seine Hände und die Fesseln im Auge. Du darfst dich nicht täuschen lassen ...« Sandra zog ihn auf sich, und Lindberg hatte Mühe weiterzusprechen. »... der Mann ist gefährlich wie ein angeschossener Panther!«

Der Untersuchungshäftling Bruno Gonski lag in Jeans und Sweatshirt auf seinem schmalen Bett und hatte die BILD-Zeitung vor sich ausgebreitet. Er lächelte Lindberg an wie ein Kind, das ein neues Spielzeug hat.

Lindberg hatte durchsetzen können, dass Gonski jeden Tag die SÜDDEUTSCHE und die MORGENPOST zu lesen bekam, und wenn er wollte, auch die BILD. Er durfte sogar seine eigene Lesebrille tragen, solange die Wache dabei war.

»Na, zufrieden, Herr Gonski?« Lindberg schaute kurz bei ihm vorbei. Zwei Vollzugsbeamte warteten in der offenen Zellentür.

Gonski deutete auf die Schlagzeile auf der ersten Seite. DER LÄCHLER – DEUTSCHLANDS HANNIBAL LECTER? stand da in Riesenlettern. »Hören Sie zu, Herr Lindberg, was die Seite Drei in der Süddeutschen bringt? ›Ursachen und Entwicklung extremer Gewalt.‹ Ein ganzer Artikel über den Lächler. Und die Morgenpost will sogar eine Serie bringen: ›Feilen am Profil des Mörders.‹ Interessant, nicht?« Gonski legte die Zeitungen zur Seite und stellte sich abrupt vor Lindberg hin.

Sofort trat ein Beamter daneben. Gonski trat einen Schritt zurück.

»Dass sie sogar über meine Firma schreiben, hätte mich früher gefreut. Jetzt macht es mich traurig.« Er legte die Hände in einer seltsam resignierenden Geste auf den Rücken. »Ich lese diese Fachartikel mit sehr viel Interesse«, sagte er. »Und wissen Sie, was mich am meisten interessiert?«

Lindberg zog die Augenbrauen hoch.

»Wer eigentlich der Mörder sein soll, über den sie alle schreiben.«

Es war stockdunkel in Gonskis Zelle. Am Morgen hatte er zum ersten Mal die kleinen blassroten Pusteln auf beiden Handrücken entdeckt. Schon seit einer Weile war ihm aufgefallen, dass seine Fingernägel splitterten und ins Fleisch eindrangen.

Schritte vor der Tür. Er hob den Kopf und lauschte. Die

Tür ging auf, ein Lichtstrahl fiel auf sein Bett, er kniff die Augen zusammen.

»Aufstehen, Gonski!«

Die Stimme der Metz. Sofort war er hellwach. »Was wollen Sie?«, fragte er. »Wie spät ist es?«

»Drei Uhr. Ich bringe Sie zum Verhör. Heute mal etwas früher.«

Sie legten ihm Handschellen an und brachten ihn durch die Gänge hinaus zum Auto. Es war eine klare Nacht. Gonski genoss die Fahrt durch die nächtlichen Straßen Münchens. Es war wie ein Erwachen. Trotzdem warf er immer wieder einen heimlichen Blick auf seine Hände. Sie brannten wie Feuer.

Die Pathologie war ein rechteckiger Saal mit alabasterweiß gefliesten Wänden und einem grauen Boden. Entlang der Wände waren Waschbecken mit Spiegeln angebracht. Auf den drei Seziertischen aus Marmor lagen geöffnete Leichen. Auch an den Seiten waren tote Körper unter hellen Tüchern aufgebahrt. Sie wurden von Punktscheinwerfern angestrahlt und warfen keine Schatten. Der Rest des Saals war düster. An der Stirnwand befand sich eine quadratische Uhr mit Leuchtziffern. Sie zeigte auf drei Uhr vierunddreißig.

Alles war bis ins Detail vorbereitet. Lindberghatte alles mit Weinlaub abgesprochen. Für die nächsten Stunden war die Pathologie seine Bühne. Und die Dramaturgie war klar.

Er hörte den Wagen mit Gonski vorfahren, und ging hinaus ins Dunkel, um ihn und Sandra abzuholen. Der Gefangene keuchte, als hätte er Mühe, Luft zu bekommen und schepperte mit den Handschellen.

Sie betraten den Saal.

»Hübsch!« Sandras geflüstertes Wort hallte von den Mauern wider. Sie wartete mit zwei bewaffneten Beamten am Eingang.

Gonski hob die gefesselten Hände über den Kopf. »Was haben Sie mit mir vor?« fragte er. Lindberg meinte, Angst oder zumindest Verunsicherung in seiner Stimme zu hören. Gut so.

Wortlos führte er Gonski in den Bereich zwischen den

Seziertischen und den Leichentüchern. Er drückte ihn auf einen Stuhl hinter einem langen Tisch und löste seine Fesseln. Ein Scheinwerfer war auf Gonski gerichtet, ein zweiter auf den Regenschirm mit weißblauem Rautenmuster neben ihm. Gonskis ewiges Lächeln wirkte zum ersten Mal wie eingefroren. Sie saßen sich gegenüber. Die Wand hinter Lindberg diente als Projektionsfläche für die Dias.

»Kennen Sie diesen Schirm, Herr Gonski?«

Gonski stierte krampfhaft auf seine Schuhe. »Nein«, sagte er. »Nein, wieso sollte ich ihn kennen?«

Lindberg drückte auf einen Knopf, und auf der Wand erschien ein lachendes Mädchen im grünen Anorak. Ein weiterer Knopfdruck, und es wurde wieder dunkel im Raum.

»Erkennen Sie das Kind?«, fragte er.

»Vielleicht. Könnte sein, dass ich das Gesicht schon einmal gesehen habe.«

»Das ist Bella Lindberg. Meine Nichte. Sie haben sie umgebracht.« Ein Knopfdruck, Bellas zerstörtes Gesicht in Großaufnahme. »Sehen Sie, Herr Gonski? Die Zöpfe fehlen. Stanniolpapier in den Mundwinkeln. Wie kommt Schokoladepapier in diesen Mund?« Lindberg sprach leise und deutlich. Für seinen Auftritt trug er Anzug mit Krawatte.

Gonski befingerte einen Mückenstich am linken Arm.

»Sie haben Bella ja nicht umgebracht, sagen Sie?« Lindberg klang ausgesucht höflich.

Gonski schwieg.

»Aber Sie haben sie natürlich gekannt. Sie haben sie vom Balkon aus beobachtet. Sind ihr auf der Straße gefolgt. Haben sich mit ihr getroffen. Sie war in Ihrer Firma. Haben Sie ihr auf Ihrer Geige vorgespielt?«

»Violine«, flüsterte Gonski.

»Bitte? Ich kann Sie nicht verstehen.«

»Violine muss es heißen«, sagte Gonski lauter.

»Sie meinen ein Instrument wie dieses hier?« Anita Clerico erschien an der Wand. Eine strahlende Frau in schwarzer Robe, die Violine und Bogen in der Hand hielt und sich verbeugte. Ein weiterer Knopfdruck, und ein Tatortfoto mit Anita Clericos verstümmelter Leiche leuchtete auf.

Gonski drehte sich von der Wand weg, seine Augen wanderten einen Sekundenbruchteil lang zu dem Schirm. Daneben standen dicke Aktenordner, alle mit seinem Namen auf dem Rücken. *Bruno Gonski*. Er rutschte auf seinem Stuhl hin und her.

»Ich will Ihnen etwas gestehen, Herr Gonski.« Lindberg flüsterte, als würde er einem Freund ein Geheimnis verraten. »Ich musste nach Bellas Tod herausfinden, dass ich sie überhaupt nicht kannte. Sie war ganz anders, als ich immer gedacht hatte. Hätten Sie gedacht, dass sie sich mit Jungs herumtrieb? Ein zehnjähriges Mädchen? Aber sie wäre auch als Sechzehn- oder Siebzehnjährige durchgegangen.«

Er griff hinter sich. Mit einem blutbeschmierten, faustgroßen Stein kam seine Hand wieder zum Vorschein. Er legte ihn vor Gonski hin und wischte sich die Hand mit Papier ab. »Vielleicht haben Sie Bella im Affekt getötet? Aus Eifersucht, zum Beispiel.«

Gonski presste sich die Fäuste gegen die Schläfen. Er schien etwas sagen zu wollen, bekam aber kein Wort heraus.

Lindberg saß vor einem Mann, der kaltblütig seine Nichte und zwei junge, intelligente Frauen abgeschlachtet hatte. Er bemühte sich, kühl und analytisch zu wirken.

»Wo waren Sie, als es passierte? Wo haben Sie den zweiundzwanzigsten und dreiundzwanzigsten Dezember verbracht? Wo waren Sie am Heiligen Abend?«

»Das habe ich doch schon hundert Mal beantwortet. Zu Hause, im Osiris und im Kurfürst.« Gonski schien wieder sicherer zu werden.

Lindberg kannte die Vernehmungsprotokolle auswendig: Gonski war an den Abenden in den Kneipen gesehen worden. Dafür gab es Zeugen. Doch niemand wusste genau, wann er gekommen und gegangen war. Sie brauchten sein Geständnis. Lindberg hob den Stein auf und ließ ihn zurück auf den Tisch fallen. »War es dieser Stein, mit dem Sie Bellas Gesicht bearbeitet haben? Oder war es ein Werkzeug, das Sie aus Namibia mitgebracht haben?« Lindbergs Stimme wurde leiser.

»Wieso Namibia?«, fragte Gonski. Er lächelte ihn offen an.

Lindberg musste einen Zahn zulegen. »Ach, Gonski«, sagte er, »vergessen Sie's. Ich weiß alles über Ihr Leben in Namibia.«

Gonski zuckte mit den Schultern. Ein Knopfdruck projizierte Helen Beckers abgetrennten Kopf an die Wand. Er sah aus wie der von Nofretete hinter Glas. Gonski drehte sich weg.

»An Ihrer Kleidung und den Schuhen aus Ihrer Wohnung haben wir Blut gefunden. Von Arabella. Beweissicher mit DNA.«

»Aus mir kriegt ihr nichts raus«, presste Gonski hervor. »Ich habe alles unter Kontrolle. Ich sage nichts mehr.«

Lindberg lehnte sich vor und blickte Gonski mit unbewegtem Gesicht an.

Dessen Blick kroch hinauf zu dem Kopf an der Wand. Er zuckte zurück und starrte auf seine Schuhe.

»Für mich ist die Frage nicht: Haben Sie es getan, Gonski? Ich weiß schließlich, dass Sie es getan haben. Ich will von Ihnen nur hören, ob Sie wirklich dieser Künstler sind, von dem in den Zeitungen berichtet wird.«

Gonski sackte zusammen. Sein Kopf fiel nach vorn, er legte die Stirn auf die Tischplatte. Seine Schultern bebten.

Lindberg riss Gonski an den Haaren hoch und sah ihm in die Augen. Sie waren trocken. Mit einem schnellen Ruck knallte er Gonskis Kopf zurück auf den Tisch. »Entschuldigung«, sagte er, »war nicht so gemeint.«

Ein letzter Knopfdruck, und die Wand wurde wieder weiß. Das Licht blieb jedoch gedämpft. Nur die Leichen ringsum glimmerten.

»Ich habe der Presse gesagt, dass Sie eine Pressekonferenz geben werden, Herr Gonski. Da, lesen Sie!« Lindberg breitete die BILD-Zeitung aus und hielt ihm die Schlagzeile unter die Nase: *Sensation! Der Lächler in der Kerner-Show.* »Wollen Sie vielleicht in dieser Verfassung, im Fernsehen auftreten?«

Lindberg hatte das BILD-Exemplar eigens für diesen Moment drucken lassen. Es war eine Fuchsjagd. Er streute die Köder aus, Gonski hatte die Fährte aufgenommen und rannte nun hinterher. Sein Gesicht wurde zunehmend spitzer.

»Schauen Sie, Gonski …« Lindbergs Finger fuhr über einen Artikel auf der ersten Seite. »Das wird Sie interessieren. Hier ist Einer, der will sein wie Sie. Er hat in Belgien drei Kinder ermordet. Dieser Mann hat uns einen Brief geschrieben. Darin steht, dass er Sie als Vorbild sieht. Ich will so berühmt werden wie der Lächler, schreibt er. Wollen Sie den Brief lesen?«

Er reichte ihm eine gelbe Lesebrille. Gonski faltete die Zeitung auseinander. Während er sich in die Seiten vertiefte, wurden von der Tür her scharrende Geräusche laut.

Vier Männer schoben einen flachen Wagen herein. Die Männer trugen plumpe, weite Hosen und wattierte Jacken. Sie atmeten schwer. Der Wagen sah aus wie das Vorkriegsmodell eines Heuwagens. Er rollte auf Holzrädern und transportierte einen Sarg. Ein Scheinwerfer folgte dem Gefährt, das eine rotbraune Lehmspur hinterließ.

Lindberg war sich nicht sicher, wie Gonski das Experiment aufnehmen würde. Es war sein letztes Druckmittel, um den Widerstand des Lächlers zu brechen. Er verfolgte jede von Gonskis Reaktionen. Der war kreidebleich geworden. Lindberg fuhr mit der Hand über den Holzsarg. Es knirschte, als er einen Klumpen Erde zerbröckelte und die Körner vor Gonskis Füßen zu Boden rieseln ließ.

Der Zug hielt an. Einer der Totengräber hob umständlich den Sargdeckel. Gonski sprang auf und blickte fragend um sich.

Lindberg nickte Gonski zu. Der klammerte sich an den Sargrand und blickte auf die kindliche Gestalt, die ein blaues Samtkleid mit goldenen Latexfäden trug. Das Kleid hatte dunkle Flecken. Der Oberkörper war mit einem grünen Anorak zugedeckt. Die rechte Hand war abgewinkelt, die linke krallte sich um einen weißblauen Regenschirm, den gleichen wie auf dem Tisch. Im zerstörten Gesicht steckte ein Ball aus Stanniol. Es wurde von zwei brauen Zöpfen umrahmt.

Mit einem keuchenden Laut prallte Gonski zurück. Er atmete schwer, dann würgte er. »Die Zöpfe«, hörte Lindberg ihn krächzen. »Sie hat Zöpfe.«

Gonskis Herz hämmerte bis zum Hals. Eisenspäne saugten sich in seine Lungen. Wie durch einen Schleier nahm er wahr, wie sich die Tücher über den Leichen ringsum bewegten. Sie beulten sich aus, schlugen Falten und glätteten sich wieder. Hände wie Klauen kamen darunter hervor, Fingernägel, die an dem Stoff kratzten. Er hörte Flüstern und sah fahle Gesichter tanzen. Bella hatte ihn aus dem Sarg heraus angegrinst, wie sie es im Leben nie getan hatte.

Dann war Gonski mit einem Satz neben Lindberg und ging ihm an die Gurgel. Mit aller Kraft führte er die gelbe Brille wie ein Stilett gegen Lindbergs Augen.

Doch der Psychologe war viel kräftiger, als Gonski erwartet hatte. Er sah ihn nach dem Gürtel greifen und etwas herausreißen. Gonski hörte nur das Zischen. Dann spürte er den heißen Schmerz auf seinen wunden Händen. Er schrie laut auf. Wie eine stählerne Peitsche fetzte ihm der Stock die Brille aus der Hand. Lindberg trat darauf und schlug ihm gleichzeitig mit voller Wucht ins Gesicht. Er drosch unablässig auf ihn ein. Gonski hob die Hände über den Kopf, wie ein Boxer, der am Ende ist.

»Hector, hör auf, du bringst ihn ja um«, hörte er die Metz rufen.

Gonski stand keuchend vor Lindberg und streckte ihm die Arme entgegen. Die Handrücken waren aufgeplatzt, von den Unterarmen hing die Haut in kleinen Streifen. Blut rann herunter, sammelte sich zwischen den Fingern und tropfte auf den Boden.

Lindberg konnte das Blut riechen. Er spürte den Hass, der ihm aus Gonskis Augen entgegen sprühte. Gleich war es so weit, gleich würde der Kerl sein Geständnis ablegen. Doch plötzlich sank Gonski zusammen und legte die Handflächen in das Blut auf den Steinfliesen. Sein Kopf sank nach unten, der Körper wurde wie von einem Krampf geschüttelt.

Sandra trat neben Lindberg.

Erst als Gonski sich langsam wieder aufrichtete, nickte Lindberg ihr zu. Diesmal waren die Tränen echt. Sie liefen in winzigen Bächen über Gonskis Wangen.

Sandra ging vorsichtig mit ihm um, als sie Gonski die Handschellen wieder anlegte.

»Ich habe Bella nicht getötet«, schluchzte er. »Ich habe sie nicht getötet. Bella lebt.«

»Das war ja eine Höllenshow, die Sie da abgezogen haben. Der Lächler sieht aus wie eine wandelnde Leiche. Wie sollen wir das dem Staatsanwalt erklären, verraten Sie mir das mal? Und eine Puppe von der Kleinen haben Sie auffahren lassen, sind Sie eigentlich noch zu retten, Mann? Sie wissen doch genau, dass Bella mein Fall ist. Das kostet Sie Ihren Kopf, Lindberg. Und Sandra haben Sie gleich mit in die Scheiße geritten.«

Lindberg blieb ruhig. Ein Disziplinarverfahren hatte er eingeplant. »Von wem haben Sie Ihre Informationen, Schallock? Von der Aktion wussten nicht viele.«

»Es gibt im Präsidium noch einige, die mir was schuldig sind.« Schallock setzte eine noch finstrere Miene auf. »Eines steht jedenfalls fest: Auch Ihr Schutzengel Ottakring kann Ihnen da nicht mehr beistehen.«

Lindberg zuckte mit den Schultern. »Weil wir gerade so gemütlich beieinander sitzen, Schallock – haben Sie eine Ahnung, warum gerade die Morgenpost ständig mit ihren Meldungen so vorne dran ist? Die berichten doch über Details unserer Ermittlungen, bevor wir sie selbst verarbeitet haben.«

Schallocks Gesicht wurde zur Maske.

»Das hat schon mit dem Fotografen angefangen, der wie aus dem Nichts zur Stelle war, als wir zu Bellas Leiche im Alten

Friedhof gerufen wurden. Nur die Polizei wusste von dem Leichenfund.«

»Polizeifunk halt, ist doch ganz normal«, brummte Schallock. »Warum fragen Sie überhaupt?«

»Das ist noch nicht alles. Bei diesen ganzen Ermittlungen ist es so weitergegangen. Das Basserman-Interview, die Becker-Reportage. Woher hatte die Morgenpost das Foto von Helen Beckers Kopf? Woher wussten die von der Ergreifung Gonskis? Sie selber haben die Aktion in der Nacht geleitet. Und am nächsten Morgen steht der Bericht in der Zeitung. Und zwar nur in der verdammten Morgenpost. Können Sie sich da einen Reim drauf machen, Herr Schallock?«

Der saure Gestank von Erbrochenem schlug Schallock entgegen, als er die Zelle öffnen ließ. Gonskis Körper faltete sich zusammen, bis die Stirn fast den Boden berührte. Der Mund entließ nur noch bittere Gallenflüssigkeit, während er mit unkontrollierten Bewegungen auf den Knien zu seiner Holzpritsche robbte. Er umklammerte seinen Kopf mit den Armen, nahm sich selbst in den Schwitzkasten und knallte die Stirn gegen das eiserne Bettgestell. Vom Ellenbogen abwärts steckten Gonskis Arme in einem Wundverband.

»Gonski muss zu Baldt«, ordnete Schallock im Morgenbriefing an. »Der muss mit ihm ein EEG machen. Metz, Sie regeln das.«

Lindberg meldete sich zu Wort. »Dieser Mann handelt mit Präzision und Instinkt. Bei Gonski geschieht nichts zufällig. Sein Verhalten kann eine reine Inszenierung sein, um uns zu täuschen. Wahrscheinlich sieht er eine Chance zur Flucht. Der Kerl muss lebenslang hinter Gitter. Sollen sie den Kindermörder doch dort unter der Dusche zerfleischen.«

Schallock blickte Lindberg nicht an. »Sie werden suspendiert, Lindberg. Was wollen Sie eigentlich noch hier? Wenn sich herausstellt, dass der Gefangene krank ist, sehen wir alt aus. Ottakring weiß Bescheid, er hat zugestimmt. Für den dreiundzwanzigsten hat Olga einen Termin bei Baldt vereinbart. Wie ich schon sagte: Metz, Sie regeln das.«

Als Ottakring die MORGENPOST aufschlug, stach ihm die Schlagzeile sofort ins Auge. *Der Lächler beim Psychiater! Unzurechnungsfähig?* Dazu Computerbilder, die Gonski mit Eisenmaske in einem Gitterkäfig wie im Hochsicherheitstrakt zeigten.

Er wählte die Nummer der Praxis Dr. Baldt.

»Verdammt, wie kommt die Presse an diese Information?«, bellte er ins Telefon. »Doktor, ich hatte Sie doch gebeten, niemandem ein Sterbenswörtchen davon zu erzählen. Ihrer Praxishilfe nicht, Ihrem Hund nicht und nicht Ihrem Terminkalender.«

Die Antwort kam nicht gleich.

»Also?« Ottakring konnte förmlich hören, wie es im Hirn des Psychiaters arbeitete.

»Wie kommen Sie darauf, dass diese Indiskretion aus meiner Praxis stammt? Fragen Sie sich lieber, wo bei Ihnen die Lücke im System ist, Herr Kriminalrat.«

Ottakring knallte den Hörer auf den Apparat und rief nach Olga Stripli.

Isabel neigte den Kopf zurück und schloss die Augen. Der süße Schmerz zog ihr vom Bauch bis in die Kehle. Sie spürte noch sein mächtiges Glied in sich, seinen Atem in ihrem Nacken. Wie Tiere hatten sie sich durch die Nacht gewälzt, verklebt und verschwitzt hatte sie vor Lust und Glück geweint. Sie sah den weißen Fleck zwischen seinen schwarz behaarten Schulterblättern und lachte über die merkwürdig kleinen Füße, mit denen er ohne Schuhe kaum über das Parkett gehen konnte. Und sie hatte noch seinen verrutschten Kuss auf den Lippen, mit dem er sich vorhin am Gartentor verabschiedet hatte.

»Ich glaub, ich liebe diesen Bären«, sagte sie, als sie die Augen wieder aufmachte und sich im Spiegel ansah. Sie zerrte ein Kosmetiktuch aus dem Halter und putzte sich die Nase. »Was werden die Kinder dazu sagen?«

Da klingelte das Telefon. Für einen Moment dachte sie, ihm wäre etwas passiert, er hätte einen Unfall gehabt.

Aber es war Hector. »Isabel, du legst im Moment doch keinen so großen Wert auf Flugstunden. Wie wär's, wenn ich mir für einen Tag die Junior ausleihe und sie ein bisschen bewege?«

Isabel zögerte. »Was hast du denn vor? Ist es dienstlich?«

»Na, so halb. Ich möchte Sandra mit rausnehmen und ein bisschen nach Süden düsen.«

»Ich kenn dich ja nicht wieder. Wird das langsam ernst mit ihr oder nimmst du Nachhilfe in Kriminaltechnik?« Einen Augenblick lang ließ sie Hector warten. Dann sagte sie: »Na gut. Nimm die Mühle und bring sie heil zurück! Aber stell sie nicht wieder mit leerem Tank ab wie beim letzten Mal.«

Lindberg hatte schwere Überzeugungsarbeit geleistet. Mit Ottakrings Fürsprache hatte er schließlich die Genehmigung erhalten, mit Gonski ein Interview zu führen, wie er es bei Paul Walz getan hatte. Rein für wissenschaftliche Zwecke, natürlich. Er wollte ein nachträgliches Täterprofil erstellen.

Als Gonski im zivilen Audi abgeholt wurde, saß er selbst am Steuer, Sandra wie beim letzten Mal hinter dem Gefangenen.

»Kennst du den heutigen Weg?«, fragte Sandra. Es war Vorschrift, die Route für diese Art von Gefangenentransport täglich zu wechseln.

Lindberg nickte und bog in eine schmale Einbahnstraße ab, die zugeparkt war mit Autos. Die nächste Ampel stand auf Rot. Alles passte. Er sah in den Rückspiegel. Der schwarze BMW löste sich aus einer Parklücke, brauste heran und fuhr auf sie auf. Der Fahrer hatte eine Strumpfmaske vorm Gesicht und eine Pistole in der Hand. Er riss Sandras Tür auf.

»Waffe her! Aussteigen!«, zischte er.

Neben Lindberg schepperte es. Gonski hatte die Arme erhoben und zielte mit den Handschellen auf Lindbergs Kopf.

»Rühr dich nicht vom Fleck, sonst knall ich dich ab!«, rief

der Maskierte und zog Gonski den Lauf der Pistole über den Schädel.

Der Mann zerrte Sandra auf die Straße, sprang auf ihren Sitz hinter den blutenden Gonski und warf die Tür zu. Die Ampel sprang auf Grün.

Lindberg raste mit quietschenden Bremsen los. Im Spiegel sah er, wie Sandra mit dem Handy am Ohr neben dem BMW stand. Der Mann zog die Maske vom Gesicht und strich sich die Haare aus dem Gesicht. Dabei hielt er die ganze Zeit die Mündung seiner Waffe an Gonskis Hals gedrückt.

»Danke, Cookie«, sagte Lindberg, und bog rechts ab Richtung Airport.

»Das hab ich für Anita getan«, sagte Cookie und quetschte den Pistolenlauf noch ein bisschen härter in Gonskis Hals.

Isabels zweisitzige Bölkow Junior parkte einsam auf dem Beton vor einem Hangar. Die untere Hälfte war knallrot lackiert, der obere Teil und die Tragflächen weiß mit einem umlaufenden schwarzen Streifen.

Lindberg ging nicht gerade behutsam mit Gonski um, als er ihn von rechts auf den rissigen, gelben Ledersitz schob, die Handschellen am Haltegriff über der Instrumententafel einklicken ließ und ihn im Sitz festschnallte. Er wischte ihm noch das getrocknete Blut von Cookies Schlag aus dem Genick, dann schwang er sich hinters Steuer, überprüfte die Fesseln und verriegelte das Kabinendach.

Draußen stand Cookie und hielt den Daumen nach oben.

In niedriger Höhe ließ Lindberg die letzten Häuser hinter sich und hüpfte über eine Hochspannungsleitung. Dort riss er die Maschine nach links und ließ sie über die Tragfläche nach unten stürzen. Im Messerflug vollendete er wenige Meter über dem Boden eine liegende Acht. Er hielt die Junior in Steinwurfhöhe über weitem Forst, so dass es Gonski scheinen musste, als würde der Hochdecker jeden Moment auf eine Lichtung trudeln oder gegen die hohen Bäume fliegen.

»Wissen Sie, warum ich mit Ihnen in die Luft gehe, Gonski?« Das Intercom zeichnete jedes Wort auf Band auf.

Gonskis Blick gab ihm die Antwort.

»Weil wir beide in einem Boot sitzen«, sprach Lindberg ins Mikrofon und riss die Maschine im letzten Moment über eine Brücke. »Oder denken Sie, ich hänge an diesem Leben?«

Das Brummen des Motors ging in einem gurgelnden Geräusch unter, das aus dem Kopfhörer kam. Gonski schien Mühe zu haben, sein Essen zu behalten. Lindberg hatte noch Gonskis Aussage im Ohr: *Ich habe alles unter Kontrolle.* Außer Kontrolle wollte er Gonski bringen und ihn so zu einem Geständnis zwingen.

Eine Weile flog er geradeaus, sie querten die Autobahn und überflogen grünes Land. Ein Bauer war mit dem Traktor unterwegs. Kühe, einzelne Bäume, zwei, drei Gehöfte. Wieder kam Wald, weiter vorne, im Süden, sah man schon die Alpen.

Lindberg sprach langsam. »Ich habe alles verloren, was mir in diesem Leben wichtig war. Zweieinhalb Frauen, meine Lieblingsnichte, meinen Lieblingsberuf. Ich war Flieger bis zu dem Unfall.« Er tippte sich an die Narbe. »Jetzt bin ich der Psychofritze für die Polizei, und den Job werde ich wieder verlieren. Mir ist's egal, ob wir gegen eine Felswand fliegen.«

Er heizte die Maschine an. »Mein Leben ist genau so kaputt wie Ihres, Gonski.«

Das Flugzeug stand auf dem Kopf. Gonski hing in seinen Handschellen. Ab und zu ruckelte die Maschine, als ob sie auf dem Rücken über Kopfsteinpflaster fuhren. Lindberg sah die roten Striemen, die die Fesseln in Gonskis Handgelenke schnitten. Bevor der Kerl das Bewusstsein verlor, drehte Lindberg die Junior mit einer halben Rolle herum und gab wieder Gas.

»Wir wissen doch alle, was Sie getan haben. Ich will von Ihnen nur wissen, ob Sie es waren, der Bella getötet hat.« Er berührte Gonskis Arm. »Und wo ihre Zöpfe sind. Ich hätte sie gerne als Andenken gehabt.«

Irgendwo im Inneren der Maschine lief das Band mit.

Gonskis Stimme war tonlos. »Über die anderen können wir reden. Aber über Bella nicht. Sie war die Einzige, die meine

Musik verstanden hat. Ich habe für sie Violine gespielt. Ich hätte sie nie töten können.«

Ein Teilerfolg. Doch Lindberg wollte mehr. Er riss den Steuerknüppel nach hinten und trieb die Maschine in einen Looping. Auch einem trainierten Piloten wie Lindberg zog die Zentrifugalkraft der viereinhalb g's die Wangen nach unten und trieb ihm alles Blut in die Beine. Die Nase der Junior zeigte senkrecht zum Himmel.

»Ich hab sie nicht getötet«, stöhnte Gonski, als sie im Zenit über den Kopf wieder nach unten kippten und in rasender Fahrt auf die Erde zustürzten. Lindberg sah Tränen über seine Wangen laufen. »Ich wollte Bella adoptieren. Aber sie ist von selbst gestorben.«

Sie setzten zur Landung an. Gonski hing zusammengesunken in seinem Sitz. »Die Zöpfe können Sie haben«, sagte er leise in den Kopfhörer, als sie auf der Betonpiste aufsetzten.

Überfall auf den Lächler! Mit rotem Kopf hielt Staatsanwalt Grimm Lindberg die Schlagzeile der MORGENPOST hin. »Als hätten wir nicht schon genug am Hut mit der Aufklärung der Morde«, brüllte er. »Und wie ist diese Info schon wieder nach draußen gedrungen?! Können Sie sich das erklären?« Grimm sah aus, als hielte er Lindberg persönlich für die undichte Stelle.

»Das ist doch jetzt Nebensache, Herr Grimm«, warf der Polizeipräsident ein und sah Lindberg dabei scharf an. Er war ein schmächtiger Mann um die fünfzig, mit Goldrandbrille und ganz in Grau gekleidet. »Die Katastrophe ist doch, dass Sie mit diesem Cookie gemeinsame Sache gemacht haben. Wie sind Sie denn auf diese Schnapsidee gekommen?«

»Ich habe sein Geständnis«, sagte Lindberg und deutete auf die Spule auf dem Schreibtisch vor dem Präsidenten. »Wenn Sie nicht dazwischengefunkt hätten, wäre ich mit Gonski noch weiter gekommen.«

»Das ist doch eine Illusion, Mann!« Der Polizeipräsident ließ die Faust auf den Schreibtisch krachen. »Ihr so genanntes

Geständnis bringt uns vor Gericht absolut nichts. Geht das denn nicht rein in Ihren sturen Psychologenschädel?«

Er ging um den Tisch herum und baute sich vor Lindberg auf. Der schaute zu Ottakring, der an der Wand lehnte und an den beiden vorbei aus dem Fenster blickte. Er hatte während der ganzen Zeit vermieden, Lindberg anzusehen. Und doch meinte der einen wehmütigen Zug um seinen Mund zu erkennen.

»Sie nehmen jetzt erst mal Ihren Jahresurlaub«, sagte der Polizeipräsident und wandte sich von Lindberg ab. »Danach werden wir sehen, was die Strafanzeige des Herrn Staatsanwalt bringt.«

Lindberg wusste, was das bedeutete. Er war gefeuert. »Aus dem Dienst entfernt«, würde die offizielle Version lauten. Aus, das war's gewesen.

Als sie endlich draußen waren, schaute Ottakring ihn aus zusammengekniffenen Augen zum ersten Mal an. »Ist dir eigentlich klar, dass du dabei bist, mir meine Altersversorgung zu ruinieren, Hector?«

19

»Muskeltonus, grobe Kraft, Reflexstatus, Koordination. Aber vorher will ich über seine Hirnfunktionen genau Bescheid wissen. Also ein hochauflösendes EEG.« Die Anordnungen des Psychiaters mit der silbergrauen Bürste und der Nickelbrille bekam Gonski als Erstes mit.

Der mit der Schlägervisage, Schallock hieß er, schob ihn durch den Praxisflur in den EEG-Raum. Die Metz mit dem

Pferdeschwanz blieb vor der Tür stehen. Im Augenwinkel bemerkte Gonski die Dienstwaffe in ihrem Holster.

Die mollige Assistentin ging voraus. »Sie müssen Herrn Gonski aber schon die Handschellen abnehmen«, sagte sie zu Schallock.

Gonski hielt ihm die Arme hin.

»Die Handschellen bleiben dran!« Schallock zog die Mundwinkel nach unten.

Gonski wurde auf den Stuhl vor der Stabhalterung gedrückt, an der die EEG-Apparatur hing. Links an der Wand, fast in Griffweite von ihm, war ein Stapel leerer Metallschubladen aufeinander getürmt. Auf dem Balkon stand ein Mann in Zivil und rauchte. Selbst durch die geschlossene Glastür stieg Gonski der Geruch in die Nase.

Die Assistentin stemmte die Arme in die Hüfte. »Wenn er diese Metallbinden anbehält, könnte man mit unserem hochempfindlichen Gerät nicht einmal die Hirnströme von Albert Einstein messen. Sie werden abgeleitet. Bitte tun Sie, was ich sage.«

Die Strecke vom Auto durch den Eingang über den Aufzug zur Praxis hatte sich Gonski wie auf einer Landkarte eingeprägt. Mit Handschellen hatte er keine Chance zur Flucht. Wieder streckte er Schallock die Metallspangen entgegen.

Schallock blickte zu Metz. Sie zuckte mit den Schultern, schüttelte leicht den Kopf. Schallock sah zu Gonski. Schließlich griff er in die Jackentasche.

Das Schloss klickte.

Bruno Gonski rieb sich die Handgelenke. Er schloss die Augen. Obwohl sein Hirn auf Hochtouren arbeitete, hielt er seine Gesichtsmuskeln in Zaum. Die Finger lagen friedlich auf den Schenkeln, während die Helferin die Gummihaube über seinen Kopf legte, festzurrte und die Elektroden an den Messstellen befestigte.

Vor der Tür hörte er Geräusche. Da spielte sich etwas ab, das nicht nach Plan lief. Doch Gonski hielt die Augen geschlossen. Nur ein dünnes Lächeln schlich sich auf sein Gesicht.

Dann hörte er einen Schrei, ein Geräusch, als ob ein Sack über den Boden geschleift würde. Dann ein leises »Klack«.

Dieser Laut hätte Gonski aus dem tiefsten Schlaf geholt. In Namibia hatte er dieses »Klack« ebenso unauslöschlich verinnerlicht wie das Heulen des Schakals. Dieses »Klack« war der metallische Laut, den eine Waffe macht, wenn sie entsichert wird.

Ein Schuss sprengte die Spannung im Raum. Dann noch einer. Gonski öffnete die Augen.

Er sah, wie Schallock herumfuhr, seine Waffe zog und kampfbereit in die Knie ging.

Gonski zerrte die Haube von seinem Kopf. Er verhedderte sich in den Leitungen und schüttelte sie ab wie giftige Schlangen. Dann fasste er nach links, riss eine der Metallschubladen an sich und schwang sie gegen Schallocks Schädel. Es knirschte.

Die massive Tür zum EEG-Zimmer krachte aus den Angeln. Zwei Zentimeter neben dem gestürzten Schallock knallte sie zu Boden.

Eine Frau stand groß und schwarz in einer Staubwolke. Sie hatte buschige Brauen, wirres brünettes Haar und trug Stiefel. Vor dem Leib hielt sie eine Maschinenpistole und kam langsam auf Gonski zu. Sie krallte eine Hand in sein Haar und drückte ihm mit der anderen die MP an den Hals.

Gonski kannte diese Waffe. Es war eine alte MP-2 mit aufgesetztem Mündungsfeuerdämpfer. Und er kannte auch die Frau. Lucie aus dem Osiris.

»Die Waffe runter!«, sagte Lucie mit dunkler Stimme. »Ich bring den Kerl sonst um.«

Ihr Befehl galt Sandra Metz, die im beidhändigen Combat-Anschlag im Türrahmen hockte. Hinter ihr kniete ein Polizist und krampfte mit verzerrtem Gesicht die Hände um den Oberschenkel.

Gonski hatte keine Angst. Sein Blick fiel auf Schallock, der sich zu seinen Füßen auf dem Boden wand.

Schallocks Halsmuskeln spannten sich, der Kopf hob sich

ein Stück, fiel aber kraftlos zurück. Blut sickerte aus einer Wunde an der Schläfe. Er klopfte mit den Knöcheln aufs Parkett. »Lass sie fallen, Metz«, sagte er kaum hörbar.

Lucie trieb Gonski an dem angeschossenen Polizisten vorbei. Sie vermieden den Aufzug und stiegen das Treppenhaus hinunter.

»Bleibt uns vom Hals! Rührt euch nicht von der Stelle!«, rief Lucie. »Ich drücke ab, wenn ihr näher kommt!«

Gonski spürte das kalte Metall der MP-2 in seinem Nacken. Die Mündung verrutschte um keinen Millimeter. Er wagte einen Blick zur Seite. Lucie wirkte unglaublich konzentriert. Sie schien genau zu wissen, was sie tat.

Lucie rammte dem Fahrer, der unten im Polizeifahrzeug wartete, die MP in die Seite, schob Gonski auf den Rücksitz des Zivilfahrzeugs und zwängte sich neben ihn hinter den Fahrer. Der schlanke Mann wandte den Kopf etwas nach hinten. Gonski las Panik in seinen Augen.

»Abfahren!«, befahl Lucie und hielt dem Mann die Mündung der MP ans Ohr.

Durch den Fahrer ging ein Ruck. »Unmöglich. Das kann ich nicht machen.« Er versuchte sich umzudrehen.

Millimeter an seinem Ohr vorbei jagte Lucie zwei Kugeln im Einzelfeuer durchs Autodach. »Nach Süden!«

Kurz hinter dem Kilometerstein Neunzehn der A-8 befahl Lucie dem Fahrer, auf einen unbelebten Rastplatz zu fahren. Sie nahm ihm die Pistole ab, fesselte ihn mit dem Abschleppseil, knebelte ihn mit Mullbinden aus dem Verbandskasten und zwängte ihn in den Kofferraum. Dann rutschte sie hinters Steuer, die MP auf dem Schoß, die Pistole des Fahrers auf Gonski gerichtet. Sie jagte weiter nach Süden.

»Kennen Sie eigentlich die Andere, Lucie«, hatte Dr. Baldt sie gefragt.

»Das wissen Sie doch. Warum fragen Sie?«

»Weil ich wissen möchte, ob Sie wissen, was die Andere denkt. Wissen Sie's?«

»Manchmal unternehmen wir etwas gemeinsam. Sie kleidet sich zurückhaltend. Sie fällt nicht auf.« Die Antwort auf die Frage, was in der Anderen vorging, musste sie jedoch schuldig bleiben. Sie wusste es nicht.

»Sie haben mir einmal erzählt, Sie haben eine gemeinsame Mutter.«

»Natürlich.«

»Wenn Menschen dieselbe Mutter haben, Lucie, dann sind sie Geschwister. Oder sie sind ein und dieselbe Person.« Darauf hatte er sie wieder mit diesem Blick durch seine Nickelbrille angesehen. »Sind Sie nun ein und dieselbe Person? Oder sind Sie Schwestern?«

Sie hatte ihm die einzig logische Antwort gegeben. »Natürlich sind wir Schwestern, Doktor. Wir müssen Schwestern sein. Die Andere ist älter, ruhiger, nicht so leidenschaftlich wie ich. Eine Wissenschaftlerin eben. Ich liebe Sport, das Schießen, das Kung Fu. Wir können schließlich nicht beide in der gleichen Person wohnen. Wir sind Schwestern.«

Gonski zählte sieben Ringe an den Fingern von Lucies Hand.

»Was wollen Sie von mir?«, fragte er.

»Sagen wir mal so: Du hast mich beklaut. Und eine wertvollere Geisel als dich gibt es zurzeit im ganzen Land nicht, Bruno Gonski. Eine, mit der man sich wirkungsvoller absichern kann, meine ich.«

Lucie wirkte so unbeteiligt, als würde sie ihre Großmutter zu einem Kaffeekränzchen kutschieren und nicht im Höllentempo mit dem Lächler an der Seite über die Autobahn rasen. Sie schien geradezu Vergnügen an ein bisschen Abwechslung zu haben.

Verstohlen spähte er auf die MP-2 auf Lucies Knien.

»Komm bloß nicht auf dumme Gedanken«. Sie zog die Waffe näher an sich heran und ließ ihn in die Mündung schauen. Bei der nächsten Ausfahrt verließ sie die Autobahn, reckte sich hinterm Steuer und nahm Gas weg.

»Du bildest dir wohl ein, dass du sehr originell gewesen

bist mit deinen Mordideen?« Sie blickte starr auf die Landstraße. »Dabei hast du nur meine Geschichten geklaut. Ich hab dich beobachtet, Gonski, wie du mir immer hinter der Säule im Osiris zugehört hast. Das Einfrieren, das Köpfen – alles meine Ideen, alles meiner Phantasie entsprungen. Das mit dem kleinen Mädchen hättest du dir allerdings sparen können.«

Sie wich einem Traktor aus, der vor ihnen in einen Feldweg bog, bremste und schaute ihn an. »Der Lächler. Dass ich nicht lache. Berühmt will er werden, der Lächler. Dabei hast du dich mit fremden Federn geschmückt. Meinen Federn. Die Deko-Idee mit der Feder fand ich übrigens recht apart. Ich bin die Kreativabteilung unserer Firma, du die Produktion. Ich weiß nicht, ob ich es selber so hingekriegt hätte. Heutzutage muss man ja Wissenschaftler sein, wenn man morden will.«

Gonski kriegte nur die Hälfte von ihrem Wortschwall mit. Was diese Verrückte neben ihm sagte, interessierte ihn nicht. Er arbeitete an seinem Fluchtplan. »Ich muss mal«, sagte er.

Am nächsten Waldstück hielt Lucie an. »Wir wollen ja nicht, dass du dir in die Hose pisst.« Sie lehnte sich im Sitz zurück und zielte mit der Pistole auf seinen Nabel.

Sie begleitete ihn, MP im Anschlag, bis zum Rand der Lichtung. Dabei zusehen wollte sie ihm nicht. Das war seine Chance. Mit Gewalt kam er von hinten über sie. Sie drehte den Kopf halb. Erstaunen, Ungläubigkeit, aber keine Angst stand in ihren Augen. Ihre Art von Gegenwehr freilich hatte er nicht erwartet. Sie rammte ihm beide metallverstärkten Absätze in den Unterleib. Die Tritte nahmen ihm die Luft. Sie entzog sich seinem Griff, rollte auf den Waldboden und hieb mit der Handkante auf sein Ohr. Wilder Schmerz durchzuckte ihn, er klappte um. Hätte er es nicht geschafft, ihr den Schaft der MP gegen den Schädel zu knallen, wäre er wohl chancenlos geblieben. So aber sackte sie zusammen und verlor für kurze Zeit das Bewusstsein.

Er ließ sie die Mohammedanerstellung einnehmen. In

gebeugter Haltung lag sie vor ihm auf den Knien, die Arme weit vor sich ins Gras gestreckt. Die MP saß ihr im Genick. Seitlich am Kopf suchte sich ein breiter Faden Blut seinen Weg. Gonski ließ die Sicherung knacken.

In der Ferne waren Sirenen zu hören.

Lucie holte heftig Luft. Ihre schmalen Schultern zuckten.

Gonski meinte leises Schluchzen zu hören. Er kniete hinter ihr und drückte ihr die Mündung in den Halsansatz. Ein heller Fleck bildete sich in ihrem weißen Fleisch, mit einem geröteten Ring darum herum. Langsam rutschte ihr die brünette Perücke vom Kopf. Stoppelige graue Borsten kamen zum Vorschein. Sie verliefen entlang zweier ausgeprägter Sehnenstränge und verschwanden im schwarzen Pulli. Für einen kurzen Augenblick stellte sich Gonski vor, wie die Kugel in diese Nackenmuskeln eindrang, vorne aus der Kehle austrat und gedämpft in den Waldboden einschlug.

Dann wurde ihm klar, dass ihre Schultern nicht vor Schmerz oder Tränen bebten. Lucie lachte. »Du bist vielleicht ein Arsch. Ich hol dich aus der Hölle, und du machst mich dafür fertig.« Ihre langen, schlanken Finger mit den Ringen hatten sich in den Waldboden gekrallt. Lucie presste den Mund gegen den Handrücken. »Wirklich komisch. Wenn ich das meiner Schwester erzähle …«

Sein Blick streifte die eigenen Hände, die schussbereit die MP umfassten. Überall Flecken und eitrige Pusteln. Blassrote Flecken mit einer Tendenz ins Graublaue. Die Nägel schmerzten, wenn er nur daran dachte.

»Was ist mit deiner Schwester?«, fragte er.

Wieder dieses heisere Lachen. Sie machte sich über ihn lustig. Er drückte den Lauf fester in ihren Nacken.

»Sie hat mich schon dreimal vor dem Tod gerettet. Wenn sie mich jetzt sehen könnte …«

Gonskis strich sich mit seiner verfaulenden Hand über die Stirnglatze und war versucht, die juckenden Beulen, die aus der Kopfhaut quollen, aufzukratzen. »Sie könnte dir auch nicht helfen«, sagte er. »Ich werde dich töten. Wie möchtest du sterben? Sag's mir. Du hast doch so grandiose Ideen.« Er lächelte.

Lucie sagte nichts. Dann glitt sie flach auf den Bauch und breitete die Arme aus. Sie wendete halb den Kopf. »Kreuzige mich doch«, sagte sie. »Ja, kreuzige mich!« Wieder wurde ihr Körper von einem Lachanfall geschüttelt.

Gonski klemmte ihre zuckenden Hüften zwischen seine Schenkel, nahm die MP in beide Hände und rammte das Ende der Schulterstütze von oben senkrecht gegen Lucies Schädelplatte. Wie ein Keil spaltete der eisenharte Schaft die weiße Haut unter den grauen Borsten.

Sandra Metz jagte mit Blaulicht und Schallock neben sich die A 8 hinunter. Er hatte einen sauber gewickelten Turban um den Kopf. Sein Gesicht hatte noch mehr Falten als sonst. Noch nie hatte sie Schallock so kleinlaut erlebt.

»Wir konnten es doch nicht verhindern«, sagte er. »Wie hätten wir damit rechnen können, dass diese Kordon darauf aus war, Gonski zu entführen?«

Sandra blickte kurz zu ihrem Partner. Hier sprach nicht der alte, trotzige Schallock mit der großen Klappe. Hier sagte ein Schüler, den sein Lehrer beim Abschreiben ertappt hatte, seine Entschuldigung auf. Schallock war für Gonskis Bewachung verantwortlich gewesen, und die Sache war gründlich daneben gegangen. Gonski war entkommen, da war es egal, ob er geflohen oder entführt worden war. Doch eine gewisse Schadenfreude Schallock gegenüber wollte Sandra gar nicht erst hochkommen lassen. Dazu war sie zu sehr Profi. Sie mussten den Lächler wieder einfangen.

Dr. Baldt auf dem Rücksitz war bisher stumm geblieben. »Das ist die Andere«, meldete er sich jetzt zu Wort. Die Brillengläser funkelten im Licht entgegenkommender Autos. »Lucies Schwester. Ich hab sie unterschätzt. Die Andere möchte niemanden lieben, niemals. Ihre Furcht vor Bindungen schlägt nun ins Gegenteil um. Jetzt will sie beherrschen.«

Sandra nahm Gas weg, um Baldt trotz des Motorengeräusches hören zu können.

»Sie hat Angst vor den Menschen«, sagte er. »Alle haben sie traurig und einsam gemacht. Vielleicht hält sie mit diesem Schritt dagegen. Sie hat den Lächler in ihrer Hand. Was will sie mehr?«

Leblos lag die Frau vor Gonski auf dem Waldboden. Er saß auf ihrem warmen Körper, die MP in der Faust, sah Blaulicht und hörte Sirenengeheul von der Autobahn.

Er schleifte ihren Körper zum Auto und ließ den Kofferraum aufspringen. Er zuckte zurück, als wäre er auf einen Geist geprallt. Den gefesselten Fahrer hatte er vollkommen vergessen. Wegen der plötzlichen Helligkeit kniff der Polizist die Augen zu. Aus dem mullverstopften Mund drangen gurgelnde Laute.

Mit leichter Hand prüfte Gonski Fessel und Knebel. »Alles klar«, sagte er und klopfte dem Gefangenen auf die Schulter.

Eine Wolldecke und eine dickbäuchige Leuchtpistole waren in der Seitenwand des Kofferraums verstaut. Die Pistole war ungeladen. Daneben eine Schachtel Munition. Er nahm sie und griff sich den Verbandskasten. Er würde ihn noch benötigen.

Leise schnappte das Kofferraumschloss ein.

Gonski drückte den Lauf der Leuchtpistole herunter, steckte die zweifingerdicke Signalmunition ins Rohr und hebelte den Lauf wieder zurück. Lucies reglosen Körper schleifte er über den Boden, wickelte ihn bis zum Hals in eine Decke und setzte ihn auf den Beifahrersitz. Eine Weile suchte er nach dem Schlüssel, dann startete er den Motor.

In der Nähe des Tegernsees hielt er am Waldrand neben einer verfallenen Scheune, aus der Duft von frischem Heu drang. Ein schmaler Weg führte zu einer kleinen, türlosen Kapelle. Nichts war darin als ein Kreuz auf weißgekalkter Wand mit einer mannsgroßen Christusstatue über einem zierlichen Altar.

Gonski holte Heu, bettete Lucie auf den Altar unter den

Christus und hüllte die Decke um sie. Er band Mull um ihren Kopf und stülpte die Perücke darüber. Zufrieden trat er zurück. Eine gelangweilte Göttin ruhte auf dem Altar.

Das Auto fuhr er in den Wald. Die Mündung der Signalpistole passte wie ein Zapfhahn in den Tankstutzen. Über den Mann im Kofferraum machte er sich weiter keine Gedanken. Er gehörte zur gleichen Zunft wie jene, die ihm seinen Betrieb geraubt hatten.

Er zog den Abzug durch, rannte weg, ließ sich fallen und begrub seinen Hinterkopf unter den Händen. Eine Woge aufgeworfenen Erdreichs prasselte auf ihn nieder. Er hob den Kopf und genoss den baumhohen Feuerball mit dem glühenden Auto im Zentrum. Als das Leuchten und die Hitze nachließen, machte er sich zu Fuß auf den Weg. Die ganze Welt stand ihm offen. Nun konnte er den Plan vollenden. Seinen Plan.

»Bei der Suche nach Bruno Gonski und der Geiselnehmerin herrscht eine gute Spurenlage«, sagte der Polizeipräsident. Er legte zwei Finger an den Bügel der Goldrandbrille. »Wir sind voller Hoffnung, unsere Anstrengungen mit der Ergreifung der Flüchtigen abschließen zu können und …«, es folgte eine bedeutungsvolle Pause, »… wir sind fest entschlossen, das Rätsel dieser geheimnisvollen Entführung des Lächlers vollkommen aufzuklären.«

»Er hätte Politiker werden sollen.« Ottakring schaltete den Fernseher ab. »Naja, vielleicht kriegt er bald Gelegenheit dazu.«

Die Tür wurde aufgerissen und knallte gegen die Wand.

»Ja, was ist denn?«, schnarrte Ottakring.

Olga Stripli streckte Ottakring mit hochrotem Kopf das Telefon entgegen. Ihre Tonlage war eine Oktave höher als gewöhnlich. »Gonski!«, rief sie. »Er will unbedingt Lindberg sprechen.«

»Lindberg ist nicht mehr bei uns«, murmelte Ottakring und riss Olga den Hörer aus der Hand. Am anderen Ende meldete sich jemand als Bruno Gonski.

»Gib mal was zu schreiben. Schnell!«, flüsterte Ottakring Olga zu und meldete sich. »Ja. Hector Lindberg hier.«

Der volle Mond stand zwischen grauschwarzen Wolken hoch am Himmel. Die Landschaft lag blass und konturlos in dem matten Licht. Bruno Gonski tötete einen Geschäftsmann am Tegernsee in seiner Garage. Er schoss ihm mit der Pistole des Polizeifahrers durch einen alten Reifen hindurch ins Genick. Gonski nahm dem Mann die Brieftasche und die Autoschlüssel ab. Aus dem Autoatlas riss er die Seite heraus, die den Weg Richtung Innsbruck-Brenner zeigte. Aus Lärmschutzgründen unterließ er es, dem Mann mit der Leuchtpistole ein faustgroßes Loch in die Brust zu stanzen. Die Pistole legte er ins Handschuhfach, die MP auf den Beifahrersitz. Dann fuhr er zur nächsten Telefonzelle und rief im Präsidium an. Die Stimme Ottakrings erkannte er sofort.

»Verarschen Sie mich nicht. Ich will Lindberg sprechen.«

»Lindberg ist nicht da.«

Die übliche Hinhaltetaktik der Polizei. Aber er wollte die Botschaft loswerden. »Ich bin am Tegernsee.« Er hatte sich seine Worte genau überlegt. »Die Verrückte könnt ihr in einer Kapelle finden. Bei Neuhaus.«

»Ist sie tot?«

»Ja, natürlich ist sie tot. Mir entkommt keiner. Auch Lindberg nicht.« Dann legte er auf. Er war beruhigt. Er konnte nicht abschätzen, wie lange Lucie noch durchhalten würde. Aber er hatte ihr eine Chance gegeben. Sie waren quitt.

Und er war frei. Er war bewaffnet, besaß eine volle Brieftasche und ein Auto. Nur seine Hände machten ihm Sorgen. Sie gingen langsam in Fäulnis über. Lindbergs Schläge hatten ihnen den Rest geben. Trotzdem: Bruno Gonski fühlte sich wie vor einem Siegeszug.

Er fuhr nach Norden, mied belebte Straßen, umfuhr Dörfer und Städte und machte Umwege, um nicht auf Menschen zu treffen. Versteckspielen war seine Welt. Falsche Spuren zu legen, bereitete ihm fast mehr Vergnügen als echte zu verwischen. Und er freute sich auf seinen Wohnwagen, als wäre er Jahre nicht da gewesen.

Der Fahrer des ersten Streifenwagens folgte den Anweisungen von Sandra Metz. Sie leuchtete mit einem grünen Laserpointer auf die Karte auf ihren Knien. Schallock, zwei weitere Streifen und ein Rettungswagen jagten ohne Sirene hinter ihnen durch die Nacht.

Wolken waren aufgezogen. Es hatte zu regnen begonnen. Die Scheinwerfer warfen geisterhaftes Licht auf den glitschigen schwarzen Asphalt. Sie fanden Neuhaus, ohne sich ein einziges Mal zu verfahren. Sie fanden die Kapelle.

Lucie Kordon fanden sie nicht.

Der Altar war leer.

Da waren Blutspuren, eine verdreckte brünette Perücke lag hinter einem Busch. Schallock verständigte zuerst den Erkennungsdienst. Dann gaben sie Ottakring Bescheid.

Sie suchten die gesamte Gegend ab, in der Hoffnung, auf irgendetwas zu stoßen, das sie weiterbrachte. Das Foto, das sie zur Identifikation Lucie Kordons in der Tasche hatten, half ihnen nicht weiter. Schließlich gaben sie die Suche auf. Die Leiche Lucie Kordons blieb verschwunden.

20

»Weißt du noch, Val, wie du am Kapitänstisch den Wutanfall bekommen hast, als Sonnys Leiche überführt wurde?« Valeries Mutter brach in Lachen aus. Weiße Zähne blitzten aus ihrem braunen Gesicht.

Zwei Männer an der Bar drehten sich nach ihnen um. Sie tuschelten leise. »Valerie Jordan, die berühmte Geigerin«, konnte Valerie von den Lippen des Schwarzhaarigen ablesen. Sie warf einen Blick zur Tür. Obwohl sie wusste, dass ihr Leibwächter draußen vor dem Schubert's aufpasste, hatte sie kein sicheres Gefühl.

»*Mamita*«, sagte sie, »mir ist im Moment überhaupt nicht nach den alten Geschichten. Und nach Sonny schon gleich nicht.«

Doch ihre Mutter war nicht zu bremsen. »Das war zu schön. Sie haben dich ins Unterdeck verfrachtet zu den Matrosen aus dem Laderaum und den Chinesen aus der Wäscherei. Du hast mit ihnen auf einer Holzkiste Poker gespielt. Bis du gesehen hast, was mit dicker, schwarzer Kreide auf der Seitenwand des Sargs stand. Sonny Pastor stand da.« Sie verschluckte sich vor Lachen. »Ich hab ihn nie gemocht, den Sonny.«

Der schwarzhaarige Mann lächelte Valerie an.

Valerie sah weg. Sie hatte ihr langes Haar zu einem Zopf gebunden. Den holte sie mit dem Daumen vom Rücken und legte ihn über die Schulter. »Lass uns gehen, *mamita*.«

Der Leibwächter folgte ihnen. Valerie hängte sich bei ihrer Mutter ein und zog sie an sich. Sie sah sich um. »Ich hab Angst, mamita. Hinter jeder Hauswand, in jedem Schaufenster seh ich den Lächler.«

Lucie schleppte sich mit blutverkrustetem Gesicht die ausgetretenen Steinstufen zum Portal der Barockkirche des Klosters empor. Immer wieder legte sie den Kopf in den Nacken und sah zur kupfernen Kirchturmkuppel hinauf. Das Bauwerk über ihr bohrte sich in den dunklen Himmel. Endlich war sie am Ziel. Und sie lebte.

Es blitzte und donnerte, ein Wolkenbruch ging nieder. Kälte lähmte ihren Körper. Der Schmerz reichte vom Bauch bis in die Haarspitzen. Sie wurde panisch, sie hatte das Gefühl, als sei sie in einen Abgrund gestürzt. Lucie hüllte sich fester in die grobe Jacke, die sie aus der Scheune bei der kleinen Kapelle mitgenommen hatte. Über die Platten vor der Kirche kroch sie auf Händen und Knien zu dem Bogengang, der zur Pforte führte. Im Gang verlor sie das Bewusstsein.

Den nächtlichen Streifzug durch Schwabing machte Gonski zu Fuß. Er blickte durch die Straßenschluchten. Hinter diesen Häusern schliefen und bewegten sich Menschen. Menschen, die alle seinen Namen kannten. Er war der Star in dieser Stadt. Er wollte seine Fans nicht enttäuschen.

Er verstand es, sich unsichtbar zu machen, wenn ihn ein Autoschweinwerfer erfassen wollte oder ihm jemand über den Weg lief. Er löste sich in Nichts auf, nebelhaft und wesenlos.

Es war kein Zufall, dass er sich am Grab seiner Mutter wiederfand. Vorüberziehende Wolken verdeckten das Mondlicht und legten es wieder frei. Bruno Gonski kniete auf dem weichen Moos neben dem Grab. Seine Hände brannten wie Feuer. Er sah hoch durch das verzweigte Geäst eines Baums. Er griff nach dem Mondlicht und ließ die Arme wieder sinken. Er berührte den Grabstein. Er las die Schrift. Er umklammerte den Baum. Er ging weiter.

Bis er am nächsten Grabstein Halt machte. Arabella Lindberg. Er legte seine Stirn auf das Grabmal, das niedriger und schmaler war als die umliegenden. Er umarmte die gescheckte Platane neben ihrem Grab, umschlang sie und drückte sie an die Brust. Er ergriff die Flucht.

Bruno Gonski hastete durch die Straßen. Ein Bild tauchte immer wieder auf in seinem Kopf, verschwand, kam wieder. Zuerst trennen die Buschleute die Hinterlauffesseln durch. Dann legen sie die Kuh in den Schatten. Was sie zum Leben brauchen, schneiden sie aus ihr heraus. Die Wunden bestreichen sie mit ihrer Paste. Er betrachtete seine Hände.

Im schwindenden Licht des Mondes stieß er an einer Säule auf ein Plakat.

Samstag, 7. Juli, 20 Uhr, Herkulessaal: Das Münchener Kammerorchester, Leitung Christoph Poppen. Beethoven-Sinfonie Nr. 1 C-Dur op. 21 u.a..

»Übermorgen«, flüsterte Bruno Gonski.

»Kennst du diese mittelalterlichen Bilder, Leo? Wenn sie dem Delinquenten den Kopf in eine Zwinge klemmen und von beiden Seiten langsam zudrehen?« Hellmuth von Appen drückte seine blaugeäderten Hände gegen die Schläfen. »Dir muss es doch ähnlich gehen, so wie du aussiehst. War's der Whisky? Oder Rotwein diesmal?« Seinen Humor wollte er wenigstens behalten, auch wenn ihm der Kopf platzte.

Leos breites Gesicht war geschwollen und begann sich zu verfärben. Am Kinn hatte er Kratzwunden, eine kinderfaustgroße Beule am Hinterkopf. Bei Tageslicht betrachtet, war seine Haut unter all den Blessuren von der Sonne verbrannt wie Schuhleder. Er sah von Appen eine ganze Weile aus roten Augen an. Schließlich sagte er traurig: »Du willst nicht mehr, hab ich Recht? Der Kopf in der Zwinge, das ist deiner.«

Von Appen nickte. »Er soll endlich zudrehen, der Gonski«, sagte er.

Leo hatte Mühe, sich zu seiner voluminösen Größe aufzurichten. Mit dünner Stimme imitierte er seinen Freund: »Guten Tag, mein Herr, ich kann es nicht länger ertragen, an einer tödlichen Krankheit zu leiden. Würden Sie mich bitte umbringen? Die Todesart überlasse ich Ihnen.« Er wandte von Appen den Rücken zu, machte den nächsten Zug auf dem Schachbrett. Ruckartig drehte er sich um. Er streckte von Appen die Hand hin.

»Tut mir Leid, Hellmuth«, sagte er. »Aber da hast du dir wirklich was Saublödes ausgedacht.«

Von Appen nahm die Hand und drückte sie leicht.

Zärtlich strich Bruno Gonski über den blauen Lack des Wohnwagens. Das Schloss war unversehrt. Der Zweitschlüssel war, in Folie gewickelt, mit gekreuzten Klebstreifen an der Unterseite befestigt.

Ameisengroße Bläschen saßen zwischen seinen Fingern und warzengroße, die zu platzen drohten, auf der Handoberfläche. Entlang der feinen Linien in den Innenflächen hatten sich dunkle Knoten unter der Haut gebildet. Als er sich über das Waschbecken beugte, legte sich ein roter Schleier vor seine

Augen. Seine Kehle brannte, in seinem Körper schien jeder Muskel, jeder Nerv zu vibrieren.

Du entkommst mir nicht!

Die Worte brannten ihm aus dem Spiegel entgegen, darunter erblickte er das eingefallene Gesicht eines Toten.

Doch es war nicht die Angst, dass jemand ihm auf den Fersen war, die in Bruno Gonski hochstieg. Irgendwer war in sein Refugium eingedrungen. Jemand hatte sein Heiligtum entweiht. Er schüttelte ruckartig den Kopf. Sonst wagte er nicht sich zu bewegen. Er holte vorsichtig Luft, atmete langsam wieder aus, legte die Hände auf das Becken.

Im Wohnwagen war es eisig. Er ging zum Bett, um sich an Bellas Zöpfen zu wärmen. Er hob das Kissen. Da lag ein Zopf. Es konnte nicht sein. Er betastete den Kissenbezug, durchwühlte das ganze Bett. Er öffnete Schubladen, hob den Teppich, durchsuchte den Schrank. Er zog den Teppich weg, hob den Deckel zur Kuhle und kroch hinein. Panik erfasste ihn. Der andere Zopf blieb verschwunden.

Du entkommst mir nicht!

Wie lange er so saß, wusste er nicht. Dann stand er auf und holte sich das Magazin. Ohne Hast blätterte er es durch, bis er auf das Foto stieß. Es zeigte eine Frau mit jugendlichem Gesicht, mit Bogen und Violine. Über die Schulter der Frau fiel ein dicker Zopf. Bruno Gonski betrachtete Valerie Jordan. Er lächelte.

Die Kapelle mit dem kitschigen Christus über dem zierlichen Altar, hundert Mal waren sie schon dort gewesen. Der Hügel mit der Kapelle war Berthold Katzvangs bevorzugter Standort für seine Landschaftsmotive. Immer gutes Licht.

»Ich vertret mir die Füße ein bisschen«, sagte seine Frau, »bis du die Kamera zusammengeschraubt hast.«

Sie verschwand auf dem schmalen Trampelpfad durch die Wiese. Er schnupperte. Die Luft roch nach Harz, wie von frisch gesägtem Holz.

Ein Schrei ließ Katzvang erstarren. Der Schrei riss ab, setzte neu an und ging in einen abschwellenden Klagelaut über. Er kannte die Stimme seiner Frau genau. Sie stand vor der Kapelle und rief ihm etwas zu, was er wegen der Entfernung nicht verstand. Er rannte los.

Die Kapelle strahlte im gleichen Weiß wie immer. Das Gras ringsum war zertrampelt. Ein paar rotweiße Bänder wie von einer Baustellen- oder Polizeiabsperrung waren an dünnen Stäben befestigt und flatterten im Wind. Andere waren zerrissen und hingen herunter.

Katzvang stakste auf das Kirchlein zu. Wie immer standen Blumen und hohe weiße Kerzen auf dem Altar. Darüber hing das riesige Kreuz.

»Da«, flüsterte seine Frau und deutete hinein.

Katzvang rückte die Brille zurecht und machte zwei Schritte in die Kirche hinein. Etwas irritierte ihn, als er mit den Augen den Altar nach dem absuchte, was seine Frau wohl so erschreckt haben könnte. Langsam richtete er den Blick nach oben. Dort, wo sonst die bäuerliche Holzfigur des Erlösers hing, war ein Mensch. Genauer gesagt, eine tote Frau.

Die weibliche Gestalt, klein und in schwarze Gewänder gehüllt, war ans Kreuz genagelt. Der Kopf hing auf die Brust, schwarzglänzendes Haar fiel über das Gesicht. Der Stoff des weiten Kleides kräuselte sich und formte im Luftzug immer neue Falten. Aus den Wundmalen in den Händen drang kein Blut. Als Katzvang näher kam, sah er, dass die Ohren fehlten. Vergeblich versuchte er das Würgen im Hals zurück zu halten. Er erbrach sich über Hose und Schuhe.

»Schnell, die Kamera«, rief er seiner Frau zu, als er sich wieder etwas beruhigt hatte. »So ein Motiv kriege ich nie wieder.«

Der Lächler kreuzigt Violinistin! Blutiges Golgatha bei München, titelte die MORGENPOST.

»Atsuko Yutaka.« Ottakring warf die Zeitung auf den Schreibtisch. Ein Bild der gekreuzigten Leiche, offenbar von einem Amateur aufgenommen, prangte auf der ersten Seite. »Der Kerl macht weiter, seine Sprache ist deutlich. Da bewachen wir die ganze Zeit die Philharmoniker, und er schnappt sich eine Japanerin aus dem Kammerorchester. Er entfernt den Kapellenchristus und nagelt ihren Leichnam ans Kreuz. Gonski ist zwar nicht gerade schmächtig. Aber diese Turnübung ist fast zu viel für eine Person. Er muss einen Helfer gehabt haben. Oder eine Helferin.«

»Ich kann mir nicht vorstellen, dass die Kordon bei so etwas mitmacht«, wandte Sandra Metz ein. »Falls sie überhaupt noch am Leben ist.« Sie quetschte die Hände zwischen die Knie, als wüsste sie nicht, was sie mit ihnen anfangen sollte.

»Bald kann er einen regen Handel mit Trophäen anfangen. Augen hat er, Zöpfe, Hände, Ohren …« Schallock zählte an den Händen ab.

»Sehr taktvoll«, sagte Metz. »Aber auch das spricht dagegen, dass Lucie Kordon die Mordkomplizin des Lächlers ist. Es gibt kaum weibliche Serienkiller. Und davon hat noch keine ihre Opfer verstümmelt.«

Ottakring kniff die Augen zusammen. »Ich glaube, was die Kordon betrifft, würde Lindberg dir zustimmen.«

Mit einem Knall flog die Tür auf. Ottakring schrak hoch. »Verdammt Olga, ich hab dir doch …«

Staatsanwalt Grimm stand hinter Olga Stripli in der Tür. Er schob sie sacht zur Seite. »Eng ist gar kein Ausdruck für unsere Situation. Lange können wir das alle nicht mehr durchhalten. Wir brauchen einen Erfolg.« Grimm deutete mit einer vagen Geste auf die MORGENPOST. »Die Zeitungen hacken auf uns ein, das Fernsehen, die Orchester geben Laut. Und heute Morgen hat der Ministerpräsident bei mir angerufen.« Sein linkes Augenlid zuckte. »Haben wir nichts Besseres zu bieten als ein paar Strohhalme?«

Es war still im Sozialraum, niemand sagte etwas. Regen plätscherte pausenlos gegen die Scheiben. Ottakring hatte den Kopf zwischen die Schultern geklemmt und starrte auf die Tür.

Grimm schnappte sich die Zeitung und blickte in die Runde. »Dazu haben wir zu allem Überfluss noch das Problem mit der undichten Stelle. Die Morgenpost kommt an Informationen, die nur aus unserem Haus stammen können.« Er blickte zur Decke. »Irgendwer ist nicht sauber.«

Ottakring nickte schwach. Aus dem Augenwinkel sah er, wie sich die Tür sehr langsam öffnete. Olgas Augen suchten seinen Blick. Sie reichte ihm einen Zettel herein. Er überflog ihn und wurde lebendig. »Schallock, Metz. Wir müssen sofort los. Ganz in der Nähe von Galvano-Gonski ist ein Auto in die Luft geflogen.« Er klatschte gegen das Papier. »Ich wette, das waren keine Palästinenser. Das kann nur eins bedeuten: Der Lächler ist wieder in der Stadt.«

»Gonski ist wieder da.«

Sein alter Freund machte auf Lindberg den Eindruck eines Mannes, der in einen Abgrund hinunter sieht. Joe hatte ihn angerufen, und nun saßen sie in der Kneipe, in der sie sich schon sich nach der Sache mit Paul Walz getroffen hatten.

»Der Wagen gehörte dem Mann, den der Lächler am Tegernsee erschossen hat. Die fehlende Seite im Autoatlas war eine falsche Fährte. Gonski ist intelligent. Er ist nicht Richtung Innsbruck abgehauen, sondern zurück nach München. Gonski ist wieder in Schwabing.« Lindberg sprach leise, aber bestimmt. »Irgendwo hat er sich verkrochen. Ihr müsst ganz Schwabing durchkämmen, Joe. Jedes Haus, jeden Keller, jedes geparkte Auto. Und nach Beweismaterial suchen, das er entsorgt hat. Jeden Müllbehälter, auch wenn's weh tut.«

»Der Kerl macht weiter, das hast du gleich am Anfang gesagt. Wir müssen ihn kriegen, bevor er noch einmal zuschlägt.« Etwas wie Verzweiflung lag in Ottakrings Stimme.

Lindberg überlegte. »Ihr könnt ja nicht sämtliche Geigenspielerinnen Münchens einsperren. Aber ein paar sollten Polizeischutz bekommen. Valerie Jordan, zum Beispiel.«

Ottakring nickte. »Hat sie. Sie hat selber darum ersucht.«

Lindberg schob die Kappe aus der Stirn, nahm einen Schluck und lehnte sich vor. »Euch ist klar, dass Lucie Kordon noch leben muss? Sie kann nicht einfach spurlos verschwunden sein. Ihr müsst Lucie finden, um an Gonski heran zu kommen.«

Ottakring zahlte und drückte dem Freund die Hand. »Wenn die Sache vorbei ist, sollten wir über eine Fortsetzung unserer Geschäftsbeziehung reden, Hector.«

»Mal sehen.« Lindberg konnte sich mit nichts außer dem Lächler beschäftigen, solange Gonski auf freiem Fuss war. »Proaktive Technik«, sagte er.

»Hm?«

»Proaktive Technik. Denkt euch etwas aus, wie ihr Gonski aufscheuchen könnt. Ihr müsst ihn dazu bringen, sich zu bewegen.«

21

Lindberg stellte die Shadow vor dem Kurfürst ab. Hier war der Obdachlose Julius Rehberg am Heiligen Abend eingekehrt und hatte erzählt, dass er einem Mann mit Schubkarren begegnet sei. Sandra hatte den Pächter des Lokals vernommen. Für Lindberg gab es nicht den geringsten Zweifel, dass Bella an einem Ort getötet worden war, der ganz in der Nähe sein musste. Dann war sie in diesem Schubkarren zum alten Friedhof geschafft worden. Das war Teil seiner belächelten Stadtteiltheorie.

Langsam schritt Lindberg den Weg ab, den der Mann gegangen sein musste. Er ging nach Süden, Richtung Alter Friedhof. Es war Nacht gewesen, und es hatte geschneit. Lindberg versuchte der Straße mit den Augen des Mörders zu folgen. Je näher er dem Fundort von Bellas Leiche kam, desto beklommener wurde er. Er stellte sich vor, wie Gonski sie hertransportiert und auf dem Grab abgelegt hatte.

Zurück ging er eine andere Strecke. Er nahm eine gerade

Linie nach Norden. Dafür gab es nur eine Möglichkeit, nämlich der Isabellastraße zu folgen, einer schmalen und wenig belebten Straße. Wenn er nachts unbemerkt bleiben wollte, würde er diese Route wählen. Lindberg sah an den Häusern empor, warf ab und zu einen Blick hinter eine offen stehende Tür oder in einen Hinterhof. Er erwischte sich bei dem Gefühl, auf eine Art Eingebung zu warten. Er schüttelte das Gefühl wieder ab und suchte systematisch. Er brauchte exakt sechzehn Minuten bis zum Ende der Straße, wo sie auf den kleinen Wohnwagenpark traf. Er umrundete den Park, bog nach links und folgte der Straße bis zum Kurfürst.

Ein älteres Ehepaar drückte sich mit Mühe an der Shadow vorbei, die er auf dem Gehsteig geparkt hatte. Sie sahen ihn vorwurfsvoll an. Aber er tat unbeteiligt und ließ den Chopper an.

Gonski hielt sich in Schwabing auf, da war Lindberg sich sicher. Gonski musste essen und trinken. Wenn Weinlaubs Theorie hielt, brauchte er vielleicht sogar Medikamente gegen den zersetzenden Ausschlag. Und Gonski hatte Phasen, in denen er glaubte, dass Bella noch lebte. Er würde sie vielleicht an Orten suchen, die ihnen beiden vertraut gewesen waren. Irgendwann musste Gonski vor die Tür, um nicht vor die Hunde zu gehen.

Lindberg ließ sich treiben, bog willkürlich nach links ab oder nach rechts. Er schaltete den Nachbrenner der Shadow ein und setzte sich vor einen Jaguar. Er genoss das wütende Hupen des Jaguarfahrers und winkte ihm zu. Das Geräusch des Auspuffs war gleichmäßig und beschwingte ihn.

Er war in der Leopoldstraße. Auto stand an Auto, nervöses Gehupe. Lindberg kam nur meterweise voran, dirigierte den Chopper mehr mit dem Standbein als mit dem Motor.

Da sah er ihn auf der anderen Straßenseite. Der Mann trat aus einem Bistro. Er blieb kurz auf den Stufen stehen, die Hände in den Jeanstaschen vergraben, und sah sich um. Wie in einen Bilderrahmen eingegossen stand er vor dem Portal des Bistros. Bruno Gonski.

Unwillkürlich wandte Lindberg sein Gesicht ab. Gonski blickte über die Straße genau zu ihm her. Er konnte sich nicht irren. Dieses Gesicht hatte sich ihm für den Rest seines Lebens eingeprägt, auch wenn es sich jetzt hinter einer dunklen Sonnenbrille versteckte und die Stirnglatze von einer dunkelroten Baseballkappe verdeckt war. Der zusammengekniffene Mund, die Nase, das gekräuselte Haar im Nacken – unverwechselbar Bruno Gonski. Er trug einen olivfarbenen Militärblouson, der ihm bis zum Bauchnabel reichte. Die Art, wie er sich bewegte, als er sich dem wogenden Meer von Menschenköpfen auf dem Gehsteig anschloss, die nach außen gerichteten Spitzen der Stiefel – es gab keinen Zweifel.

Lindberg scherte aus, gab Gas, schaltete zwei Gänge höher und wendete. Er schlitterte über Kopfsteinpflaster und Straßenbahnschienen, stemmte das linke Bein gegen die Schräglage. Dabei behielt er Gonski immer im Auge. Er nahm die Hand vom Lenker, fuhr an den Straßenrand und angelte sich sein Mobiltelefon. Gerade, als er Ottakrings Nummer drücken wollte, vibrierte das Handy. Er fühlte nach der Antworttaste. Für eine Sekunde achtete er nicht auf den Verkehr. Ein eng umschlungenes Paar kam vom Gehsteig. Mit dem Vorderrad riss Lindberg die junge Frau um und hatte Mühe, nicht zu kippen. Mit beiden Beinen am Boden drückte er die Taste. Das Gespräch war weg.

»Ich bin okay«, sagte die Frau. Der Mann brummte »Entschuldigung«, aber Lindberg gab schon wieder Gas und sah sich auf der Straße um.

Gonski war verschwunden. Langsam hangelte Lindberg sich zwischen Passanten hindurch über den Gehsteig zu der Stelle, wo er ihn zuletzt gesehen hatte. Er düste einhändig einen Block weiter, dann um diesen Block herum. Jedes Mal, wenn er das Gas wegnahm, knallte der Auspuff. Die Rechte spielte mit dem Handy. Er wollte Ottakring erreichen.

An der nächsten Ecke hatte er ihn wieder. Gemächlich bog Gonski, immer noch die Hände in den Taschen, in eine Seitenstraße ein. Sein olivefarbener Blouson war nicht zu übersehen.

Lindberg sprang mit dem Vorderrad über den Rinnstein und stoppte die Shadow. Er wuchtete die Maschine zwischen zwei Bäume, bockte sie auf, zog den Schlüssel ab. Gonski war sicher bewaffnet. Er selbst hatte nicht einmal eine Nagelfeile in der Tasche. Er kämpfte nach Luft. Dreißig Meter trennten ihn noch vom Mörder seiner Nichte.

Da gellte sein Handy wieder.

»Ottakring!«, stöhnte Lindberg. Egal, was gleich passierte – er brauchte Verstärkung. Er presste das Handy ans Ohr.

Gonski hatte etwas gemerkt. Er drehte sich langsam um. Dabei nahm er die Hände aus der Tasche.

Er hatte keine Waffe.

»Hallo, Lindberg«, sagte die Stimme am Telefon. Sie klang sanft. Es war nicht Ottakring.

»Zum Teufel!« Lindberg fluchte laut, riss einer Frau den Einkaufskorb vom Arm. Er war auf fünfzehn Meter aufgerückt.

Der Mann blieb stehen.

»Hector Lindberg?« Wieder diese Stimme.

Ein Stich fuhr ihm ins Herz. Er stoppte aus vollem Lauf. Keine zehn Meter trennten ihn von dem Mann im Blouson. Der schob sich die Baseballkappe ins Genick und blickte zu ihm.

Er war nicht Bruno Gonski.

Gonski war am Handy.

»Hallo«, sagte er leise. »Hier ist der Lächler. Ich störe doch nicht?«

Lindberg presste das Handy ans Ohr, sagte aber nichts.

»Als Nächster bist du dran. Für dich hab ich mir etwas Besonderes einfallen lassen. Deine Schläge wirst du mir büßen.«

Dr. Weinlaub tat sehr geheimnisvoll am Telefon. »Es geht noch einmal um Frau Beckers Kopf und um die Mumie.«

In sieben Minuten war Lindberg in der Rechtsmedizin. Es roch nach faulen Erdbeeren.

Helen Beckers Kopf löste sich komplett auf. Die Schnittfläche war ausgefranst. Verwesendes Fleisch hing in dünnen

Lappen herunter. Die Augenhöhlen hatten sich in zwei blutige Furunkel verwandelt. Die Hautoberfläche, anfangs von der Leuchtkraft blassen Marmors, war schwammig wie bei einem frisch gehäuteten Kaninchen. Wässrige Pusteln hatten sich gebildet. Das gesamte Gebilde, das mühsam die Form eines Kopfes bewahrt hatte, sah aus, als ob es schwitzte.

Der Leiche von Maria Gonski erging es ähnlich. Hatte sie, als man sie tot im Bett ihres Mannes gefunden hatte, noch Ähnlichkeit mit einer vertrockneten Indianerin gehabt, war sie jetzt ein farbloser, schleimiger Zombie.

»Und was schließen wir daraus?«, fragte Lindberg.

Weinlaub legte seine Hände umeinander. »Meine Großmutter würde ich nicht mit dem Zeug, das Gonski da benutzt hat, behandeln wollen. Uns fehlt immer noch die exakte Formel des Mittels. Aber wir sind dabei. Was für Sie interessant sein dürfte, Lindberg, deshalb habe ich Sie hergebeten: Falls Gonski zu lange damit hantiert hat, vermutlich mit den Händen oder Armen, wird er Schwierigkeiten bekommen. Ernsthafte Schwierigkeiten.« Er zeigte mit dem Kinn auf die Mumie. »Irgendwann wird er wohl aussehen wie seine Frau.«

Als Pater Jakobus mit dem Schlag des Elfuhrläutens zum Gebet in die Kirche wollte, tobte draußen ein Gewitter. Es stürmte und regnete in Strömen. Von den hohen Tannen, die das Kloster umgaben, von den Buchen und Birken, von den Ligusterhecken und den Johannisbeersträuchern am Gartenrand fielen die Tropfen. Wenn sie senkrecht auf die gepflasterten Wege schlugen, die quer durch die Klosteranlage verliefen, zerplatzten sie lautlos. Als der Wind aber weiter zunahm und der Regen gegen das Dach der Kirche und das Hauptportal prasselte, hörte sich an wie Hagelkörner. Pater Jakobus verließ den Klosterhof durch das Gartentor und näherte sich dem überdachten Bogengang, der nach rechts zum Einlass des Klosters führte. Er faltete die Hände als Regenschutz über dem Kopf und bereitete sich auf einen

Sprung vor, der ihn über den Vorplatz zur Kirche bringen sollte. Seine nackten Füße in den Sandalen standen im Wasser.

Eine Amsel hüpfte unter dem Bogengang um eine Reihe dunkler Kleckse auf den Steinfliesen. Der Pater folgte dem Vogel und stieß auf ein Bündel, das so gar nicht in diese dunkle Ecke gehörte. Er beugte sich hinunter. Das Bronzekreuz um seinen Hals berührte fast den Boden.

Es dauerte eine Weile, bis er begriff, dass das Bündel eine zusammengerollte menschliche Gestalt war. Pater Jakobus zwang sich, den Körper zu berühren, der wie tot da lag. Vorsichtig drehte er ihn mit beiden Händen auf den Rücken. Es war eine Frau.

So musste Magdalena sich bei der Grablegung Christi gefühlt haben. Er nahm das Gesicht zwischen die Hände und bewegte es leicht hin und her.

»Großer Gott«, flüsterte er. »Lucie.«

Die grelle Neonschrift des Osiris leuchtete die Straße hinunter. Sechsfinger-Sam spielte sein Lied. Drinnen herrschte dampfiger Geruch vom Regen, vermischt mit Zigarettenrauch. Lindberg warf einen Blick in die Fensternische, in der Lucie Kordon gewöhnlich saß. Sie war leer. Dennoch stand Hugos Napf da und war randvoll mit Wasser gefüllt.

Farouk sah er nicht. Stattdessen bediente eine Blondine. Am Tresen vor dem Napf lehnten zwei Männer und lachten. Sie trugen dunkle Anzüge und hatten die Krawatten gelockert Neben ihnen standen triefende schwarze Schirme und eine überquellende Aktentasche.

Er hörte ein leises Grunzen und drehte sich um. Der Dunst und das dämmerige Licht im Lokal vermischte sich mit den Umrissen des schwarz gefleckten Schweins. Hugo saß auf den Hinterläufen in der Ecke und blickte ihn aus teilnahmslosen, blassen Augen an.

Die Toiletten erreichte man über zwei Stufen, die in einen schlauchförmigen, dunklen Flur führten. Links vor den Toiletten war eine Tür, die nur angelehnt war. PRIVAT stand darauf.

Lindberg hörte leise Laute. Etwas stimmte da nicht. Er zögerte einen Augenblick und lauschte. Dann schob er die Tür langsam auf. Gedämpftes Licht fiel ihm entgegen.

In dem kleinen Büro liebte sich ein Paar auf dem Schreibtisch. Der Rock der Frau war bis zur Hüfte hoch geschoben. Sie lag rücklings auf dem Tisch und hatte die Beine auf die Schultern des Mannes gelegt. Beide schwitzten und keuchten. Jedes Mal, wenn er in sie eindrang, stieß die Frau unterdrückte Schreie aus.

Der Mann wendete ihm das Gesicht zu, doch sein Körper konnte nicht aufhören. Es war Farouk. Dann schien er Lindberg zu erkennen, denn er stoppte abrupt und drückte den Körper der Frau nach unten. Unbeholfen, aber keineswegs verlegen zog er seine Hose hoch. Alles spielte sich in Sekundenschnelle ab, und Lindberg trat rasch zurück und schloss die Tür.

Nach einer Weile kam Farouk in den Gastraum.

Und dann erschien die Frau. Lindberg fühlte, wie ihm das Blut in den Kopf stieg. Sie kam direkt auf ihn zu.

»So, jetzt weißt du's«, sagte Isabel mit rauer Stimme.

Lindberg wusste nicht, ob er lachen sollte oder sich dem Reizhusten hingeben, der plötzlich in ihm hochstieg. Als er sich schließlich die Lunge aus dem Leib gehustet hatte, hielt er seiner Mutter die Hand hin. »Herzlichen Glückwunsch«, sagte er. Er wollte Farouk noch fragen, was es mit dem Schwein auf sich hatte, aber er traute sich nicht mehr.

Lindberg legte die Rosenkavalier-Suite auf und warf sich mit einem Bier in den Sessel. Nur der Schein der Straßenbeleuchtung und die kreuzenden Kegel der Autoscheinwerfer erhellten den Raum. Isabel und der Ägypter, Champagner und Korn, er konnte es immer noch nicht glauben. Er war gespannt, was Judith dazu zu sagen hatte.

Mit einem Mal hatte er einen schalen Geschmack im Mund. Er stellte das Bier weg, stand auf und blickte aus dem Fenster. Er meinte in seinem Rücken einen Luftzug zu spüren.

Zwei starke Hände legten sich um seinen Hals.

Lindberg wollte aufspringen, aber der Druck wurde stärker und hielt ihn nieder.

»Hab ich dich endlich!«, flüsterte eine vertraute Stimme.

Aus dem Augenwinkel sah er die Gestalt. Mit aller Kraft riss er die Hände von den Augen. Es waren kleine, sehnige Hände. Er stieß sich ab und schwang herum.

Er sah in Sandras gebräuntes Gesicht mit den Bernsteinaugen, nahm den trotzigen Zug um den Mund wahr, der sogar da war, wenn sie lächelte. Eine Jeansjacke hing um ihre Schultern.

Lindberg atmete tief aus. »Willst du mir den ersten Infarkt verpassen?« Dann nahm er sie in den Arm und strich mit zwei Fingern über den Rollkragen an ihrem Hals. »Wie bist du hereingekommen?«

Sie zuckte mit den Schultern. »Dein Zweitschlüssel«, sagte sie leise. »Eine Eigenart von mir. Ich klaue so ziemlich alles. Vor allem, wenn ich weiß, dass ich das, was ich klaue, bald brauchen werde.«

Es war noch dunkel, als sie ihn weckte. »Ich muss dir etwas sagen«, flüsterte sie.

»Weiß schon. Du liebst mich«, sagte er im Halbschlaf und rollte sich zu ihr hin.

»Lass den Quatsch und hör mir zu. Wir haben in der Müllverbrennung eine Geige gefunden. Eine völlig kaputte Geige. Gleich daneben war ein blutverschmierter Parka.«

Lindberg war sofort hellwach.

»Weinlaub hat die Beweise asserviert.« Sandra schlüpfte aus dem Bett und begann sich anzuziehen. »Der Parka ist eindeutig von Gonski. Von oben bis unten voll mit Blut. Als ob der Kerl ein Schwein geschlachtet hätte. Das Blut stammt von der Clerico.«

Lindberg setzte sich auf die Bettkante. »Und was ist mit der Violine? Habt ihr was herausgefunden?«

»Sie ist regelrecht zertrümmert worden.« Sandra wirkte verlegen. »Weißt du, wie ich mir vorkomme, wenn ich dir das berichte? Wie eine Ehebrecherin.«

»Mach dir keine Sorgen, Sandra. Du bist nicht mit der Mordkommission verheiratet. Hat die Geige etwas mit Bella zu tun?«

»Ja. Sie ist auf Bellas Kopf zertrümmert worden. Es waren Haut- und Haarpartikel an den Saiten und am Korpus des Instruments.«

Lindberg riss sich zusammen. »Kein Zweifel?«

»Kein Zweifel. Wir haben endlich den gesicherten Beweis, dass Gonski der Mörder von deiner Nichte und von Anita Clerico ist. Aber was hilft uns das, solange wir ihn nicht haben?«

Marcela Jordan kippte das Fenster zur Straße. Es schneite in dicken Flocken. »Valerie, *mi cariña,* schau hinunter. Siehst du den da drüben? Da, noch einer. Und der dort am Baum. Und die beiden im Auto. Der Leibwächter unten im Hausflur. Sie bewachen dich. Du bist hier so sicher wie in Abrahams Schoss.«

»Ja, *mamita,* hier schon. Aber die Philharmonie ist groß, und der Lächler ist raffiniert. Er kann überall lauern.« Sie hielt die flache Hand an die Brust. »Mir ist die ganze Zeit schlecht. Wenn Carlo nicht zum Fest käme, würde ich hier bleiben.«

»Findest du nicht auch, Kleines, dass Carlo Sonny sehr ähnlich sieht?«

»Woher weiß dieses verdammte Blatt denn schon wieder, dass wir das Fest in der Philharmonie bewachen lassen?« Grimm raschelte mit der MORGENPOST. *Massives Polizeiaufgebot bewacht Fest der Münchener Philharmoniker.*

Ottakring zuckte mit den Schultern. »Die Nachricht könnte schließlich auch aus Musikerkreisen kommen. Oder aus der Verwaltung der Philharmonie. Es gibt viele Möglichkeiten.«

»Ach was! Dieser Aufreißer, ›Mörder gefasst!‹, kam zu einem Zeitpunkt, als wir kaum das SEK aus der Wohnung abgezogen hatten. Die Morgenpost bringt als Erste, dass wir Gonski zum Psychiater schicken. Sie haben sogar seinen

Spitznamen erfunden. Sie wissen so gut wie ich, Ottakring, dass damals noch kein Schwein da draußen mitgekriegt hatte, dass der Kerl ständig vor sich hingrinst.« Grimm zupfte an seiner Krawatte. »Der Artikel über die letzten Stunden der kleinen Bella, woher hatten sie das Material? Nein. Die undichte Stelle sitzt bei uns.«

Der Staatsanwalt hatte Recht. Ottakring war selbst verärgert. Im Geist ging er seine Leute durch. Metz, Schallock, Milly Gromann. Der Neue, Olli Lazarus. Die Stripli. Für einen Moment dachte er sogar an Lindberg. Aber keinen aus seiner Truppe hielt er für einen Zuträger.

22

»Kannst du mir hundert Euro leihen?«, fragte Maier. Die Polizeimütze konnte seinen üppigen Haarwuchs nur mühsam zähmen.

»Darf's sofort sein?«, gab Toni Modl zurück. Er griff im Scherz nach seiner Geldbörse.

»Ich brauch das Geld für eine Wette. Ich wette hundert Euro, dass sich der Lächler eher ein Bein bricht, als dass es ihm gelingt, hier herein zu kommen.«

»Klar«, sagte Modl. »Aber da halte ich nicht dagegen. Eher könnte der eine Festung stürmen. Und außerdem: Die grinsende Visage kennt doch jeder. Komm weiter.« Er schob Maier voran.

Sie patrouillierten durch die rot geklinkerten Gänge der Philharmonie, vorbei an Dutzenden verschlossener Türen. Sie benutzten den Lift, um die Tiefgarage im Untergeschoss, den

Verwaltungstrakt im vierten Obergeschoss und die Unterrichts- und Übungsräume in den Stockwerken dazwischen zu kontrollieren. Im Foyer zwischen Philharmonie und Richard-Strauß-Konservatorium machten sie Halt. Dort fand das Fest statt.

»Möchte wissen, wie diese Rundumüberwachung funktionieren soll,« sagte Maier und griff an sein Funkgerät. »Sechshundert Kräfte sind zum Fußballländerspiel abgestellt. Da wär ich jetzt auch lieber.«

Von ihrem Standplatz hatten sie einen hervorragenden Blick über das gesamte Foyer, das durch eine weite, geschwungene Treppe mit der dritten Etage verbunden war. Draußen tasteten sich starke Scheinwerfer durch die Dunkelheit.

»Da schau her«, sagte Toni Modl und deutete auf das lange Büfett.

Auf der linken Seite gab es Wurst, kalten Braten, Schinken, Zunge, ein gefülltes Spanferkel mit Petersilie in den Nüstern. Daneben standen reihenweise Warmhalteplatten mit Fleisch- und Fischgerichten, Gemüsen, Reis und Knödeln. Die Fruchtschalen waren mit Ananas, Nektarinen, Melonenscheiben, Kakis und anderen exotischen Früchten gefüllt. Seitlich standen Bistrotische mit himbeerfarbenem Lacktuch und gestärkten weißen Servietten.

»Nicht abräumen«, sagte eine Bedienung des Catering Service. Sie drohte mit dem Zeigefinger und lächelte die beiden Polizisten an.

Die Zeiger der Funkuhr neben dem Lift im Foyer rückten auf neunzehn Uhr vor. Modl verglich die Zeit mit seiner Dienstuhr. Jetzt würde Marie-Louise das »Betthupferl« im Radio hören. Seine Tochter hatte ein hübsches Gesichtchen mit großen grünen Augen. Ständig zog sie eine hölzerne Wackelente hinter sich her. Alles war gut gegangen. Bis die Wackelente in den Bach gefallen und davon geschwommen war. Marie-Louise heulte seit zwei Tagen. Es war eine Katastrophe. Modl hoffte, dass seine Frau die Kleine heute mit dem neuen Häschen und ohne Ente ins Bett kriegen würde.

In diesem Moment stupste Maier ihn an. Er deutete mit den Augen zum Lift. »Der Maestro kommt.«

Ein blauer Lieferwagen mit der Aufschrift *Catering Service Gold – freundlich und kompetent* fuhr langsam in die Tiefgarage der Philharmonie ein. Die Reifen quietschten, als er auf den gelb gekennzeichneten Parkplatz bog und sich neben die anderen vier Fahrzeuge des Catering Service stellte. Der Fahrer, ein Mann mit Hippiefrisur und Ziegenbart, ließ den Wagen unverschlossen und eilte zum Lift. Er hatte ein Tablett unter den Arm geklemmt. Während er auf den Aufzug wartete, ließ er den Blick suchend durch die Garage schweifen. Der Lift surrte. Der Mann wollte sich schon zur Aufzugstür drehen, da ertönte vom Eingang der Garage her dumpfes Motorgeräusch.

Ein Chopper hielt an der Schranke. Der Fahrer zog ein Ticket, die Schranke öffnete sich. Mit tiefem Brummen kam die schwere Maschine näher. Das Geräusch brauste durch den niederen Raum.

Der Mann am Aufzug duckte sich und schlüpfte durch die Lifttür. Viel zu langsam schloss sie sich.

Der Kraushaarschädel des Dirigenten wogte durch die Menge der Gäste, seine Augen hinter der Robert-Schumann-Brille schienen überall zu sein.

Als könnte er ihr die Angst nehmen, klammerten sich Valeries Augen an ihn. Sie stand abseits an einem der dreibeinigen Bistrotische und nagte an ein paar Macademia-Nüssen. Sie zupfte an ihrem Kleid, legte den Zopf über die Schulter, warf ihn mit einem Schwung wieder auf den Rücken, sah unablässig auf die Uhr. Nur wenn jemand sie grüßte, spreizte ein gezwungenes Lächeln ihre Lippen.

»Sie werden sehr glücklich sein. Auf jeden Fall heute Abend«, sagte der Cellist, der am gleichen Tisch stand.

»Ach ja?« erwiderte Valerie. »Können Sie hellsehen?«

Der Cellist zog ein Bündel Karten aus der Tasche und ließ es durch die Finger schnalzen. Eine Karte fiel heraus, der Herz

König. »Sie werden mit einem interessanten Mann in einem eleganten Auto nach Hause fahren.«

»Soso«, sagte sie und schaute auf die Karte. »Und wer ist der Glückliche?«

Ein Kellner mit dünnem Ziegenbart blieb in ihrer Nähe stehen und reichte Champagner. Er trug die Uniform des Catering Service, weißes Hemd und dunkle Hose. Die metallisch schillernde Fliege an seinem Hals war verrutscht. Weiches, welliges Haar fiel ihm über die Schultern. Valerie versuchte, seinen Blick auf sich zu ziehen, damit er ihr noch einen Champagner brachte.

Der Cellist hielt Valerie den Herz König unter die Nase. »Der Mann für die Heimfahrt – das bin ich«, sagte er. »Es ist zwar nur ein VW-Kabrio, aber ein eleganteres Auto gibt es in der ganzen Stadt nicht.«

Valerie nahm die oberste Karte vom Stapel. Es war das Pik As. Sie knallte die Karte auf den Tisch. »Nein.« Im Weggehen raunte sie ihm zu: »Ich mag solche Mätzchen nicht.«

Lindberg, ein Pilsglas in der Hand, folgte Valerie Jordan durch die Menge. Er trug seine Bomberjacke, den Helm hatte er am Eingang abgegeben. Die Violinistin hatte das gewisse Etwas und eine sinnliche Ausstrahlung. Er nahm sich vor, ihr nicht nur sicherheitshalber auf den Fersen zu bleiben.

»Ach, Herr Liivain«, hörte er eine Stimme von oben in den Saal kreischen. »Wie schön, Sie hier zu sehen.«

Die Köpfe vor und neben Lindberg fuhren herum. Für Sekunden erlosch das Stimmengewirr. Eine korpulente Frau im langen Kleid aus raschelndem, glänzenden Stoff schwebte die Treppe herab. Sie trug eine violette Hornbrille, im Arm ein Hündchen mit einer rotweiß karierten Fliege um den Hals.

»Wer ist das?«, fragte Lindberg die Frau neben sich.

»Anna Wolf«, erwiderte sie. »Sie kann's nicht lassen.«

Lindberg erinnerte sich an den Namen. Die Sekretärin des Konservatoriums, bei dem der sechzehnjährige Bruno Gonski sich beworben hatte.

Sein Handy klingelte. »Dir ist klar, dass ich inoffiziell anrufe, Hector.« Es war Ottakring. »Aber ich will dich um etwas bitten. Hast du gerade Zeit?«

»Nein.« Lindberg war der festen Überzeugung, dass im Saal irgend etwas passieren würde. Er wusste nur nicht, was, wann und wo.

»Trotzdem. Dein Klient ist ausgerissen. Der Indianer, Paul Walz. Er hat eine Botschaft hinterlassen. ›Nummer Sechs‹ hat er in seine Anstaltsbibel geschrieben. Du weißt, was das bedeutet. Wir ziehen schon Polizeikräfte zusammen. Halt dich für den Ernstfall bereit, okay?«

Lindberg steckte das Handy ein. Valerie Jordan stand mit einem jungen Mann an einem der Bistrotische. Sie gestikulierte, wurde laut, dann deutete sie zum Ausgang. Der Mann rannte hinaus. In diesem Moment hallte ein langgezogener Schrei durch den Saal.

Anna Wolf durchpflügte mit hochgerafftem Kleid die Halle.

»Mein Kleiner, wo bist du?« Offenbar war ihr Hündchen weg. In der Hast riss sie mit ihrer Halskette eine Wärmplatte herunter. Ein Regen alabasterfarbener Perlen ergoss sich über den Boden und vermischte sich mit brauner Soße.

Lindberg sah sich nach Valerie Jordan um. Sie war verschwunden. An dem Tisch, an dem sie gestanden hatte, ging ein Kellner mit einem dünnen Ziegenbart vorbei. Er trug ein Tablett, auf dem etwas lag, das aussah wie abgenagte Hühnerknochen.

»Halt! Bitte nehmen Sie mich mit!«, rief Valerie außer Atem. Sie rannte den Flur hinunter auf den Mittellift zu.

Geräuschlos fuhr die Tür wieder auf, und Valerie sprang hinein.

»Danke«, sagte sie.

»Bitte«, erwiderte der Mann und nickte ihr zu.

An dem Ziegenbart und der verrutschten Fliege erkannte sie den Kellner von vorhin. Er zog eine Spielkarte vom Tablett.

Mit spitzen Fingern hielt er ihr das Pik As von vorhin hin. Erst jetzt fiel Valerie Jordan auf, dass die Hände des Kellners wie aufgeplatzt aussahen. Doch das hätte sie noch nicht entsetzt. Auch nicht das Tablett mit den abgenagten Knochen. Erst als sie das abgehäutete Hundefell mit der rotweiß karierten Fliege mitten in dem Knochenhaufen sah, wusste sie Bescheid.

Lindberg hetzte durch die Gänge. Die Philharmonie war ein Labyrinth von geklinkerten Fluren. In sämtlichen Etagen waren braungemaserte Türen, die alle gleich aussahen und, verschlossen oder nicht, zu Seminarräumen oder Lifts führten.

Als er auf zwei Polizisten traf, hielt er an. »Haben Sie Valerie Jordan gesehen?«, fragte er den mit dem Buchhaltergesicht und wies sich mit seinem alten Ausweis als Kollege aus.

Die beiden wechselten Blicke. »Wir sind alle abgezogen worden. Die Zivilwache hat übernommen. Wissen Sie nicht? Der Indianer ist ausgebrochen.«

»Sie werden nie mehr Violine spielen können, wenn Sie nicht tun, was ich sage.« Gonski setzte die halbrunde, gezackte Klinge seines Messers an ihren Puls. Er ritzte die Haut rund um ihr Handgelenk leicht auf, als wolle er eine Apfelsine schälen.

Valerie sah den Schnitt und das Blut. Fast so stark wie die Furcht vor dem Tod war die Angst, nie mehr spielen zu können. »Ich tu alles, was Sie wollen«, sagte sie leise.

Er trieb sie zu dem blauen Lieferwagen in der Tiefgarage. Sie waren allein. Überall um sie herum waren Autos, keine Menschen. Er schob sie in den Laderaum und warf die Tür zu. Sie versuchte, auf dem Boden aus geriffeltem Blech Halt zu finden, als sich der Wagen in Bewegung setzte. Der hintere Teil hatte keine Fenster. Links und rechts ragten ihr leere Einbauregale entgegen. Vor ihr war eine Trennwand mit einem Guckfenster. Verschwommen konnte sie die Gestalt mit der langen Mähne hinter dem Lenkrad erkennen. Sie wollte gerade näher kriechen, als sie durch ein abruptes Bremsmanöver gegen die Trennwand geschleudert wurde.

Im nächsten Moment ging die Hecktür auf. Der Mann hatte Gummihandschuhe an und zog eine Spritze auf.

Sie zuckte zurück.

»Keine Angst. Es ist nur ein Beruhigungsmittel.« Er lächelte.

23

»Pater Frans, meinen Sie, dass die Andere mich umbringen könnte?«

»Nein, sicher nicht. Wenn sie dich tötet, stirbt sie auch. Das weiß sie. Aber ihr solltet euch einander nähern. Wie alt ist die Andere eigentlich, Lucie?«

Lucie Kordon überlegte. »Sie war immer acht, neun Jahre jünger als ich. Sie ist älter geworden, erwachsener. Sie ist heute – warten Sie – vielleicht fünf Jahre jünger.«

»Also einunddreißig? Dann seid ihr ja schon näher zusammen.«

»Ja.« Lucie legte die Hände auf die glatte Holzplatte des Speisetischs und sah den Mönch mit der Knollennase lange an. »Ich wollte mich endlich bei Ihnen bedanken, Pater Frans«, sagte sie. »Ohne Sie wäre ich jetzt im Himmel. Ich hätte nicht damit gerechnet, jemals wieder gesund zu werden.«

»Gut Ding will Weile haben«, meinte Frans. »Ganz gesund bist du noch nicht, mein Kind.« Er legte die Hand auf den Verband an ihrem kahlen Schädel. »Bis Ende des Jahres solltest du noch bei uns bleiben. Draußen ...« er zeigte mit dem Kopf nach Norden, »... ist es noch zu kalt für dich.«

Die Tür hinter Frans öffnete sich, und Pater Jakobus trat

ein. Wie gewohnt brachte er die Tageszeitung, doch Lucie entging nicht, dass die Hände ihres Bruders zitterten.

»Hier«, sagte er und schwenkte die MORGENPOST.

Frans warf einen Blick auf die Schlagzeile. Erstaunlich behände sprang er auf, warf einen besorgten Blick auf Lucie und griff nach der Zeitung.

Doch Lucie war schneller.

Valerie Jordan entführt! Wieder Violinistin in der Hand des Lächlers.

Lucie kannte das Gefühl. Sie spürte den ätzenden Reiz. Die Unruhe begann, in ihr zu nagen.

»Bruno Gonski«, entfuhr es ihr mit heiserer Stimme. »Dieser Stümper!«

»Jeder hat seinen Stein, Joe.« Lindberg lehnte im Alten Friedhof vor einem mannshohen, marmornen Grabstein mit verwitterter Inschrift. »Unser Indianer hat zwei. Erstens schleppt Paul Walz die Frauen immer mit der gleichen Masche ab. Ihr könnt natürlich nicht sämtliche Lokale einer Großstadt bewachen, aber ihr könnt ein Netz legen. Und ihr könnt die Betreiber informieren. Walz darf das natürlich nicht mitbekommen, sonst ist er vorgewarnt.«

Das Handy am Ohr, ging Lindberg im Friedhof umher. Er hörte, wie sich Ottakring am anderen Ende laut räusperte.

»Verstehe«, sagte er. »Das habt ihr schon gemacht. Dann kann ich euch nur noch dringend empfehlen, die Friedhöfe zu bewachen. Rund um die Uhr. Es ist ein Klischée, dass der Mörder zum Grab des Opfers kommt, aber manchmal passiert es eben doch. Und Walz hat es früher schon gemacht. Ein anderer Mörder übrigens auch. Einer, den du nur zu gut kennst.«

Ottakring seufzte. »Ich sollte den Dienst quittieren, Hector. In Rente gehen, mir ein kleines Häuschen suchen und ab und zu mit Judith ins Olympiastadion gehen. Was meinst du?«

»Komm schon, Joe, ich weiß ja, wie du dich fühlst. Wie ein Zoodirektor, dem zwei hungrige Pythons entwischt sind. Dass sie jemanden erwürgen werden, ist sicher. Doch du weißt nie, wann sie zuschlagen. Aber vielleicht brauchst du nur den richtigen Schlangenbeschwörer.«

Er beendete das Gespräch. Dann rief er Schallock im Büro an.

»Schallock, sitzen Sie? Ich schlage Ihnen ein Geschäft vor. Es geht um die Morgenpost. Wir beide wissen doch, dass Sie dorthin beste Beziehungen haben. Und ich kenne auch den Grund dafür.«

»Was soll das denn schon wieder, Lindberg?« Schallock kaute. Offenbar war er gerade beim Frühstück. »Machen Sie's kurz. Ich hab noch Einiges vor heute.«

»Wie wär's, wenn Sie als Erstes dafür sorgen, dass die Morgenpost einmal in unserem Sinn schreibt? Eine aufregende Headline, aber diesmal für uns.«

»Ich kapiere nichts von Ihrem Gesülze«, sagte Schallock. »Was wollen Sie?«

»Na ja, ein bisschen an der Wahrheit basteln werden Sie ja können, oder? Gonski soll der Schlag treffen, wenn er die Schlagzeile liest.« Er beschrieb Schallock, was er sich vorstellte.

Schallock sagte nichts mehr. Lindberg hörte, wie er sich Notizen machte.

»Und von Valerie Jordan kein Wort in der Morgenpost.«

»Okay.« Schallock schien sich das Ganze durch den Kopf gehen zu lassen. »Das könnte klappen«, brummte er mehr zu sich als zu Lindberg, der noch immer das Handy am Ohr hatte. »Eine Sache noch ...«

»Ja?«

»Wegen meiner angeblich so guten Beziehungen zur Morgenpost. Da sind Sie auf dem Holzweg, Lindberg. Sie bluffen doch nur.«

Lindberg lachte leise. »Verlassen Sie sich nicht darauf, Schallock.« Er brach die Verbindung ab.

Er musste noch ein paar Telefonate mit der Luftwaffe führen. Aber das hatte Zeit, bis er zu Hause war. Vorher rief er

Sandra an. »Möchtest du heute Abend nicht zu mir kommen? Kein Wort über den Dienst oder den Lächler. Garantiert.«

Bruno Gonski saß in seinem Sessel und rührte sich nicht. Der Fernseher lief, aber der Ton war abgeschaltet. Es war totenstill im Wohnwagen. Fast wäre er eingeschlafen. Doch dann schossen ihm wieder die dicken Balken aus der Zeitung durch den Kopf. *Den Lächler im Visier: Polizei kennt seine Mordkammer.*

Gonski wollte sich kratzen, doch alle Fingernägel waren abgefallen. Hände und Arme brannten, besonders dort, wo die Blasen aufgebrochen waren und sich dunkle, übel riechende Flecken auf dem Verband bildeten, den er sich umgelegt hatte.

Seine Augen ließen den Bildschirm nicht mehr los. Der Spezialreport im Hauptprogramm jagte ihm Schauer über die Haut. Er legte sich eine Decke um die Schultern. Dann schlug er den schwarzen Vorhang hinter sich zurück. Valerie Jordan kauerte auf dem schmalen Feldbett, das er vor die Lautsprecherwand geschoben hatte. Ihre Handgelenke hatte er zusammengekettet und die Kette am eisernen Fußteil befestigt.

Gonski hatte den kleinen Schwarzweiß-Fernseher aus der Wohnung seiner Mutter im Wohnwagen installiert. Ein Textband lief von rechts nach links über die flimmernde Röhre. *Der Lächler bald im Fernsehen?*

Hector Lindbergs Oberkörper füllte den Bildschirm aus. Er trug Hemd und Hosenträger. Die Narbe trat purpurn aus der Stirn. Gonski trat zu dem Apparat und drehte den Ton auf. »Bruno Gonski sitzt jetzt in seiner Höhle und sieht uns zu«, sagte der Psychologe gerade.

Kurz fuhr der Gedanke durch Gonskis Hirn, dass sie ihn schon gefunden hatten und mit einer Kamera beobachtete. Dieser Psychologe blickte ihm direkt in die Augen. Gonski fuhr herum. Aber kein rot leuchtendes Kameraauge starrte ihn von der Lautsprecherwand an. Es war alles wie immer.

»Bruno Gonski hat Valerie Jordan in seiner Hand. Sie ist eine der wunderbarsten Violinistinnen, die es gibt. Und Herr Gonski kann es beurteilen, denn er ist selbst ein Virtuose auf diesem Gebiet.«

Gonski konnte jede Pore in Lindbergs Gesicht sehen. Die auffallende Narbe, den schmalen Mund, das Leuchten in seinen Augen. Er wandte sich zu seiner Gefangenen. Mit ihr wollte er seine Reihe fortsetzen. Valerie hatte immer noch das dünne grüne Partykleid an. Sie zitterte. Als er nach ihr griff, zog sie die gefesselten Hände an die Brust.

»Scht, scht«, machte er. »Zieh einen Schuh aus. Scht, scht.«

Sie schüttelte den Kopf. Sie zögerte. Sie gehorchte. Der Schuh fiel polternd zu Boden.

Gonski hob ihren Fuß hoch und legte ihn auf seine flache Hand. »Hinterlauffesseln durchtrennen.« Er blickte ihr direkt ins Gesicht, sah die Angst in ihren Augen. Er musterte den dicken Zopf am Hinterkopf. Eine Weile überlegte er, welche Inszenierung Lucie Kordon wohl diesmal vorschlagen würde.

Er fühlte sich vollkommen erschöpft und ausgelaugt. Da riss ihn die Stimme des Polizeipsychologen herum. »... wenn Herr Gonski Valerie Jordan freilässt, wird ihm zugesichert, dass er eine Woche lang ihren Platz bei den Münchener Philharmonikern einnehmen darf. Als erster Geiger. Im ausverkauften Großen Haus. Mit Fernsehübertragung. Die Leitung der Philharmonie hat sich mit dieser Lösung einverstanden erklärt.«

Gonski konnte es nicht glauben. Er sollte in der Philharmonie spielen dürfen. Im Fernsehen auftreten. In Lindbergs Gesicht war keine Gefühlsregung abzulesen. Im Hintergrund des Fernsehbildes war der Konzertsaal der Philharmonie zu sehen.

Die Kette rasselte. Valerie hatte sich auf die Arme gestützt und starrte auf den Bildschirm.

»Die einzige Bedingung ist, dass Valerie Jordan bis Mitternacht frei ist. Sonst verfällt mein Angebot.« Der Psychologe klemmte die Daumen unter die Hosenträger und blickte direkt in die Kamera. »Wenn Frau Jordan sich bis Mitternacht nicht gemeldet hat, werden wir den Lächler jagen. Mit Hubschraubern und Kampfflugzeugen werden wir ihn in die Enge treiben, Infrarotsensoren werden seinen Angstschweiß aufspüren.« Lindberg beugte sich vor. »Es ist Winter draußen. Auf den Gräbern liegt Schnee. Erinnern Sie sich, Gonski?«

»Warum sagt er das?«, hörte er eine Stimme hinter sich. Es war Bella.

Er hörte ihr fröhliches Lachen. Er holte die Violine vom Regal. Lange hatte er sie nicht benutzt. »Bella, spiel mir was vor. Oder willst du, dass ich für dich spiele, so wie früher?«

Das Mädchen nahm die Violine und setzte sie an die Schulter. »Ja, ich werde spielen«, sagte es.

Aber Bella konnte gar nicht spielen. Und sie war gewachsen. So ein grünes Kleid hatte sie noch nie getragen. Er kannte nur das Blaue mit dem Gold.

Es pochte leise an der Tür.

»Scht!« Er nahm dem Mädchen die Violine wieder ab und legte sie zurück ins Regal. »Sie sind da. Sie haben uns gefunden.«

Das Klopfen wurde lauter, metallischer.

Die Tür aufreißen und flüchten. Auf der Flucht erschossen.

»Machen Sie doch auf«, sagte Valerie Jordan.

Er wollte sie nicht schlachten. *Polizei kennt seine Mordkammer.* Er sah schon die Bilder, die Fotos in der Zeitung. *Der Lächler ist tot.*

»So machen Sie doch auf.«

»Kleine Bella, geh hinter den Vorhang. Er wird dich schützen«, sagte er und zog den Stoff zu.

Dann drehte er den Schlüssel herum und riss die Tür auf. Beinah flog sie ihm aus der Hand. Eine Wolke von Schnee brauste ins Innere des Wohnwagens.

Hellmuth von Appen las das Textband auf dem Bildschirm, und er klaubte die Worte von Lindbergs Lippen. Wenn das stimmte mit diesem Angebot, dann musste er sich beeilen. Nie und nimmer würde Geigen-Gonski die Violinistin freilassen. Falls er die Botschaft überhaupt mitbekommen hatte. Trotzdem musste er Gonski bis Mitternacht finden. Er schaltete den Fernseher aus. Er war todmüde. Die drückenden Schmerzen im Kopf brachten ihn fast um.

»Wenn der Lächler nicht zu mir kommt, geh ich halt zu ihm«, sagte er zu seinem Spiegelbild. Er brachte kaum ein armseliges Lächeln zustande.

Er zog den Mantel fest um sich, schlug den Kragen hoch und stemmte sich gegen den Sturm. Er machte einen kurzen Umweg, ging bei Leo vorbei und warf ihm einen Abschiedsbrief in den Briefkasten. Dann trat er den mühsamen Weg an, den er so lange geplant hatte.

Die Andere kämpfte vornübergebeugt gegen den Sturm an, der brüllend und wild durch die Straße fegte. Winzige Eiskörner zerhackten die dicke Schminke auf ihrem Gesicht. Der schwarze Lackmantel konnte das bunte Gefieder darunter nur wenig schützen. Auch ihr tiefschwarzes, dichtes Haar triefte vor Nässe. Sie fror schrecklich, doch Lucie war entschlossen. Sie wollte die Sache zu Ende bringen. Den Weg kannte sie auswendig, früher war sie ihn fast täglich gegangen. Trotzdem hatte sie einige Mühe, den Wohnwagen zu finden. In einem Hauseingang hatte sie einen alten Eisentopf mitgehen lassen. Jemand fütterte die streunenden Katzen. Die Milch hatte Lucie in den Schnee geschüttet, den Topf hielt sie am Stiel in der Hand. Als sie endlich vor dem Wagen stand, hämmerte sie das Ding, so fest sie konnte, gegen die Tür.

Bruno Gonski erwartete Scharfschützen mit Masken vorm Gesicht. Ein Sondereinsatzkommando, wie er es schon einmal erlebt hatte. Doch die Frau, die der Schneewolke entstieg, sah nur durchnässt und verfroren aus. Beinahe willenlos ließ er sich zur Seite drängen und drückte die Tür wieder zu.

Du bist in meiner Gewalt. Sie sagte es nicht mit Worten, aber durch die Art, wie sie ihn ansah und den Eisentopf umklammerte. Mit rauer Stimme fragte sie: »Kennst du mich nicht, Bruno Gonski?«

Er blieb stumm.

»Du solltest dich aber noch erinnern.«

Ihre Augen waren ohne jeden Ausdruck. Sie riss sich die Perücke vom Kopf und strich über den nackten Schädel. Gonski sah die frische Wundnaht.

»Die Verrückte«, sagte er schließlich.

»Na endlich, du grandioser Mörder. Was versteckst du denn hinter dem Vorhang? Wieder eine Mumie?«

Gonski trat Lucie in den Weg. Mit einem Ruck drehte sie ihm den Arm nach hinten, drückte ihn in seinen Sessel und zog den Vorhang zurück.

»Helfen Sie mir«, flehte Valerie Jordan und rüttelte an der Kette. Mit der freien Hand fasste sie nach Lucie.

Die ließ Gonskis Arm los. In ihrem Gesicht begann es zu zucken. Sie fing an zu lachen und wollte nicht mehr aufhören. Sie wies mit dem Arm auf die Frau hinter dem Vorhang .

»Das ist gut, Gonski. Das ist wirklich gut! Valerie Jordan ist schon hier.« Dann war schlagartig Ruhe. Lucie Kordon zog den Vorhang wieder zu.

Valerie lag im Dunkeln. Die ungeschminkte Realität bohrte sich in ihr Gehirn. Sie war nicht nur einem, sondern zwei Verrückten in die Hände gefallen.

»Deine Inszenierungen hattest du doch immer von mir«, hörte sie die Frau sagen. »Die Leiche auf dem Grab. Die Frau im Eis. Der Kopf im Paket. Die Kreuzigung. War doch nicht übel, oder?«

In Valeries Kopf tauchten die zerstückelten Körper und Leichenteile auf. Ihr wurde schlecht. Dann hörte sie hastige Schritte draußen vor dem Vorhang. Ein Stuhl wurde gerückt. Sie riss sich zusammen.

»Ich kenne diesen Wohnwagen wie meine Westentasche«, sagte die Frau. »Er hat schließlich einmal mir gehört.«

Der Lächler schien einen Hustenanfall zu kriegen.

»Das hast du auch nie kapiert, was? Ich hab dir diesen Wagen verkauft.« Sie lachte wieder. »Die Maskerade ist mir gelungen, nicht?«

Scharrende Geräusche waren zu hören, als ob ein Teppich oder ein Möbelstück verrutscht würde.

»Es wird eng für dich, Bruno Gonski!«, sagte die Frau.

Danach war Stille. Nur das Metronom tickte weiter unablässig vor sich hin.

Valerie rührte sich nicht. Dann kam wieder die heisere Stimme der Frau: »Ich mache dir einen Vorschlag. Ich hole dich ein zweites Mal heraus. Und wir vollenden das Werk gemeinsam. Du willst es doch rund machen, oder? Drei Orchester hast du bedient. Alle Welt wartet auf das vierte. Und du siehst aus, als wolltest du kneifen. Bist du plötzlich einer, der bei Gefahr mit den Beinen denkt, Bruno Gonski? Aber das gibt's nicht. Du und sie, ihr kommt mit mir.«

Offenbar war ihr Tod beschlossene Sache. Sonst würden die beiden nicht alles so offen vor ihr bereden. Valerie hatte gelesen, dass die drei anderen Frauen erst nach ihrem Tod verstümmelt worden waren. Der Gedanke beruhigte sie in diesem Moment mehr als alles andere.

»Draußen das Auto«, sagte die Frau. »Catering Service Gold. Damit durch die Stadt – auffälliger geht's nicht. Da kannst du dir gleich ein Plakat umhängen, auf dem steht ›Ich bin der Lächler.‹ Wir müssen die Aufschrift übersprayen. Los, komm schon.«

Als die beiden Irren weg waren, versuchte Valerie sich mit Gewalt von ihren Fesseln zu lösen, gab aber bald auf. Die Bänder schnitten ihr nur blutigrote Striemen in Hand- und Fußgelenke. Gonski kam mit einer Rolle durchsichtigem Packetband zurück und verklebte ihren Mund. Er löste die Befestigung der Fesseln und riss sie auf die Füße. Dann schleifte er sie rückwärts hinter sich her durch den Schnee zum Auto. Sie atmete tief ein. Der Geruch frischer Farbe mischte sich mit der eisigen Winterluft.

Lucie nannte Gonski die Frau. Sie war keine elegante Fahrerin. In jeder Kurve wurde Valerie auf der Ladefläche gegen die Wand geworfen. Dennoch überkam sie eine merkwürdige Gelassenheit. Sonny fiel ihr ein, der – egal, was ihre Mutter dachte – so ganz anders gewesen war als Carlo. *Wir beide werden immer zugleich jung und unvernünftig sein,* hatte er ihr geschrieben. Für einen Moment war Valerie glücklich, dass sie so jung und unvernünftig sterben durfte.

»Was?« Von einer Sekunde zur anderen schaltete Lindberg um. Er fühlte die Nässe unter den Achseln. Es war seine erste Live-Sendung gewesen. »Was sagst du da, Sandra?« Er ließ die Hosenträger von der Schulter rutschen und klemmte das Handy hinters Ohr.

»Mein Vater bringt mich um, wenn er erfährt, dass ich sein großes Geheimnis lüfte. Er hat's mir erst vorhin gestanden. Er wollte mir nie davon erzählen, weil ich bei der Polizei bin. Es geht um Hellmuth von Appen. Dass der todkrank ist, wissen wir. Doch so einfach wegsterben will der Mann nicht, hat ja auch jede Behandlung abgelehnt. Und sich selber umzubringen, das packt er wohl nicht. Deshalb hat er die fixe Idee entwickelt, dass er sich vom Lächler ermorden lassen will. Sozusagen mit Tötungsgarantie …«

»Und? Sandra, wir haben nicht viel Zeit.« Lindberg stolperte, das Handy am Ohr, die Treppen des Fernsehgebäudes hinunter.

»Na, mein Vater und von Appen sind befreundet. Seit Jahren spielen sie Schach miteinander. Ich hab immer gewusst, dass er mit irgendjemand im Park Schach spielt. Aber ich hatte keine Ahnung, dass es von Appen ist. Heute Abend hat mein Vater einen Abschiedsbrief von seinem Hellmuth gefunden. Und jetzt laufen sie hintereinander her. Mein Vater sucht von Appen, und der ist auf dem Weg zu Gonski, um sich hinrichten zu lassen.«

»Dann müssen wir hinter deinem Vater herlaufen, um Gonski zu finden.«

Lindberg wollte schon auflegen, da hörte er, wie Sandra seinen Namen sagte.

»Hector.« Ihre Zärtlichkeit war sogar über das Telefon zu spüren. »Wir haben den Indianer gefasst.«

Lindberg sagte nur ein einziges Wort aus: »Friedhof?«

»Ja. Am Grab des letzten Opfers. Ottakring lobt dich über den Schellenkönig.«

Er sah Sandra vor sich, wie sie die Hand über den Mund legte.

»Aber du weißt von nichts«, sagte sie.

»Das Zeug streckt ja einen Stier nieder«, sagte Lucie Kordon, nachdem Gonski Valerie eine Spritze verpasst hatte.

»Einen Affen. Einen Geparden. Damit bin ich in Namibia auf die Jagd gegangen. Mit dem Bogen.«

»Jetzt ist's halb vier«, sagte Lucie. »Bis wir da sind, wird's kurz vor fünf sein. Da sind die Mönche beim Gebet.« Sie lachte auf. »Wir schaffen sie auf den Kirchturm und hängen sie im Geläut auf. Wenn morgen das Glockenseil gezogen wird ...« Lucie ordnete sich mit hundertsechzig links ein. Hinter jedem Laster schwenkte sie eckig nach rechts in die Lücke. Knapp vor dem nächsten Lkw drängte sie wieder heraus. »Was meinst du, wie weich die anschlagen wird.«

»Wer?« Gonski schaute nach hinten in den Laderaum. »Kannst du nicht ein bisschen langsamer fahren? Wer schlägt weich an?«

Lucie mochte es, wie kratzig ihre Stimme klang. Geradezu versoffen. Sie schlug Gonski an die Schulter. »Na, die Glocke. Wenn sie auf die frische Leiche trifft. Ist das nicht ein schöner Tod?«

Gleichmäßig surrte der Diesel.

Lucie fing Gonskis zweifelnden Blick auf. Nasse Strähnen hingen ihm ins Genick. Mit eingezogenen Schultern und geballten, mullumwickelten Fäusten hockte er in seinem Sitz. Sie langte hinüber und hob sein Kinn. »Was ist, Bruno Gonski? Ich vermisse Begeisterung.« Seine Depression belustigte sie. Sie überlegte, wie sie den Zustand für ihre Zwecke nutzen konnte. »Wie wär's, wenn du mir einen von deinen Betäubungspfeilen überläßt? Als kleines Souvenir.«

Gonski sah sie an und schüttelte langsam den Kopf.

Die Andere war eine blendende Regisseurin. Kein Publikum der Welt würde ahnen, dass sie die Dramaturgie des Stückes zu ändern gedachte. Vor allem wollte sie eine neue Besetzung. Nicht Valerie Jordan hatte sie die Rolle der Leiche zugedacht. Sie hatte Bruno Gonski im Visier.

Hellmuth von Appen umklammerte den Stiel des eisernen Topfes, den er vor dem Wohnwagen gefunden hatte. Er holte mit beiden Händen aus und drosch ihn, so gut er konnte, gegen die Tür. Doch nach vier, fünf Schlägen war es zu viel für den alten, sterbenden Mann. Seine Lungen pfiffen, er schnappte nach Luft und sank vor die Tür in den Schnee. Er wollte warten, bis Gonski öffnete.

Doch Gonski öffnete nicht. Gonski war nicht da.

Wenn Gonski zurückkehrte, musste er über ihn stolpern. *Ich weiß alles. Du entkommst mir nicht!* Er würde ihm den Zettel zeigen. Und den Zopf von Arabella Lindberg.

Doch Gonski kam nicht.

Da raffte Hellmuth von Appen noch einmal seine ganze Kraft zusammen und machte sich auf den Weg. Der Sturm hatte nachgelassen. Nur Schnee fiel in dicken Flocken vom Himmel.

»Da vorn ist es«, sagte Leo Metz. »Dort spielen wir immer Schach. Vielleicht ist er da.« Leo trug einen dunkelblauen Wintermantel, der über seinem massigen Bauch von einem Gürtel zusammengehalten wurde. Wenn er sich schüttelte, fiel eine Schneewolke von ihm ab.

Lindberg drückte Sandras kalte Hand. Er konnte sich nicht vorstellen, dass der todkranke von Appen bei diesem Schneetreiben in den Park gelaufen war. »Was soll der alte Herr denn alleine mitten im Park?«, rief er nach vorn, doch Sandras Vater schien ihn nicht zu hören.

Die Bogenlampen waren gerade angegangen, obwohl es noch nicht finster war. Angestellte waren auf dem Heimweg, junge Frauen kamen ihnen entgegen, die ihre Babies in Kinderwagen vor sich herschoben. Rentner führten Hunde spazieren, die durch den Schnee sprangen.

Leo steuerte auf eine kleine Lichtung zu. Lindberg hielt Sandras Hand umfasst. Unter den pyramidenförmigen Schneeverwerfungen auf der freien Fläche waren die Umrisse von Schachfiguren zu erahnen. Sie lagen da wie schlafende Tiere.

Seitlich, unter einer Lampe, war eine Bank.

Leo ging darauf zu. »Hier hat er immer gesessen und mir zugeschaut. Er ist schwächer geworden in letzter Zeit.«

Sandra stieß leicht mit dem Fuß gegen eine der Schneepyramiden. Ein halber Pferdekopf kam zum Vorschein.

»Der schwarze Springer«, sagte Leo. »Das ist sein Lieblingszug, wenn er gewinnt. Das Springermatt.«

Sandra befreite eine weitere Figur, formte einen Schneeball und warf ihn auf Lindberg. Der duckte sich rasch hinter einen der Schneehügel.

»Der König«, sagte Leo. »Das ist die höchste Figur.«

Sandra sah sich um. »Nein, die dort, die ist noch höher.«

Sie wischte den Schnee von der Figur. Umrisse kamen zum Vorschein, die keiner Schachfigur zuzuordnen waren. Sandra grub so schnell sie konnte.

»Mein Gott«, flüsterte Leo. »Hellmuth.«

24

Irres Getöse drang an ihr Ohr. Sie lag auf einem Steinboden, der unter dem Dröhnen vibrierte. Ihr ganzer Körper schmerzte, sie zitterte vor Kälte. Dann merkte sie, dass der Lärm von Kirchenglocken stammte. Ihre Hände waren immer noch gefesselt. Aber das Klebeband über dem Mund war verschwunden. Sie ächzte, als sie die Beine anzog, um aufzustehen.

Über sich erkannte Valerie Bögen, die sich kreuzten, mit in Stein gehauenen Ornamenten. Über dem Dach der Kirche ging gerade die Sonne auf. Sie streckte sich, trat aus dem Bogengang und blickte hinauf zum Glockenstuhl. Tausend kleine Kobolde hämmerten in ihrem Kopf.

Sie zählte drei Glocken. Nur zwei schwangen ungehindert hin und her.

Sie ging näher heran, stellte sich unter den offenen Glockenstuhl.

Der Körper war in rosafarbenes Licht getaucht. Lange schwarze Stiefel baumelten in der Luft.

Valerie schrie leise auf. Der Körper pendelte gegenläufig zur großen Glocke und dämpfte ihren Schlag. Er traf auf einen Lackmantel. Aus ihm ragte der lange, verdrehte Hals, von buntem Gefieder umrahmt. Tote Augen waren zum Himmel gerichtet. Das Gesicht bestand aus einem weit geöffneten Mund, aus dem die Zunge hing.

Valerie wollte nur noch weg. Doch sie konnte sich nicht rühren. Bis die Angst sie überfiel. Sie hielt die Augen zum Boden gewandt und rannte über den Vorplatz auf das Kirchenportal zu. Ihre Arme hingen schlaff. Kirchen meidet der Teufel wie das Weihwasser, hatte ihre Mutter sie gelehrt.

»Valerie Jordan hat sich gemeldet«, sagte Ottakring. Selten hatte Lindberg ihn so aufgeregt erlebt. Er war ganz rot im

Gesicht. »Sie lebt und ist leidlich in Ordnung. Ich lasse sie gerade holen, sie ist auf dem Weg ins Präsidium. Sie hat berichtet, dass sie in einem Wohnwagen gefangen gehalten wurde.« Er schaute in die Runde.

Lindberg war zum ersten Mal wieder in Ottakrings Büro. Schallock saß neben ihm. Ein Wohnwagen ...

Lindberg sprang auf. »Natürlich«, sagte er heiser. »Wie konnte ich nur so vernagelt sein. Der Caravanpark in der Isabellastraße! Wir müssen ...«

Ottakring sah auf die Uhr. »Schon erledigt. In dieser Minute müsste das SEK dort eintreffen. Und die EDler. Wir fahren gleich hin.« Er sah Schallock an, dann Lindberg und fragte: »Was glaubt ihr, wer tot ist?«

Schallock zuckte mit den Schultern, Lindberg stützte sich auf den Schreibtisch. »Wer denn? Spucks schon aus, Joe!«

»Lucie Kordon. Sie hat sich im Kirchturm erhängt, sagt die Jordan.« Ottakring berichtete alles, was er von der Violinistin erfahren hatte.

»Das glaubst du doch wohl selbst nicht, Joe«, sagte Lindberg.

»Was?«

»Dass Lucie sich da oben selber aufgeknüpft haben soll.«

»Warum nicht? Sie hat einem gesuchten Serienmörder zur Flucht verholfen, war wahrscheinlich selbst an den Morden beteiligt ...« Schallock schien alles ganz logisch.

Lindberg schüttelte energisch den Kopf. »Das war Gonski. Wenn er Valerie hat laufen lassen – warum sollte sich Lucie dann das Leben nehmen? Nein, es muss Gonski gewesen sein. Das ist seine Handschrift. Er will nicht mehr weitermachen und hat zuerst seinen Schatten beseitigt. Und jetzt wird er sich selbst beseitigen. Ich glaube nicht, dass ihr ihn in dem Wohnwagen findet.«

»Maier, ich muss schnell weg, was holen. Der taucht hier doch eh nicht mehr auf, der Lächler. Kannst du mal eine Viertelstunde oder so für mich mit aufpassen.« Toni Modl stand in Uniform gegenüber dem Betriebsgebäude von Galvano-Gonski.

Maier konnte.

»Danke«, sagte Modl. Er umrundete das Gebäude noch einmal, prüfte die Siegel und schaute sich um. Die Uhr zeigte zehn Uhr zwölf.

Dann überquerte er die Straße und lief schnell die paar hundert Meter zu dem Spielwarenladen.

»Wissen Sie«, sagte er zu der Verkäuferin, »kürzlich ist die Wackelente meiner Tochter in einen Bach gefallen und davongeschwommen. Die Kleine ist ganz verzweifelt. Und weil heut ihr Geburtstag ist, dachte ich ...«

Mit einem glücklichen Lächeln im Gesicht verließ er das Geschäft mit einer neuen kanariengelben Ente. Vierzehn Minuten, nachdem er sich von Maier getrennt hatte, stand Modl wieder auf der anderen Straßenseite und starrte auf den Eingang zum Galvanikbetrieb.

»Was passiert?,« fragte er und ließ die Ente zur Begrüßung in der Tasche quietschen.

Maier grinste. »So 'n Ding hatte ich als Kind auch mal.« Er begutachtete die gelbe Ente. »War gar nichts. Nur ein Touristenbus wollte wissen, wo's zum Hofbräuhaus geht. Hatte sich total verfahren.«

Ekel war es, den Bruno Gonski empfand. Abscheu vor den Menschen da draußen, Ekel vor Lucie Kordon und vor sich selbst. Er nahm Bellas Zopf, roch daran und ließ ihn durch die Finger gleiten. Langsam schob er die Ärmel seines Hemds hoch und schaute auf die schmerzenden Arme, die übersät waren mit Blasen und eitrigen Geschwüren.

Er warf sich die Windjacke über und stieg in die Cowboystiefel, die er lange nicht getragen hatte. Dann nahm er die Schlüssel zu Galvano-Gonski und verließ den Wohnwagen. Er widerstand der Versuchung, über die blaue Außenhaut zu streichen oder zurückzuschauen.

Auf einer Wiese bauten Kinder einen Schneemann. Ihre Gesichter waren rot vor Eifer. Ein Kind lachte laut auf und tanzte um die Schneeskulptur, die erst allmählich Form annahm.

Das Würgen in seinem Hals wurde stärker. Er wartete, bis dem Polizisten vor dem Tor die Sicht durch einen vollbesetzten Bus genommen war und stolperte zum Hintereingang seines Betriebs. Mit zittrigen Fingern schloss er auf.

Es war alles noch so, wie er es verlassen hatte. In dem einen Raum waren die Wannen mit Salpeterbeize, im anderen die Säurebäder. Die Tonnen mit den Säuren und Laugen standen an der Wand. Der vertraute, ätzende Geruch drang ihm in die Nase. Die Bahnhofsuhr in der Halle zeigte zehn Uhr neunzehn.

Fast andächtig ging er in sein Büro. Er setzte sich an den Schreibtisch und formulierte einen Text. Er korrigierte ihn und schrieb ihn neu. Dann drückte er die Ansagetaste des Anrufbeantworters und sprach den Text auf das Band. Bruno Gonski sprach langsam. Nur den einen Satz.

Das Büro des Chefredakteurs der MORGENPOST lag im zweiten Stock. Lindberg und Schallock stürmten die Treppen hoch.

Aus dem Glaskasten, in dem sie keuchend Platz nehmen durften, hatte man einen perfekten Panoramablick über die gesamte Redaktion. Männer und Frauen saßen gebeugt vor ihren Computern, andere blätterten in riesigen Folianten.

Der Chefredakteur fuhr sich über die frisch rasierte Glatze. »Kann ich Ihnen einen Kaffee anbieten? Nein? Okay …« Er zeigte auf eine überdimensionierte Telefonanlage, die fast ein Viertel des Schreibtisches bedeckte. »Ich komme morgens gewöhnlich als Erster und höre die Nachrichten auf dem AB ab. Das hab ich auch heute Morgen getan. Mit einem Unterschied. Die vierte hab ich zehnmal wiederholt, bevor ich's glauben konnte. Hören Sie sich das an.«

Lindberg fixierte Schallock, der außer einem leisen »Guten Morgen« ganz gegen seine sonstige Gewohnheit noch kein Wort gesagt hatte. Für einen Moment schien es Lindberg, Schallock würde dem Chefredakteur zuzwinkern. Dann hörte er die ihm vertraute Stimme. »Hier ist der Lächler. Wenn Sie diese Nachricht hören, ist mein nächstes Opfer schon tot. Machen Sie was draus.«

»Eindeutig«, sagte Schallock. »Ganz klar Gonskis Stimme. Kein Zweifel.«

»Er meint Lucie Kordon. Wissen Sie schon davon?«, fragte Lindberg den Chefredakteur. Er wartete zumindest auf ein unbewusstes Zögern, vielleicht einen kurzen Blick zu Schallock. Doch nichts. Der Mann hatte sich unter Kontrolle.

»Nein. Was ist mit Lucie Kordon?« Er griff nach dem Telefonhörer und drückte die Adressbuchtaste. »Einen Moment bitte. Ich darf einen Redakteur dazu bitten, ja?«

»Sicher«, sagte Lindberg. »Kann ich auch kurz anrufen?« Er nahm den Hörer mit den integrierten Tasten. »Ich habe dasselbe Telefon daheim. Ein wunderbares Gerät, finden Sie nicht auch.«

Der Chefredakteur beobachtete reglos, wie Lindberg im Adressbuch auf SCH drückte.

»Ah.« Zuerst zeigte Lindberg dem Chefredakteur das Display, dann hielt er es Schallock vor die Nase. »Ist das nicht Ihre Privatnummer?«

Lindberg hätte sogar einen Wutanfall für möglich gehalten. Aber dass dieser Schallock rot anlaufen konnte wie ein kleines Kind, das man beim Klauen erwischt hat, damit hatte er nicht gerechnet.

In die Halle fiel ein Sonnenstrahl. Es war, als schneide ein Lichtschwert durch ein Kirchenfenster. Das Licht traf auf eine blaue Wanne mit konzentrierter Salpetersäure. Die Wanne war halb leer.

Gonski zog einen Stuhl heran, streifte die dünne Jacke ab und legte sie darüber. Er fror nicht. Seine Stiefel stellte er vor die Wanne, exakt ausgerichtet mit den Spitzen nach vorn.

Plötzlich hatte Bruno Gonski Angst. Sein Körper würde in den nächsten Stunden langsam in Stücke gerissen werden. Er würde sterben.

Er ließ die Hose fallen und öffnete die Hemdenknöpfe. Die

Säure würde seine Eingeweide zerfressen. Er zog das T-Shirt über den Kopf und strampelte sich aus der weißen Unterhose. Er ließ sie auf dem Boden liegen. Nackt stand Bruno Gonski eine Weile einfach da und schaute sich um. »Ich kann nicht mehr zurück«, flüsterte er. »Wofür?« Nichts als Ruhe wollte er. Mehr hatte er nie gewollt.

Er starrte hinunter in die unscheinbare, wässrige Brühe. Hineinsteigen wie in ein heißes Bad, mit der Zehenspitze voraus, erschien ihm läppisch. Er stieg auf den Rand der Wanne, breitete die Arme aus wie ein Vogel, der zum Flug ansetzt, und ließ sich langsam nach vorne fallen. Die Flüssigkeit schwappte über den Rand und fraß Löcher in Kleidung und Stiefel.

Säuretod ist ein gnädiger Tod. Lautlos graben sich die Dämpfe in die Lungen. Sie nebeln ein und rauben die Sinne, bevor der Körper von der Säure zerfressen wird. Gonksi spürte den Schmerz nicht sofort, als er durch die Oberfläche schlug. Nur die Kälte der Flüssigkeit überraschte ihn. Er tauchte die Arme unter die Oberfläche, reckte den Kopf über den Säurespiegel und kämpfte gegen den Auftrieb. »Scht, scht«, machte er.

Bald hing er bewegungslos in seinem Bad. Bevor die Ohnmacht ihn umfing, öffnete sein Mund sich zu einem langgezogenen Schrei. Dann machte sich die Säure über Gonskis Haut, Fleisch und Knochen her und fraß ihn langsam auf.

Die Haut färbte sich gelb und begann zu welken und sich aufzulösen. Wie ein Huhn, das zum letzten Mal flattert, nachdem man ihm den Kopf abgeschlagen hat, fuhr der sterbende Körper noch einmal in die Höhe.

Gonski lächelte. Er starb mit dem Gefühl, zum ersten Mal etwas richtig gemacht zu haben.

Die Spur hatte zu Galvano-Gonski geführt. Sandra Metz brach die Siegel am Eingang auf. Ottakring hielt die Waffe im Anschlag.

Fässer mit Laugen und Säuren standen an den Wänden

aufgereiht, halb volle Wannen in der Halle. Sie durchquerten die Säurehalle zu dritt nebeneinander.

Lindberg sog die Luft ein und atmete hustend wieder aus.

»Die Rechtsmedizin ist eine Parfümfabrik dagegen«, sagte Ottakring leise. Trotzdem hallte seine Stimme.

Vor einer halb gefüllten blauen Wanne hielten sie an.

Fett schwamm auf der Oberfläche. Gelbliche Fleischfetzen, Haare und darunter Knochen, wie abgenagt. Eine Feder. Auf dem Boden meinte Lindberg einen zerschlissenen Zopf zu erkennen. Mitten drin konnte man die vagen Umrisse eines Menschen ahnen. Vor der Wanne lagen durchlöcherte Kleidungsstücke. Angefressene Cowboystiefel waren sauber zur Wanne hin ausgerichtet.

Ottakring steckte die Waffe weg und zog sein Handy. »Die EDler müssen her«, sagte er.

Sandra drückte sich eng an Lindberg.

Er legte kurz den Arm um sie. »Ich muss meine Schwester verständigen«, flüsterte er.

Allein durchstreifte er das Gebäude, öffnete die Tür mit der Aufschrift BÜRO. Dort stand ein altmodisches schwarzes Telefon. Ein Bleistift lag daneben und ein zerknüllter Zettel. Lindberg atmete tief ein und drückte mit dem Bleistift die Ansagetaste des Anrufbeantworters.

Er hörte den Lächler. Bruno Gonskis Stimme sprach langsam und akzentuiert.

»Wegen eines Todesfalls in unserem Betrieb bleibt Galvano-Gonski bis auf weiteres geschlossen.«

ENDE

BRUNO GONSKI LEBT.

Es gibt Ereignisse, die einen mit einem Schlag aus der Bahn werfen. Für Robert Gonski war es der Tag, an dem zwei Männer mit steinerner Miene vor seiner Tür standen. Er war gerade von einer Studienreise zurückgekommen, seine Koffer standen noch ungeöffnet im Flur.

»Sind Sie Dr. Robert Gonski?« Sie waren von der Kripo.

»Entschuldigen Sie«, unterbrach er ihre Erklärungen. »Sie wollen doch nicht allen Ernstes behaupten …?«

Was die beiden sagten, konnte unmöglich wahr sein. Selbst Wochen später, als ihm die Polizei alle Beweise der Welt geliefert hatte, konnte Robert Gonski noch nicht glauben, dass Bruno, sein Bruder, das Monster gewesen sein sollte, das sie so lange gesucht hatten. Wie ein Blinder tastete er sich voran, suchte in der Wohnung seiner Mutter nach Hinweisen, besuchte die Orte der Gräueltaten, las Brunos Tagebuch wieder und immer wieder, bis er endlich das Unfassbare begriff.

BRUNO GONSKI IST TOT.

Doch viele Bruno Gonskis haben vor ihm gelebt und werden nach ihm weiterleben. Sie wohnen nebenan, sind unauffällige Arbeitskollegen und freundliche Nachbarn.

Jürgen Bartsch zum Beispiel. Er war in den Sechzigern von einem ehrbaren Metzgerehepaar adoptiert worden. Seine Mutter, eine neurotische Sauberkeitsfanatikerin, steckte den Jungen ins katholische Internat, damit er Zucht und Ordnung lernte. Bartsch war ein zurückgezogener Einzelgänger, galt als diszipliniert und bescheiden. Bis man die Leichen von vier Jungen fand, die er missbraucht, gefoltert, ermordet und verstümmelt hatte.

Der Gastwirtssohn, der 2001 im Oberfränkischen die kleine Peggy entführte, vergewaltigte und tötete, galt zwar als seltsam und leicht beschränkt. Doch niemand, der ihn kannte, hätte ihm solch eine Tat zugetraut. Später kam heraus, dass Peggy nicht das einzige Mädchen gewesen war, das er missbraucht hatte. Nachher hieß es: »Wir haben ein bisschen was vermutet und manches hineingedeutet. Aber die Wahrheit kannte keiner von uns.«

Ende 2002: Ein Mann schneidet einem anderen das Geschlechtsteil ab, beide essen es gemeinsam, bevor einer der Männer den anderen vor laufender Kamera tötet, die Leiche zerlegt und später Teile davon verspeist. Der Täter wird gefasst, als er im Internet neue Opfer sucht. Es ist ein einundvierzigjähriger Ex-Oberfeldwebel und Software-Experte, den die Nachbarn als freundlich, zuvorkommend und gut gekleidet beschreiben.

Ein zweiundzwanzigjähriger Physikstudent – groß, hager, milde Augen, Brille – ermordet in kurzen Zeitabständen drei Prostituierte. Bei seinen Kommilitonen ist er sehr beliebt. Vor Gericht zeigt er keinerlei Anzeichen von Reue.

Marc Dutroux, Elektriker im belgischen Sars-la-Buissière, lebte mit seiner Frau von der Sozialhilfe. 1996 gestand er, sechs kleine Mädchen entführt zu haben. Er hatte die Kinder in einem Kellerverlies gefangen gehalten, sich an ihnen vergangen und die Vergewaltigungen auf Video festgehalten. Zwei der Mädchen konnten befreit werden, vier wurden tot gefunden. Er hatte sie verhungern lassen, die Leichen in Plastiksäcke gesteckt und vergraben. Seine Frau hatte ihm dabei geholfen. Das Ehepaar Dutroux war in der Nachbarschaft als freundlich und höflich bekannt.

Diese stillen, leisen, sanften Lächler gibt es überall. Sie leben mitten unter uns.

Hannsdieter Loy war Amateurboxer und Volleyballtrainer, Jetpilot, Kommandeur in einem Kampfgeschwader und Direktor in der Industrieversicherung, bevor er sich ganz dem Schreiben widmete. Er hat Kurzgeschichten publiziert, biographische Bände und eine Anthologie phantastischer Literatur herausgegeben, sein Hunderoman *Die Donisl-Bande* erschien 2001.

Der Jazz- und Opernliebhaber lebt bei München und in Spanien, arbeitet an Drehbüchern für TV-Serien und schreibt für eine weltbekannte Krimi-Heftromanserie. *Der Lächler* ist Loys erster Krimi-Buchroman.

Dass gute Unterhaltung und anspruchsvolle Genreliteratur kein Widerspruch sein müssen, beweist die Krimi-*Reihe M*. Mit milieustarken Thrillern, psychologisch überzeugenden Who-dun-its und harten Großstadtkrimis bietet *Reihe M* Spannung pur für Krimifans und solche, die es werden wollen. *Reihe M* wagt literarische Experimente und fühlt den Puls der Zeit. Auch Krimis, die à la Akte X mit dem Mysteriösen spielen, haben in der Reihe ihren Platz. Hier gibt es keine Themen, die zu heiß für einen Krimi sind. *Reihe M* – das sind die Krimis des 21. Jahrhunderts.

Bei der *Reihe M* spielen die Autorinnen und Autoren die Hauptrolle. Hier schreiben Theaterleute und Bäcker, Philosophen und Taxifahrer, langjährige Profischreiber und Debütautoren, die oft auf den abenteuerlichsten Wegen zum Krimi gefunden haben. *Reihe M* setzt bewusst auf deutschsprachige Autorinnen und Autoren: Die Reihe will neue Talente entdecken, sie fördern und mit ihnen das Einerlei des Krimimarkts um aktuelle, engagierte Geschichten, um außergewöhnliche Verbrechen und sympathische sowie originelle Heldinnen und Helden bereichern.

Bibliografische Information Der Deutschen Bibliothek
Die Deutsche Bibliothek verzeichnet diese
Publikation in der Deutschen Nationalbibliografie;
detaillierte bibliografische Daten sind im Internet über
http://dnb.ddb.de abrufbar.

1. Auflage

Lektorat: Lisa Kuppler
Umschlaggestaltung: Dietmar Senf
Satz und Layout: Ralf Thielicke
Druck und Bindung: Offizin Andersen Nexö Leipzig GmbH

ISBN 3-86189-503-X